풀잎의 노래

4

일러두기

- 이 책은 최재우가 1860년 동학을 창도한 때로부터 1898년 2대 도주 최시형이 순도한 때까지의 전국 동학 창도, 포덕 과정과 전국 각지의 동학농민혁명운동에 관한 내용을 모티브로 한 대하소설이다.

- 이 책에 등장하는 동학농민혁명에 참여한 인물 중 일부를 제외하고 가능한 한 실명으로 기록하였고, 동학농민에게 탐학, 학정한 등장인물에 대하여는 가명을 사용하였다.

- 이 책에 나타난 각 지역의 지명과 마을 명은 극히 일부를 제외하고 1894년 이전의 실제 지명 마을 명이다. 또한 이 책에 나오는 동학농민혁명에 참여한 인물들은 일부를 제외하고 동학혁명 희생자 명단에 등재된 실존 인물들이다. 따라서 대접주, 수접주, 접주, 접사 등의 실존 지위는 당시 실재 지위이다.

- 포덕 과정에서 나타난 극히 일부를 제외한 등장인물들의 주거지를 알 수 없으므로 그들이 활동하던 곳을 중심으로 주거지를 비정하였다.

- 당시는 서력을 사용하지 않았으므로 년은 육십갑자의 해당 년을, 월, 일은 음력 해당 월일로 기록하였습니다.

풀잎의 노래

서양민
대하소설
4

동학농민혁명운동

맑은샘

42.

　다행히 예상이 적중했다. 지웅보가 집이 멀어 밥을 먹으러 집에까지는 갈 수 없으리라 생각이 들었고, 저녁을 먹으려면 아무래도 관아에서 가까운 곳이어야 했으며, 남문이나 동문은 그래도 신분이 좀 있는 사람들이 들락거리기 때문에 서문 밖 주막에 있으리라는 추측이 용한 점쟁이처럼 딱 들어맞았다. 해거름 참에 서문 앞 주막에서 옥방지기 지웅보가 주막에서 어슬렁거리고 있었다.

　“자네 여기서 저녁얼 드넌가?”

　“예, 나리, 근데 나리께서 먼일로 이곳에….”

　“어이, 자네럴 좀 만나려고….”

　“아니 나리께서 지럴 예?”

　“그렇네. 자네 옥방으로 돌아갈 시간이 좀 있나?”

　“예, 지금언 저녁 먹넌 시간이고, 낮에 문초가 있어서 이제야 끝났고, 죄가 있다넌 양반언 주리를 틀어서 몸얼 옴짝할 일도 없고 해서 수인덜 모두 옥방에 가두어 넣고 열쇠로 꼭꼭 잠궈 놓았으니 안심이지예. 앞으로 한 시진언 푹 쉬었다가 천천히 들어갈 거구만예.”

　“팔자 늘어졌네?”

“우리 겉언 종눔덜이 이맛도 없으며 먼 재미로 산데예?”

“그래 그러기도 하지. 저녁 아직 안 들었지?”

“예, 아직예.”

“잘됐네. 어디 조용한 방으로 가세.”

“조용한 방이라야 봉놋방 말고 또 어디 있겠능교?”

“그래 거기라도 가세.”

곽덕원과 옥방지기 지응보가 봉놋방으로 들어간다. 이 시간 때머 정월이고 해서 손님덜이 봉놋방에 들어차서 시끄러울 텐데도 다행히 봉놋방엔 사람덜이라곤 한 사람도 없다. 곽덕원은 다행이다 싶었다.

곽덕원이 주모에게 돼지머리 고기와 탁주를 먼저 가져오고, 국밥은 조금 있다가 가져오도록 했다.

주모가 술상을 봐왔다. 그래도 지체가 조금 높은 사람이 보여선지 주모는 싱글벙글한다.

“자 한잔하게.”

곽덕원이 먼저 지응보 보시기에 탁주를 따른다.

“아니라예. 지가 올려야지예. 나리.”

“오늘은 괜찮네.”

“근데 나리께서 지에게 무신 보실 일이 있으신남예?”

“그럼세. 다름이 아이고….”

곽덕원이 말을 이어가려다가 멈추고 도포 자락에서 돈다발을 꺼내어 슬쩍 지응보에게 내민다.

“아니 먼 돈이 이리 많데예? 이거럴 왜 지게 내민데예?”

"받아 두게. 그리고 내게 한 가지만 도움얼 주게. 이 돈언 수십 원이네. 돈 가치넌 자네가 더 잘 알 것이고."

"멋얼 한 가지만 봐주라넌 건데예? 이 많언 돈얼 예?"

지응보는 여전히 놀란 얼굴로 곽덕원을 바라본다. 그러나 속으로는 이 많은 횡재를 하다니 하고 속으로 기뻐 나자빠질 일이었다.

"그럼 내 말함세. 오늘 문초럴 당한 최복술이라넌 사람 알제?"

"예, 잘 알지예."

"그 사람 이번 문초 후에넌 형량이 효수(梟首)일 걸세. 남에게 말하지 말게. 어차피 죽얼 몸이네. 내가 자네에게 부탁하고픈 것언 내가 매일 밤 식사럴 그 양반에게 가져다드리고 싶네. 그러니 자네가 그걸 좀 도와주게나. 절대로 같이 도망가지 않네. 내가 무엇 때민에 자네 죽고 나 죽얼 일얼 하겠넌가? 내 집안사람덜꺼정 죽일 일이 있겠넌가? 절대로 그런 일언 없얼 것이니 안심하게. 밤에넌 사람덜이 오가지 않고 사대문 닫아 놓으머 그쪽 옥방 근방언 사람덜이 오가지도 않얼 것이고 하니 자네가 좀 도와주어 저녁상얼 들여보내 주도록 해 주게나."

"그건 그래도 혹여 어느 누가 알게 되머 지넌 죽으니더."

"자네만 죽나 나넌 이 직함까지 다 잃고 우리 집 권속덜까지 죄다 죽넌 판일세. 그러니 아무도 모리게 할 것인즉 좀 돌봐주게."

“매일 밤언 어렵겠니더. 사흘에 한 번 정도머 몰라도… 그리고 다른 사람얼 데리고 오머 앤 댑니더. 나리 혼자만 그 일얼 해야 합니더.”

“나도 그것얼 싫어하네. 꼭 그리하겠네.”

“근디 옥방에 들어가려머 우리 옥방지기 관복이 있어야 하넌디 없얼 것이고….”

“아, 그것도 그렇군.”

“그러머 지가 집에서 한 벌 가지고 오겠니더. 그래서 관아 어디 한 구석에 몰래 숨겨 둘랍니더. 그건 염려 마이시소. 그런데 저녁상언 남덜이 다 퇴근한 이후 밤에 몰래 가지고 와야 합니더. 지가 서문 쪽에 가서 대기하겠으니 그리 아시이소.”

“그리하겠네. 보나 마나 앞으로 한 달쯤 있으머 문초가 끝날 것이고 그 결과럴 여기서 묘당에 장계럴 올리머 어떻게 처리하라고 조서가 내려올 것이네. 넉넉잡고 우리넌 문초가 끝날 때가지만, 많으머 열 번 적으머 일곱 번 정도 들락거리면 댈 것이네.”

“알겠니더. 지헌테 이렇게 많언 은혜럴 베풀어주셔서 고맙습니더.”

그날 밤 곽덕원은 조각 달빛을 몸에 감고 정도겸 집으로 향했다. 독이 터진다는 정월의 매서운 댑바람에도 곽덕원의 가슴은 아랑곳하지 않았다. 뜨거운 가슴을 억제할 수 없었다.

대신사님과 대화의 통로가 열린 것이 그렇게도 기뻤다. 무엇인가 자신이 한 가지는 해냈다는 성취감으로 들떴다. 그러나 그는 곧 냉정한 마음으로 돌아왔다. 대신사님을 돕는데 절대로 들키지 않기 위해서는 자신의 행동에 한 치의 오차도 없어야 했다.

정도겸의 집에는 최경상이 그대로 체류하고 있었다.

"옥방지기럴 완전히 샀니더. 다만 매일 밤에 대신사님얼 만나 뵙기넌 어렵고 삼 일에 한 번씩 만나 뵙기로 했니더."

"그것도 어디인가? 그래도 옥방지기가 선뜻 말얼 들어주었네 그래."

"그가 평생 모아도 못 모을 돈을 받았으니 그러지 않겠능교? 큰맘 먹고 지폐 두 다발얼 줬니더. 한 다발얼 주려다가 돈 때민에 일이 그르치머 앤 될 것 같아 그리했니더. 그리고 심부름얼 지가 직접 한다고 하니까 그 사람 마음이 놓이고요."

"아주 큰 일 했니더. 앞으로 돈이 필요하실 텐데 이것 받아두시이소."

최경상이 돈 두 다발을 곽덕원에게 내민다.

"아직 지에게 돈이 좀 남아 있니더. 그런디 문제넌 다른 곳에 대신사님의 음식얼 장만하도록 하기가 좀 그렵니더. 그래서 대신사님의 음식언 좀 번거로워도 여기에서 만들어 천덕보럴 통해 지한테 전해주셨으머 헙니더. 안전얼 위해서요. 돈언 잘 보관하였다가 요긴할 때 쓰도록 하겠니더."

"그리합시더. 가능한 한 남의 눈에 띄지 않게 하기 위해서
도 그 방법이 좋얼 듯싶소."

"음식얼 너무 마이 하지 마시고 한 번 먹으며 댈만한 양으
로 해주시고, 다른 사람에겐 앤 댑니더. 마음 아프지만 어쩔
수 없니더. 대신사님언 다른 수인들의 방과 떨어진 독방이어
서 가능한 것입니더. 그 점을 이해하시이소."

"알겠니더. 그만이라도 천만다행입니더."

최경상이 대답한다.

"금명간 또 문초가 시작될 겁니더. 그러니 내일 옥방에 들
어가 볼까 합니더. 대신사님께 전할 말심이라도 있으시머 말
심해 주시이소."

"대신사님의 무죄가 입증되어 하루 속히 풀려나시기럴 기
원한다는 말과 심신의 강건하심얼 빈다고 전해주시오."

"알겠니더. 내일 유시에 천덕보가 식사를 그 장소로 가지고
오도록 해주세요. 그럼 이만 물러갑니더."

"노고가 많으셨소. 감사할 따름이오."

신시에 형방이 옥방을 둘러보고 수인들이 모두 갇혀있음을
확인한 후

"잘 지켜라!"

옥방지기에게 명하고 자리를 떴다. 이제 옥방에 올 사람은
없다. 유시쯤 되자 칠흑 같은 어둠이 온 누리를 덮고 있었다.
댑바람이 씽씽 불어오고 있었다. 댑바람은 그칠 줄 모르고

있었다. 추위는 모든 사람들을 방속에 들어가 나오지 못하게 하고 있었다. 곽덕원은 음식을 싼 보자기를 조심히 들고 옥방 문지기 앞에 왔다. 지응보가 얼른 일어서서 어디론가 가더니 금세 보자기 뭉치를 들고 돌아왔다.

"얼른 갈아입으시이소."

곽덕원은 바깥이 캄캄하여 보이지 않으므로 달빛이 비치지 않는 곳으로 가서 얼른 지득보가 가지고 온 옷으로 갈아입었다. 그리고는 지득보가 옥방 바깥문 자물쇠를 열쇠로 열어주자 음식보자기를 들고 들어갔다.

"자, 이거 가지고 가시이소."

"무엇인가?"

"옥방문 열쇠요."

"알았네."

옥방문 열쇠를 받아 쥔 곽덕원은 대신사의 옥방문 앞에서 자물쇠를 열고 음식보자기를 든 채 옥방 안으로 들어간다.

"대신사임, 저 곽덕원입니다."

곽덕원이 대신사님 앞에 다가가 음식보자기를 풀어 놓았다.

"대신사님 어서 드시이소. 여기에 지가 있을 시간이 없니더. 빈 그릇얼 가지고 나가야 합니다. 어서 드시이소. 이 음식언 최경상 선생님과 각지에서 모이신 분들이 지금 정도겸 님 댁에 숨어있니더. 그분덜에게 전하실 말심이 있으시머 말심 주시이소."

“오, 그랬군. 내가 전할 말언 이번 만언 묘당에서 나럴 해치기 위해 벌인 일이니 여기에 있지 말고 경상도 밖으로 빨리 떠나라 이 말얼 전해주시게. 나넌 천운이 다 된 것 같네. 천명언 거역할 수 없네.”

“대신사임 뭐 필요한 거넌 없능교?”

“아, 먹물통과 새필, 그리고 한지럴 한 치, 일곱 치로 잘라서 몇 장 준비해 주게. 그리고 담뱃대럴 하나 준비해 주게.”

“알겠니더. 그럼 삼 일 후에 오겠니더. 이곳 사정도 있고 해서 날마다 오기넌 어렵니더.”

“그리하시게. 어려운 일얼 하고 있네.”

대신사는 음식을 들기 시작했다. 삼계탕이었다. 인삼을 많이 넣어 쓴 인삼, 대추 맛이 닭고기보다 더 진하게 느껴졌다. 대신사는 자신이 음식을 먹는다고 천천히 먹을 수가 없었다. 빨리 곽덕원을 이 장소로부터 나가게 하고 싶었다. 대신사는 되도록 빨리 먹어 치웠다.

그 후 삼 일이 되어도 대구감영의 정헌순 감사는 수인들을 문초하지 않았다. 무엇인가 문초 전에 준비할 것이 있는 모양이었다. 곽덕원은 지필먹물을 옥방 선생에게 갖다드렸다.

“내 말얼 전했넌가?”

“네, 전해드렸니더.”

“떠났넌가?”

“확실한 대답언 없었니더. 대신사님얼 여기 두시고 가기가 그런가 봅니더.”

“내일언 반드시 가서 한시라도 빠르게 이 경상도럴 벗어나 먼 곳에 엎드려 있다가 세상이 좀 느슨해지머 그때 열심히 포덕얼 하되 앞으로넌 절대로 비밀로 포덕하길 바란다고 전하게. 내 생각엔 관에서 틀림없이 최경상 등 아직 잡히지 않언 사람덜얼 잡으려고 혈안이 된 느낌이네. 도망가더라도 밤으로 움직이라 하게. 나의 간절한 소망이라 전하게.”

“대신사님 알겠니더. 내일 밤 바로 가서 전하겠니더.”

“자 다 먹었네. 어서 싸가지고 이곳을 떠나게.”

곽덕원이 음식 그릇을 보자기에 쌓아 들고 밖으로 나왔다. 지응보가 한숨을 크게 몰아쉬었다.

이튿날 밤 곽덕원은 정도겸 집으로 가서 최경상 등 모인 사람들에게 대신사의 말씀을 전했다.

“알겠네. 우리 모두 헤어집시더. 대신사임의 말심이 옳으니더. 가능한 한 갱상도럴 벗어나 있도록 합시더. 묘당에서 계획하고 대왕대비 마마의 전교에 의해 우리럴 일망타진토록 하고 있으이 우리가 감정에 매여 있을 순 없니더. 우리가 살아야 우리의 도가 이 땅에 뿌리럴 내리게 될 것이니더. 우리 대신사임께서 이것얼 미리서 예감하시고 저에게 도통얼 물려주신 것 같니더. 그럼 오늘 밤으로 이곳얼 떠납시더.”

“그래도 조금만 기다리시이소. 어디 가서 밥 먹얼 곳도 없얼 때에넌 굶게 되어 있니더. 주막이라도 함부로 갈 수 없얼 기고, 내 주먹밥얼 해드릴 테니 밥이 될 때까지 기다리시이소.”

정도겸이 불쑥 말을 넣는다.

"그렇군예. 그럼 그래 하이소."

밥이 되었다.

정도겸은 주먹밥을 만들어 낱낱이 종이에 싼다. 빨라도 사흘은 지나야 경상도를 벗어날 것이었다. 정도겸은 최경상과 김춘발에게 각각 주먹밥 열다섯 덩이를 괴나리봇짐에 쌓도록 했다. 김치는 김칫국물이 흘러내려 보기에 흉할 것이어서 주지 않고 소금을 종이에 따로 싸서 주었다. 삼사일만 고생하면 그다음은 마음 놓고 주막에서 국밥을 사 먹을 수 있기 때문이었다.

"최 선상임, 지넌 의성까지 가넌데예 가넌 길얼 잘 압니더. 그짝으로 가시머 지캉 함께 가시지예."

김춘발이 최경상에게 다가가서 입을 연다.

"그럽시더. 같이 갑시더."

최경상이 귀막이 모자를 머리에 뒤집어쓰면서 대답했다.

깊은 밤이었고, 또한 바깥 날씨가 매섭게 춥고 댑바람이 쉴 새 없이 불어오기 때문에 사람들이 일부러 밖으로 나와 자신들을 쳐다보지는 않으리라는 생각이 들어서 그러자고 대뜸 대답했다.

모두들 그대로 그곳에 머물러 있을 수는 없었다. 집으로 갈 수도 없었고 우선 경상도를 떠나 있어야 했다. 그러나 박하선은 나이도 많이 먹었고 타향에 친척이 살지도 않았다. 그저 집에서 쭉 박혀 죽은 듯이 있으리라 맘먹었다. 최경상이 먼저 접주 등 모인 사람들에게 작별인사를 나누었다.

"최 선생께선 도통얼 이어받으셨으니, 앞으로 각별히 몸얼 잘 보전하셔야 합니더. 감정에 치우치시다 눔덜에게 발각되지 않도록 각별히 힘써 주시이소."

박하선, 정도겸 등이 특별히 최경상에게 당부한다.

"알았니더. 그리하겠니더. 우리가 당분간언 좀 애럽겠지만 세월이 지나머 수월해질 깁니더. 희망얼 가지고 지내봅시더. 대신사임얼 이리 두고 떠나넌 마음 참으로 괴롭니더."

최경상은 매제 임익서와 영해의 박하선 접주를 데리고 떠나려다가 참았다. 도망가는 길에 사람이 여럿이면 몸이 자유롭지 못하여 발각되기 쉽기 때문이었다. 서로에게 피해를 입히는 일은 처음부터 삼가야 했다. 그래서 최경상은 매제 임익서에게,

"자네가 박하선 접주임얼 모시고 영해로 모셔다드리도록 하시게."

하고 말한다.

"행임, 지넌 아무래도 여기 남아 대신사님 결과럴 보고 뒤처리럴 해드리고 떠나넌 것이 옳을 듯싶니더."

"그렇게 해주겠넌가? 그렇더라도 상황얼 잘 봐가민서 몸조심하게. 우째 댔거나 살아야 하네. 조심 또 조심해 주게."

"예, 행임. 그리하겠니더."

이제는 밖으로 널리 이름이 알려지지 않아 관헌들의 의심을 살 여지가 별로 없다는 생각이 들기 때문이었다. 그리고

는 의성까지 같이 갈 김춘발을 데리고 길 안내를 부탁하여 대구를 떠났다.

　날이 밝았다. 하늘엔 구름 한 점 없었다. 매서운 냇바람이 산골짜기를 타고 밑으로 흘러 들판으로 내리 불어닥쳤다. 살 속 깊이 파고 들어가 에이는 찬바람이 조금의 쉴 여유도 없이 마구 불어닥쳤다. 오늘은 옥지기들이 일찍 나서서 수인들을 포승줄에 묶거나 쇠사슬에 묶어 동헌 앞 형장으로 끌고 나왔다. 최제우도 목에 칼이 씌워진 채로 형장으로 끌려 나왔다.
　"최복술, 이내겸, 강원보를 형틀에 묶어라!"
　동헌 마루 책상 앞 의자에 앉은 정헌순 감사의 옆에 앉아있던 김영화가 명한다. 형리들이 명대로 형틀에 세 사람을 묶는다. 최복술은 목에 걸린 칼을 벗은 채 묶였다.
　"니놈들의 잔당은 지금 어디에 있느냐? 빨리 대라."
　감사 정헌순이 크게 외친다.
　"나는 모르오. 그들이 그들의 발얼 가지고 달아난 이상 우리가 어떻게 알 수 있겠능교?"
　최복술이 답한다.
　"그 옆엔 놈도 대답하라."
　"그 사람덜과 같이 살지도 않고, 생업이 다르고 연락도 없이 지내넌데 어찌 알겠능교? 그덜이 우리가 이렇게 잡혀 있다넌 소식언 들었얼 것이고 이 소식얼 듣고 자기덜 집에 가만히 앉아 있겠능교? 어디나 멀리 도망가지 않았겠능교? 이럴 우리가 우째 안단 말잉교?”

이내겸이 대답한다.

“나도 모르오. 평소 가깝게 지내지도 않았소.”

강원보가 대답한다.

“저 괴수에게는 장 오십 대를, 나머지 두 놈에게는 장 이십 대를 각각 쳐라!”

형틀에 묶인 세 사람이 형틀에서 풀려난다. 그들은 이미 대령해 놓은 열십자형 장대에 묶였다.

“쳐라!”

형틀 세 개에서 퍽퍽 터지는 곤장 치는 소리가 동헌 앞마당을 휩쓴다. 꿍꿍 앓는 비명소리가 진동한다. 신문관들은 그 소리엔 아랑곳하지 않고

“더 세게 쳐라!”

하고 외친다.

“열일곱이오!”

“열다섯이오!”

형리들이 장을 쳐면서 몇 번 친다는 소리를 아뢰고 있었다.

“스물이오.”

장대를 내려놓는다.

“스물이오.”

또 한 형리가 장대를 내려놓는다.

“스물여섯이오!”

이때 수인의 몸에서 이상한 소리가 들려왔다.

"무슨 소리냐?"

형리가 장대를 내려놓고 최복술의 엉덩이며 허벅지를 만지더니,

"허벅지 뼈가 부러진 것 같더이."

"그럼 오늘 장은 그만 치고 그대로 옥방에 집어넣어라. 다른 놈들도 모두 옥방으로 도로 넣어두어라!"

수인들은 모두 다시 옥방으로 넣어졌다. 대신사는 허벅지 뼈가 부러졌어도 목에 칼이 채워졌다. 누울 수도 없고 엎어 누울 수도 없었다. 뼈가 에이는 아픔을 그대로 감수하는 길밖에 다른 도리가 없었다.

"저놈 허벅지 뼈가 부러졌으니 어찌하면 좋은교?"

지례현감이 상주목사에게 묻는다.

"심문이 끝나서 형을 집행하기 전까지만 어떻게든 살아있으면 되지요. 죽지는 않을 겁니다. 어차피 죽일 놈인데 그것 가지고 걱정할 일은 아니오."

김영화가 웃으며 대답한다. 그는 동학도의 괴수가 다리가 부러져서 고통을 당하고 있는 그 자체만으로도 고소한 모양이었다.

"신문이 아직 안 끝났는데 신문하는 데 지장은 없을까요?"

산청현감 박기재가 묻는다.

"걱정하지 마오. 살아만 있으면 다 해결되오."

김영화가 대답한다.

곽덕원은 선생이 허벅지 뼈가 부러졌으니 큰일이었다. 의원이 올 리 만무하고 그렇게 허락하지도 않을 것이었다. 우선 아픔을 이기게 빨리 양귀비를 달인 진액을 구할 수밖에 없었다. 그날 밤 곽덕원은 정도겸의 집으로 가서 이 사실을 알렸다. 그런데 사람들이 보이지 않았다. 정도겸에게 물으니 모두 뿔뿔이 헤어져 제 갈 길로 떠났다는 것이었다. 마음 한 구석이 조금은 서운했으나 그래도 안도의 한숨을 내쉴 수 있었다.

이튿날 천덕보를 통해 구한 양귀비를 달인 진액과 엉덩이에 바를 약물과 소고기를 다져 만든 음식을 보자기에 싸가지고 곽덕원에게 드린다. 주위 사방이 칠흑같이 캄캄해지자, 곽덕원이 옥방으로 들어갔다. 엉덩이에는 엉덩이 부은 곳에 부치는 약이 있으나 이는 돌봐주는 사람이 있음을 들키는 일이어서 불가능하였다. 그냥 냄새 안 나는 바르는 약물을 쓸 수밖에 없었다.

"대신사임, 이거 양귀비럴 달인 진액입니더. 마이 드시머 큰일 납니더. 진액이니만큼 혀로 두 번 정도 핥은 뒤 조금 참아 보세요. 아픈 기가 사라질 겁니다. 그러니 여기 두셨다가 아플 때마다 그렇게 사용하시이소."

"고맙도다. 복얼 받얼 것이니라. 그런데 최경상언 내 말대로 떠났넌가?"

"예, 어젯밤에 가보니 모두 다 이곳얼 떠났니더."

"그럼 나중에 혹여 만날 기회가 있으머 이것을 전해주길 바라네.”

　대신사가 연죽(煙竹)을 곽덕원에게 내민다.

　“이 속에 내가 적언 것얼 넣어 두었네. 어서 가지고 나가
게.”

　아픔 속에서도 대신사는 저녁 식사를 거뜬히 먹어 치웠다.
곽덕원은 식사 식기류를 싸 들고 연죽을 들고 밖으로 빠져나
왔다. 곽덕원은 재빨리 옷을 갈아입고 서문 밖으로 나왔다.
곽덕원이 집으로 와서 연죽 속을 들여다보니 자신이 선생에
게 오려서 드린 한지 두 장에 각각 글씨가 적혀 있었다.

　‘등명수상무혐극주사고형력유여(燈明水上無嫌隙柱似枯形力有
餘)’라 쓰인 시구(詩句)와 오내순천명 여당고비원주(吾乃順天命
汝當高飛遠走)라는 시구가 적혀 있었다.

　‘물 위에 등불이 환히 밝은 것같이 대도가 밝았으니(무극대도
포덕에 대해서는) 의심할 바가 없다. 비록 기둥의 모습은 고목
과 같아 보이지만 힘은 남아 대도를 받치고 있다. 나는 천명
을 받아 곧 따르리니, 너는 마땅히 높이 날고 멀리 뛰어라.’

　곽덕원이 읽어보니 선생의 유시(遺詩)였다. 후천 오만 년 무
극대도가 환하게 밝았으므로 포덕에 대해서는 추호도 의심할
바가 없다.

　‘나는 비록 순도를 하여 몸은 죽으나, 봉황대의 기둥과 같
이 무극대도 세계 포덕을 영계에서 떠받치고 나아갈 것이다.
나는 대도의 새날을 위해 천명을 수행할 것이니 너는 마땅히
높이 솟아 시야를 넓게 바라보고, 나아가 후천오만년 무극대

도 새날의 기초가 되도록 준비하라.'

곽덕원은 선생의 유시를 읽고서 하염없이 눈물을 흘리고 있었다. '이 유시는 깊이 간직했다가 나중에 최경상 선생얼 만나거든 꼭 전하리라.'

이틀 후 다시 문초가 시작되었다.

"이내겸을 끌어내서 대령시켜라!"

정헌순 감사의 호령이 떨어졌다. 이내겸이 형리들에게 끌려 형틀에 묶였다.

"묻는 말에 바른대로 답하라. 나는 너희 놈들에게 자비가 없다."

정헌순 감사의 얼굴은 화가 치민 상이 되어 있었다.

"네놈은 검무에 대해 잘 알고 있으렷다! 어디 그 검무 노래를 불러 보아라. 여기에서 그 가사를 적을 것이니 천천히 불러라."

이내겸이 검무 노래를 부른다.

시호시호 이내시호
부재래지 시호로다
만세일지 장부로서
오만년지 시호로다
용천검드는 칼을
아니쓰고 무엇하랴
무수장삼 떨쳐입고

이칼저칼 넌즛들어
호호망망 넓은 천지
일신으로 비껴서서
칼노래 한곡조를
시호시호 불러내니
용천검 날랜칼은
일월을 희롱하고
게으른 무수장삼
우주에 덮여있네.
만고명장 어디있나
장부당전 무장사라
좋을시고 좋을시고
이내신명 좋을시고

검무 노래가 끝나고, 정헌순 감사는 김의갑이 부른 노래와 같은지 이내겸이 부른 가사와 꼼꼼히 대조해 본다.

"딱 들어맞는군. 너는 이 노래를 최복술이 가르쳐 줄 때 무엇을 대비하기 위한 것이라 들었느냐?"

"최복술이 지한테 말하기넌 지금 서양 눔덜이 중국얼 침략하고 다음에 우리나라럴 침략할 것인즉 그때럴 위해 이 용천검얼 사용해야 한다고 하민서 서양 눔덜얼 제압하기 위한 것이라 했니더."

"그렇다면 이 노래 가사에 서양 사람들에 대한 증오심이나 그들을 제압해야 한다는 내용이 단 글자 하나라도 있어야 하는데 왜 그런 글자는 하나도 없느냐?”

“지가 가사를 안 지어서 그건 잘 모르겠니더.”

“검무만 배우면 서양 놈들을 제압할 수 있다고 하였느냐?”

“아입니더. 하늘에 제사럴 정성으로 드려야 한다고 하였니더. 그리고 열세 자 주문얼 외어야 한다고 하였니더. 그래서 최복술이 지덜얼 데리고 산으로 올라가 한울임께 제사럴 올린 적이 있었니더. 그리고 하늘에 정성얼 드려 제사럴 올렸으니 두려워할 게 없다고 하였니더.”

“주문의 내용은 무엇이며, 다른 일은 없었느냐?”

“주문언 위천주고아정영세불망만사의이고요, 또 이런 말도 했니더. 서양의 글언 반드시 규자로 이름하고 있으니 규자넌 활궁 밑에 두 점이 들어있기에 불살라 마시머 액막이가 될 수 있다고 한 적이 있니더.”

“최복술을 대령시켜라.”

최복술이 끌려 나왔다. 형리들이 잽싸게 최복술을 형장의 형틀에 묶었다. 허벅지 뼈가 부러졌어도 아랑곳하지 않았다. 그저 끌려가 묶일 뿐이었다. 최복술은 이미 사람이 아니었다. 그렇지 않아도 누구나 형장에 들어가면 사람이 아니었지만 그래도 조금의 인정은 있었다. 그러나 최복술에겐 그런 인정이란 손톱만큼도 없었다. 어젯밤 곽덕원이 보내준 양귀비 달인 진액을 혀로 핥았으니, 이만이라도 한 것이었다.

정헌순과 김영화는 최복술의 인내력에 감탄했다. 그렇게

다치고도 이렇게 이겨내고 있다는 것이 정말 믿기지 않았다.

정헌순의 문초가 시작되었다.

"니놈이 그 괴도의 사람들에게 검무를 익히도록 한 적이 있느냐?"

"있니더."

"어째서인가?"

"저잣거리에 사람덜이 경신년에 서양 눔덜이 중국얼 점령하고 다음으로 우리나라에 나오리라는 말얼 들어서 우리나라에 변란이 있얼 것얼 예측할 수 있었니더."

"그래서 그 귀도(鬼道)의 도인들에게 검무를 배우도록 하였느냐?"

"그렇니더. 그래서 열세 자 주문을 지어 사람을 가르쳐서 그덜얼 제압하려고 하였고, 한울에 제사 지내넌 일에 정성얼 다하였으니 사태가 불리할 것이 없다고 하였니더."

"하늘에 제사를 지내니 하늘이 너에게 무어라 하더냐?"

"그저 정성을 다했으니 한울임이 보호해 줄 것으로 믿었니더"

"그게 니놈의 답이냐?"

"그렇니더."

"니놈이 한울님, 한울님 했고, 그 한울님이 너에게 나타나 말을 하고 영부도 주었다 하였으니 지금 이 시간에도 너를 위해 나타나 나를 당황케 해야 옳지 않느냐! 왜 나타나지 않는 한울님을 들먹이며 무지한 백성들을 현혹케 하느냐?"

"나넌 현혹케 한 사실이 전혀 없니더."

“그게 혹세무민이 아니고 무엇이더냐?”

“그건 나럴 문초하넌 사람의 생각일 뿐이오.”

“이내겸의 진술에 의하면 서양의 글은 반드시 규자로 이름하고 있으니, 규자는 활궁 밑에 두 점이 들어 있으므로 불살라 마시면 액막이가 될 수 있다고 하였다는데 사실이냐?”

“그렇니더.”

“그건 글자가 적힌 종이이고, 종이를 불사르면 재인데 재를 물에 타서 마시면 액막이가 된다 하니 그 액막이로 나라가 바로 선다는 뜻이냐?”

“그렇니더.”

“어디에서 그 허무맹랑한 발상을 하게 된 것이냐? 지금 나라가 바로 서지 못해서 서양에 잡아먹힐 것으로 생각하느냐? 네놈이 이러고도 살아남기를 바라느냐? 너를 물고를 내야 마땅하나 네 넓적다리가 부러져서 내 참는다.”

“….”

“검무는 무엇에 쓰려고 가르쳤느냐?”

“한울임이 내게 가르쳐 주기럴 근일 바다럴 왕래하넌 선박은 모두 서양인이다. 검무가 아니머 이럴 제압할 수 없다고 하셨다. 그래서 검무 시 한 편을 지었다.”

“너는 말끝마다 한울님 한울님 한다. 보이지도 않는 한울님을 입에 담고 쓸데없는 것을 한울님이 주었다고 하고, 쓸데없는 종이를 불살라 물에 타 먹이면 액막이를 한다는 둥 너의 혹세무민하는 죄가 실로 크다. 너는 내가 너의 한울님에 대해 물으면 모두 보이지 않고 모두 헛소리만 하고 있을 뿐이다. 도란 모든 사람에게 골고루 영향이 미치는 보편성이 있어야 비로소 도로서의 가치를 지닌다. 너의 도를 이끄는 한울님이란 존재는 너라는 한 사람에게만 보이고 말하고 하는 존재가 아니라 모든 사람에게 보편적으로 보이고 말하고 행동하며 우주 만물을 주간하는 것이 모든 사람이 똑같이 느끼게 해야 한다. 너만 보았다 하고 너만 무엇을 얻었다 하고 너만 들었다 하면 너 하나 없애 버리면 너의 한울님도 없어지는 것이냐? 이제야 무지한 백성을 혹세무민한 너의 죄를 인정하겠느냐?"

"나넌 백성에게 혹세무민하지 않았니더."

"그건 네놈의 주둥이로 뇌까리는 소리에 불과하다. 네놈이 혹세무민하는 죄를 밝히는 것은 내가 네놈 주둥이가 아니라 내가 사실을 밝혀내는 것이다. 너는 내가 그 이유를 대라는 것에 단 한 가지도 바로 그 증거를 대지 못했다."

"…"

"그리고 너의 검무의 노래가사를 들여다보니 서양 놈들을 제압하자는 말은 단 한마디도 없다. 네놈이 말하는 선천시대 오만 년이 지났으니, 후천시대를 맞은 좋은 시절에 용천검을 아니 쓰고 희롱하고, 만고명장 어디 있나 장부당전 무장사라, 좋을시고 좋을시고 이내 신명 좋을시고, 이 노래들은 네놈이 위로는 금상 전하와 아래로는 모든 문무백관들과 또 아래로는 모든 백성들을 네놈의 휘하로 만들기 위해 역적 반란

을 일으켜 조정을 뒤엎어 버리고 네놈 세상을 만들어 가겠다
는 포부를 들어낸 것이 아니고 무엇이더냐? 네가 그러고도
살기를 바랐더냐? 어디 네놈 말대로 서양 놈을 제압하기 위
한 것이라면 이 용천검 노래에 단 한마디라도 나와 있어야
하는데 어떻게 변명하겠느냐? 어디 말해 보아라."

"….."

"할 말이 없느냐?"

"억장이 무너져 할 말얼 잃었소."

"저놈을 옥방에 가두어라. 그리고 조상빈을 대령시켜라."

조상빈이 끌려 나온다. 그도 형리들에 의해 잽싸게 형틀에
묶인다.

"나는 네놈들에게 베풀 인자함이란 손톱만큼도 없다. 만약
이실직고를 하지 않으면 이 자리에서 물고를 내고 말리라.
그러니 이실직고하라."

정헌순의 추상같은 호령이 떨어졌다.

"예, 감사님 성실히 답변하겠니더."

"그럼 최복술이 너에게 한 말에 대해 기억나는 대로 말하
라."

"최복술얼 만나보이 최복술언 한울님이 내려와 최복술에게
가르침얼 주었다고 했으며, 이르기럴 금년 이월과 오월 사이
에 서양 사람이 용만으로부터 나오게 되며 나의 통문얼 기다
렸다가 일제히 뒤따라 나서라 하였니더. 이 검무럴 익힌이덜
이 보국안민의 공훈얼 세우게 되며 최복술언 고관(高官)이 되

고, 지덜언 각기 다음 자리를 맡게 되리라고 하였니더.”

“또 들은 게 없느냐?”

“지넌 무슨 영문인지 도무지 알지 몬헙니더. 당일 아침에 최복술의 정자에 도착하여 밤에 학습하라 해서 기다리다가 학습장에 앉아 막 이야기를 듣다가 이렇게 붙잡혀 왔을 뿐입니다. 지넌 깊은 기침을 하는 병이 있어 평소 병에 시달리고 있던 중 경주에 용하다는 사람이 있다는 소문을 듣고 병이 낫기 위해 찾아온 것뿐입니다.”

“저놈도 그런 놈이군. 저놈을 옥방에 가두어 둘까? 풀어줄까? 그러나 또 무엇인가 필요할 수도 있겠지. 저놈을 옥방에 가두어 두어라. 그리고 이정화를 대령시켜라.”

조상빈이 감옥에 갇혔다. 그리고 이정화가 형틀에 묶였다.

“이실직고하지 않으면 살아남지 못하리라.”

정헌순의 호령이 떨어진다.

“네놈이 최복술에게서 들은 이야기를 하나도 숨김없이 이실직고하라.”

“감사님, 시키넌 대로 모든 것얼 사실 그대로 말심 드리겠니더. 최복술이 천제럴 지낼 때 강령주문얼 외웠는데 최복술언 칼도 잘 휘두르고 글씨도 잘 썼으머 병이 속히 낫도록 빌어 여귀(厲鬼)넌 달아나고, 학신언 도망가게 하였니더. 그리고 선약이라 두 활궁 자럴 종이에 써서 혹은 불살라 마시고, 혹은 씹어서 삼키게 하였니더. 그리고 최복술은 궁궁(ㄹㄹ)에 대해 뜻풀이하기를 임진년과 임신년에는 이재송송이재가가

(利在松松利在家家)라는 말이 있으나 갑자년에넌 이재궁궁(利在
弓弓)이므로 궁자럴 써서 불에 태워 마시머 서양인덜얼 제압
할 수 있다고 하였니더.”

“오늘은 그만 문초하겠다. 이놈도 옥방에 가두어라. 그리고
오늘은 문초가 없얼 것이니 모두 옥방에 가두어라.”

정헌순이 명령을 마치고 집무실로 들어간다. 아직 해질녁
은 아니었다.

이튿날 다시 문초가 시작되었다. 문초의 방향이 달랐다. 문
초는 초장부터 최경상을 잡기 위한 방향에서 시작됐다. 그야
말로 엄했다.

“니놈들은 최경상이 있는 곳을 알고 있을 터, 그놈이 있는
곳을 대라!”

정헌순 감사의 명령은 추상같았다.

잡혀 온 대신사나 제자들이 모두 최경상의 행방에 대해 실토할 것
을 강요당했다. 대신사도 제자도 알 턱이 없었다. 모두 모를 수밖에
없었다.

“경상도 북부에서 포덕을 해온 사람입니더.”

그들은 이구동성으로 이와 같은 취지의 대답을 내놓았다.
소용없었다. 그들이 알고 싶은 건 최경상이 현재 어디에 숨
어있느냐였다. 그래도 알 턱이 없었다. 그 대가는 곤장으로
나타났다. 대신사는 곤장을 맞지 않았고 제자들은 스무 대씩
맞았다. 그래도 대답이 나올 턱이 없었다. 수인들은 모두 옥
방으로 다시 갇혔다.

43.

경상감사 정헌순은 최복술의 도가 참 도인지 거짓 도인지에 대한 조사는 더 이상 계속할 필요성을 느끼지 않았다. 이것은 도가 아니라 도깨비 같은 허황한 것 외에 다른 표현을 붙일 수 없었다. 이제까지 조사한 내용만 가지고도 충분히 참 도가 아니라는 것을 여러 가지로 증명할 수 있다고 생각했다. 그러나 이 귀도(鬼道)로 말미암아 백성에게 피해를 끼친 것들을 조사해야 했다. 혹세무민과 좌도 난정으로 단정한 정헌순 경상감사는 최복술의 죄를 더 밝혀 세세한 부분까지 조사하여 그 증거를 제시할 수 있도록 하여야 조사의 공정성을 유지할 수 있다고 보았다. 그래야 묘당에 장계를 올릴 때 일목요연하게 죄목의 사실과 그 증거를 낱낱이 기록하여 읽는 이로 하여금 어쩔 수 없이 최복술 등 수인들이 중죄인임을 인정하게 하여야 한다는 생각이 들었다.

집무실 책상 앞에 다가선 신문관들은 정헌순의 지시를 기다리고 있었다. 오늘 신문관들의 조사는 동헌 앞마당이 아니라 형방의 조사실에서 실시되었다. 상주목사 김영화, 지례현감 이기화, 산청현감 박기재도 수인들을 배당받았다. 세 조사관은 조사내용을 필기하는 사람을 바로 옆에 앉히고 수인을 책상 건너편 의자에 앉혔다. 수인의 뒤에는 형리가 서 있었다.

정헌순 감사는 최제우, 이내겸, 강원보, 이정화를 동헌 마당에 꿀려 앉혀놓고 예전과 같이 동헌 마루 의자에 앉아 신문을 시작했다.

"서양 놈들이 서학을 앞세워 우리나라에 쳐들어온다고 했다는데 그 말뜻은 무엇이냐?"

"서양인이 나오머 서학의 사특한 마귀의 가르침에 속임얼 당할 것이니 갑자년에넌 전설에 퍼져 내려왔듯이 궁궁이재(弓弓利在)해야 한다 하였니더."

"네놈의 한울님이라는 놈이 유학을 아느냐?"

"한울님언 전지전능하시니 당연히 다 알고 계시니더."

"네놈이 만든 소리 아니더냐?"

"왜 나럴 들먹이능교?"

"니놈의 한울님을 내 앞에 대령해 봐라. 내 앞에 나타나면 내 네 말을 인정할 것이니라."

"그저 인간 세상에 태어나 조금 살다 없어질 하잘것읎넌 인생이 감히 한울님얼 욕보이다니!"

"저놈 가만히 두어서는 아니 되겠다. 저놈 입을 늘려라!"

형리가 최제우의 입술을 두 집게손가락을 구부려 입술 양 옆으로 늘인다. 최제우는 개의치 않는다. 이미 육신은 버린 지 오래다. 아픔도 고통도 다 초월해 있었다. 얼른 형이 집행되어 조용히 생을 마감하고 싶었다.

'경상아, 너넌 멀리 도망가 이 천도럴 온 세상에 전하라.' 오직 그 생각뿐이었다.

"그래 네가 니 한울님이라 부르는 그 귀마(鬼魔)가 네게 와서 무어라 하더냐?”

“한울님얼 욕되게 하지 말라. 한울님언 내게 와서 정녕 말하기를 계해년 섣달 십구일에 서양인이 나오므로 갑자년 정월이면 소문이 있을 것이라 하였고, 갑자년 시월에는 너는 한양의 어느 현감이 되며, 섣달에는 이조판서가 될 것이라 하였다.”

“그럼 칼춤도 너의 귀마가 시켜서 한 것이냐?”

“귀마는 아니다. 한울님이 시킨 것이다.”

“필법은 어디서 배운 것이냐?”

“필법이야 부친으로부터 배운 것이다. 그러나 접신(接神) 후에 더욱 나아졌으며 원하는 사람이 많아 종종 써주었다.”

“소문에 의하면 니놈은 하루에 수백 리씩 간다고 하는데 사실이냐?”

“평소 걸음이 더디어 수십 리만 가도 발이 부르튼다. 그건 잘못된 소문이다.”

“또 소문에 의하면 네놈이 교자를 타고 다닌다는데 사실이냐?”

“작년에 신령, 영천을 내왕한 일이 있는데 잠깐 교자를 탔다. 그것이 그렇게 와전된 것이다.”

“일월산에서 소동을 일으킨 사실이 있었더냐?”

“어떤 사람이 입산하여 천제럴 지낸 일이 있었넌데 사람들언 내가 가서 그리한 줄로 잘못 알고 있었던 모양이다. 나넌 들어가 본 적이 없어 더할 말이 없다.”

"이놈을 옥방에 처넣어라. 그리고 이내겸을 대령시켜라."

최제우가 옥졸 세 명에게 들쳐 업혀 옥방으로 끌려간다. 이내겸이 형틀에 묶인다.

"네놈은 일월산의 소요를 알고 있으렷다. 사실대로 이실직고하라."

"진보 사람이 산 밑에 막을 치고 모여 학(學)을 익힌 것을 말한 것이오. 복술이 입산했다는 말은 듣지 못하였니더."

"정년 그리했느냐?"

"그래하니더. 어느 안전이라고 거짓을 고하겠능교?"

"알았다. 이놈을 옥방에 집어넣어라. 그리고 강원보를 대령시켜라."

이내겸이 옥졸에게 이끌려 옥방으로 향한다. 강원보가 끌려와 형틀에 묶인다.

"최복술이 서양인이 쳐들어오면 어찌한다 하였느냐?"

"최복술이 말하기럴 서양 도둑언 화공(火攻)얼 잘하니 갑병으로 대적할 것이 아니라 오직 동학이라야 그들얼 진멸할 것이라 하였다. 또 말하기럴 서양인언 일본으로 들어가 천주당(天主堂)얼 세우고 우리나라로 나와 또한 이 당얼 세울 것이니 최복술이 마땅히 초멸할 것이라 하였니더."

"됐다. 이놈을 옥방에 가두어라. 그리고 이정화를 대령시켜라."

이내겸이 옥졸에게 이끌려 옥방으로 향한다. 이정화가 형리에게 이끌려 나와 형틀에 묶인다.

“최복술이 혹 쇠칼을 사용하지 않았느냐?”

“나무칼을 사용했니더. 최복술언 나무칼언 쇠칼보다 이로우니 양인(洋人)의 눈얼 현혹시키머 보검으로 알 것이니 비록 단단한 갑옷과 날카로운 병기로도 감히 우리에게 근접허지 못할 것이라 하였니더.”

“최복술을 따르는 수제자는 누구누구냐?”

“최자원, 강원보, 백원수, 최신오, 최경오 등이라 들었니더.”

“최경오가 지금 어디에 있는지 아느냐?”

“지도 그자를 본지가 까마득헙니더. 그자는 최복술에게 자주 오지 않고 경주 북쪽에 다니면서 포덕한 사람입니더. 그자의 행방을 전혀 들은 바도 없고 아는 바도 없니더.”

“이런, 쥐새끼 같은 놈을 어떻게 잡는담? 최경오가 최경상이냐?”

“그렇니더.”

“이놈을 옥방에 처넣어라.”

이정화가 옥졸에 이끌려 옥방으로 향한다.

다른 제자들도 모두 조사하였다. 그러나 그들에겐 그리 길게 심문하지 않았다.

이월 스무날 최복술은 다시 동헌 앞마당에 끌려왔다. 몸이 쇠약해질 대로 쇠약해진 최복술은 빼빼 마른 얼굴로 형틀에 묶였다.

"규자와 궁궁이라는 글자는 어디에서 연유하여 사용한 글자더냐?"

"옥편 등의 글자해석에 규자를 도역이라 하였으므로 서학은 이 도역의 종류와 같은 것이라 멋대로 추측하여 그 이익됨이 이 규자에 있다고 하여 그것을 취하였고, 궁 자는 궁 자 밑에 점이 둘이 있으므로 곧 궁궁(弓弓)이 되는 것으로 이를 액막이로 사용한 것이다."

"계해년 섣달 열아흐렛날이 갑자년 시월 열하루로 바뀐 것은 어떤 의미냐?"

"계해년 섣달 열하루를 기한으로 하여 서양 놈의 소식이 없으면 학(學)하는 무리들이 알 기회가 없다고 인정하지 않을까 두려워 갑자년 시월 열하루로 바꾸었다. 만일 시월이 지나면 학할 뜻을 그만두고 서로 맹약하여 전량(錢糧)과 갑병(甲兵) 등의 일을 마련하라. 서양 도둑이 나오면 주문과 검무를 가지고 막을 것이며 천신의 도움으로 적장을 잡도록 준비하라 하였다."

"저런 허무맹랑한 놈을 보았나! 어찌하여 이런 놈을 믿는 자가 이리 많다는 말인가! 이놈을 옥방에 집어넣어라!"

최제우가 옥졸에 끌려 옥방으로 향한다.

정월 스무날부터 이월 스무날까지 한 달간 강행한 동학 우두머리 최제우와 그 추종자들에 대한 신문이 끝났다. 경상감영 감사 정헌순은 신문관 김영화 상주목사와 이기화 지례현감, 박기재 산청현감과 함께 묘당에 보낼 장계 작성에 대해 논의하고자 동헌 감사 집무실에 모였다.

"장계를 올리는데 계서(啓書) 작성에 대하여 꼭 들어가야 할 것들에 대해 말씀해 보세요."

정헌순이 입을 연다.

"이번 계서에는 그 누구도 수긍할 수밖에 없는 내용으로 저 귀마 같은 놈을 처치해야 할 것이오. 밉긴 해도 저 괴수를 따르는 무지한 자들이 많으니, 그놈들이 무슨 말을 퍼뜨려 세상을 어지럽게 현혹할까 저어해서요."

김영화가 말 대접한다.

"그 말씀이 옳습니다. 그러니 어디 하나하나씩 거론해 보시지요."

산청현감이 말을 보탠다.

"첫째는 이 귀마의 도가 사도(邪道)라는 것을 증명해 보여야 합니다. 그러기 위해서는 그간의 귀마 괴수가 해온 행적을 낱낱이 증거로 내세워 사도임을 밝혀야 할 것이오. 이 부분에 대하여는 충분히 조사가 되었으니 계서 쓸 때 앞뒤를 맞춰 쓰면 될 것이오. 특히 속임수를 품고 주문을 지어 위천주의 요언지설을 퍼뜨려 사람을 현혹되게 부추긴 점을 강조해야 할 것이오."

김영화가 자신 있게 말한다.

"둘째는 이 사도가 서학을 도습하여 포덕의 글을 꾸며 옴으

로 불순한 생각을 꾀하였다는 점을 밝혀야 할 것이오. 동학
이란 개두환명(改頭幻名)한 것에 불과하다는 점을 강조해야 할
것이오. 이를 증명하기 위해선 이놈들이 외치는 한울님이라
는 존재를 앞세워야 할 것이오. 한울님이란 의미에서는 서학
과 다를 바 없소.”

정헌순 감사가 강조한다.

“옳으신 말씀입니다. 반드시 감사님이 말씀하신 바를 강조
해야 합니다.”

지례현감 이기화가 맞장구친다.

“서양을 배척한다면서 오히려 사학(邪學)을 답습하여 포덕
의 글을 꾸며 불순한 생각을 꾀한 점도 밝혀야 할 것이오. 그
증거는 너무도 많소.”

정헌순 감사가 말한다.

“그리고 궁약(弓藥)을 비방이라 한 점도 이를 뒷받침하니 꼭
증거로 집어넣도록 합시다.”

정헌순이 방금 자기 말을 이어 한다. 그리고 끊었다가 다시
이어,

“칼춤과 검가(劍歌)를 퍼뜨려 흉악한 노래로 태평한 세상
에 난리를 걱정토록 하여 남몰래 무리를 지운 죄도 물어야
할 것이고, 움직이며 귀신이 가르침을 내렸다 하니 그 술책
은 하내풍각(河內風角)이요, 모두가 그에게 돈과 양곡을 바치
니 이는 후한(後漢)의 미적(米賊)이요, 엄한 법(三尺莫嚴)이 통
치 않으니 조금이라도 허용하기 어렵다는 내용을 담아야 될

것이오.”

처음부터 최복술을 중심으로 그의 제자들을 문초한 정헌순이 조사한 내용을 들어 그 죄목을 열거하고 있다.

“대감, 그만하면 죄목은 된 것 같습니다. 그런데 누가 계서 초안을 작성할래요?”

“초안은 상주목사가 작성하시오. 내가 작성하고 싶지만 내가 작성하면 여러분이 보나 마나 잘 됐다고 하면서 추켜세울 것이 불을 보듯 뻔한 일이어서 그리되면 계서에 누락된 부분도 있을 것이니 조 목사가 먼저 작성해 주시오.”

정헌순의 논리가 지극히 타당하였다.

“예, 그리하리다.”

김영화가 대답하고 계서 초안 작성을 맡았다.

이틀 후 조영화가 써온 초안을 읽어본 정헌순은 그 내용이 자기가 하고픈 말을 다 써 놓았다고 보았다. 자신이 공들여 문초했으며 자신의 추리와 생각으로 문초하여 수인들의 답을 받았으므로 아무리 생각해도 자신이 쓰는 게 옳지 않을까 하고 생각했던 정헌순은 마치 자신이 초안을 잡은 것처럼 써온 초안을 보고 김영화의 필력에 감탄했다.

특히 김영화와 이기화, 박기재가 조사한 결과를 각 사안에 따라 자신이 문초한 것 뒤에 달아 증거를 더욱 세밀하게 제시한 점은 더욱 마음이 든든하게 느껴졌다. 정헌순 감사는 사안이 사안인 만큼 계서를 직접 자신이 쓰기 시작했다.

참사관 상주목사 김영화, 지례현감 이기화, 산청현감 박기재는 심문할 때 이들이 입회하여 철저하게 밝혀냈다.

최제우는 경주 백성으로 훈학을 업으로 하고 있었는데 양학이 나오고 있다는 소문을 들었다고 한다. 양학이 세력을 떨치자, 의관지류(衣冠之類)로서 차마 볼 수 없어 한울을 공경하고 천리를 순종하는 마음으로 위천주 고아정 영세불망 만사의(爲天主 顧我定 永世不忘 萬事宜)라는 열세 자를 지었고, 이름을 동학이라 하였는데, 이것은 동국이라는 뜻을 담았다고 하였다. 양학은 음이라 할 수 있고, 동학은 양이라 할 수 있는데 양이 음을 제어하려면 늘 열세 자 주문을 읽어야 한다고 하였다. 그 아들이 감질(疳疾)로 앓게 되자 이 주문을 외어서 저절로 낫게 하였다 하며, 풍증(風症)과 간질은 물론이고 병에 걸린 사람들에게 외우게 하여 곧 차도가 있었다고 한다.

또한 필법을 약간 알고 있는 사람이 혹시 글씨를 써달라고 하면 매번 구(龜), 용(龍)자를 늘 써 주었다고 한다. 병을 치료하려는 사람이 있으면 산에 들어가 제사를 지냈는데 소를 잡는 일은 없었다고 한다. 잡병(雜病)에 걸린 사람이 있으면 종이에 궁(弓) 자를 써서 불살라 마시도록 하면 차도가 있었다고 한다. 원근에서 온 사람이 있어 부득이 머물도록 허락하다 보니 도당(徒黨)이란 이름이 생기게 되었다고 한다. 돈과 쌀을 토색하는 일은 애초부터 없었다 한다. 선생과 제자라는 호칭 또한 스스로 부른 것이 아니라 한다. 이러므로 사교(邪敎)와 달리 처음부터 숨기거나 꺼리지 않았다고 한다.

퇴리 이내겸은 그 아비 병에 차도가 없자 최가를 찾아갔는데 열세 자를 주면서 외우기를 권하므로 밤낮 외워 보았으나 차도가 없어 바로 중단하고 나서 물리치는 글을 지었다 한다. 그때 돌린 이른바 문서로는 포덕문(至氣今至願爲大降)이라 하였고, 또한 '위천주고아정영세불망만사의(爲天主顧我定永世不忘萬事宜)'라 하였으며, 칼 노래는 용천검(龍泉劍) 드는 칼을 아니 쓰고 무엇 하랴는 것이었다.

이반하여 산제(山祭)를 올릴 때는 돼지고기와 떡, 국수, 과일을 차리는데, 병을 낫게 하는 뜻에서 나온 것이라 한다. 복술은 본래 글씨에 이름이 나 있었으며 구(龜), 용(龍), 상(霜), 운(雲) 등의 글자를 여러 사람에게 써 주었다 한다. 이에 대해 학부형들은 수고하였다는 답례로 약간의 돈과 양식을 주었을 뿐이고 토색하는 일은 없었음이 사실이다.

종이장사인 강원보는 그가 풍담(風痰)으로 누워있을 때 주문을 외우면 빠졌던 머리칼도 다시 난다는 소문을 듣고 찾아갔다 하며, 병이 다 나은 후에는 필요치 않아 외우기를 폐하였으므로 더할 말이 없다고 하였다. 박은환은 병이 생겨 최가를 찾아갔더니 성심을 다하여 한울님을 공경하고, 사람이 지켜야 할 도리를 항상 돈독하게 한다면 병도 곧 나을 것이라고 하였다. 그래서 기다려서 아침에 학(學)을 받으라 하여 머물렀다가 붙잡혔으니 아뢸 것이 없다고 하였다. 동몽 김의갑은 복술과 한 동리에 살고 있었으므로 감히 자신을 속이려 하면서 복술의 아들 세정이 늘 나무칼을 가지고 춤을 추어 뛰어올랐으며 용천검 드는 칼이라고 하는 노래를 불렀다고 한다, 그것이 거짓임을 알게 되자 상종하지 않았다 한다.

잡류들이 모이면 적어도 서른 명은 되었고, 뒷산에서 천제를 올리며 병이 낫기를 축원하였고, 끝내 효험이 나타나지 않자 많은 이가 등을 돌려 가버렸다 한다. 또한 최한(崔汗)의 출입이 빈번하였는데 밤길을 나설 때에는 자주 횃불을 밝히게 되자 온 동리 사람들이 꾸짖었다고 하였다. 이경화는 오랫동안 병석에 누었다가 최가를 찾아갔다. 위천주(爲天主)의 주문 열세 자를 가르쳐 주었고, 부(賦)를 짓고 다음으로 운(韻)을 지어보라 하여 결국 부와 운을 짓자 복술이 받아 썼다 하며, 이날 밤 유숙하다가 붙잡혔다 한다. 동몽 최인득은 칼춤을 추었는데 이는 본심이 아니라 문득 광기가 발작하여 나무칼을 들고 혹은 춤추고, 혹은 노래하니 그 노래는 시호시호 곡이었다. 이를 익히려면 먼저 하늘에 제사를 올려야 한다고 하였다.

복술은 다시 문초하니 경신년(庚申年)에 서양이 먼저 중국을 점령하고 다음으로 우리나라에 나오려 한다는 말을 듣자 변란이 있을 것을 예측할 수 있었다 한다. 그래서 열세 자 주문을 지어 사람을 가르쳐서 그들을 제압하려 하였고, 하늘에 제사 지내는 일에 정성을 다하였으니 사태가 불리할 것이 없다고 하였다. 그리고 서양의 글은 반드시 규자로 이름하고 있으니 규자는 활궁 밑에 두 점이 들어 있기에 불살라 마시면 액막이가 될 수 있다고 하였다. 초학(初學) 시에 신령이 통하여 몸이 떨리었다. 하루는 한울님이 가르쳐 주기를 근일 바다를 왕래하는 선박은 모두 서양인이다. 검무가 아니면 이를 제압할 수가 없다고 하였다. 이내겸을 다시 문초하니 복술의 이른바 검무는 시호시호 이내시호 용천검 드는 칼을 아니 쓰고 무엇 하리. 만세일지 장부로서 오만 년 지 시호로다. 용천검 드는 칼을 아니 쓰고 무엇 하리.

'무곡장삼 떨쳐입고 이 칼 저 칼 옆에 짚고 호호망망(浩浩茫茫) 너를 천지일신 용천검 드는 칼은 번득이며 일월을 희롱하고 게으른 긴 소매는 우주를 덮고 있고 자고(自古)명장 어디 있나 장부당전 무장사라 이내시호 좋을시고'라 하였다. 아울러 신선의 약이란 것은 궁(弓) 자의 반자 뜻을 취하여 종이에 그린 것이다. 두 궁(弓)으로 된 지방(紙榜)을 풀이하기를 그 이름은 태극이요, 다른 이름은 궁궁이라 하였다. 소위 대강(大降) 여덟 자를 외우면 몸이 열린다고 하는 들은 바를 모두 고하였다고 하였다.

조상빈은 복술을 만나보니 한울님이 내려와 정녕 나에게 가르침을 주었다고 하였으며, 이르기를 금년 이월과 오월 사이에 서양 사람이 용만으로부터 나오게 되면 나의 통문을 기다렸다가 일제히 뒤따라 나서라 하였다. 이 검무를 익힌 이들이 보국안민의 공훈을 세우게 되면, 나는 고관이 되고, 너희들도 각기 다른 자리를 맡게 되리라 하였다. 이정화를 다시 문초하니 그는 복술이 천제를 지낼 때 강령주문을 외웠는데, 복술은 칼도 휘두르고 글도 잘 썼으며 병이 속히 낫도록 빌어 여귀(厲鬼)는 날아가고, 학신은 도망가게 하였다 한다. 이른바 선악이란 두 활궁 자를 종이에 써서 혹은 불살라 마시고 혹은 씹어서 삼키게 하였다 한다. 복술은 궁궁(弓弓)에 대해 뜻을 풀이하기를 임진년과 임신년에는 '이재송송 이재가가(利在松松利在家家)'라는 말이 있었으나 갑자년에는 이재궁궁이므로 궁(弓)을 써서 불에 태워 마시면 제압할 수 있다고 하였다.

최제우는 세 번째 문초하니 서양인이 나오면 사특한 마귀의 가르침에 속임을 당할 것이니 갑자년에는 전설에 퍼져 내려왔듯이 궁궁이재(弓弓利在) 해야 한다고 하였다. 이른바 귀마(한울님)가 와서 정녕 말하기를 계해년 섣달 열아흐렛날에 서양인이 나오므로 갑자년 정월이면 소문이 있을 것이라 하였고, 계해년 시월에 하였다 한다. 칼춤은 역시 마(魔)가 시킨 것이오, 필법은 전신 후에 더욱 뛰어났으며 원하는 사람이 많아 종종 써주었다 한다. 하루에 수백 리씩 간다는 말이 있으나 평소 걸음이 더디어 수십 리만 가도 발이 부르튼다고 하였다. 교자를 타고 다닌다는 설은 마침 작년에 신령 영천을 내왕한 일이 있어 그렇게 됐다고 하였다. 일월산에서 소동이 났다는 설은 어떤 사람이 입산하여 천제를 지낸 일이 그리되었다고 하며 그는 들어가지 않았으므로 더할 말이 없다고 하였다.

이내겸을 세 번째로 문초하니 일월산의 설은 영양, 진보 사람이 산 밑에 막을 치고 모여 학(學)을 익힌 것을 말한 것이라고 하였다. 복술이 입산했다는 말은 듣지 못하였다고 했다. 동몽 성일규는 칼춤을 시험 삼아 배울 때에 처음에는 몸이 떨리는 듯하였으나 끝내 공중으로 떠오르는 조짐은 없었다고 한다.

최제우는 네 번째로 심문하니 옥편 등의 글자해석에 규자를 도역이라 하였으므로 서학은 이 도경의 종류와 같은 것이라 멋대로 생각하여 그 이익됨이 규자에 있다고 하여 그것을 취하였으며, 궁(弓) 자 밑에 점이 둘이 있으므로 곧 궁궁(弓弓)이 되는 것이라 하였다. 계해년 섣달 열아흐렛날을 기한으로 하여 소식이 없게 되면 학(學)하는 무리들이, 일참이 없다고 인정하지 않을까 두려워 갑자년 시월 열하룻날로 바꾸었다 한다. 시월이 지나면 학(學)할 뜻을 그만두고 서로 맹약하여 전량(錢糧)과 갑병(甲兵) 등의 일을 마련하라. 서양 도둑이 나오면 주문과 검무를 가지고 막을 것이니 천신(天神)의 도움으로 적장을 잡도록 준비하라 하였다 한다.

강원보를 다시 문초하니 복술이 이르기를 서양 도둑은 화공(火攻)을 잘하니 갑병으로 대적할 것이 아니라 오직 동학이라야 그들을 진멸할 것이라 하였으며 또 말하기를 서양인은 일본으로 들어가 천주당을 세우고 우리나라로 나와 또한 이당을 세울 것이니 내가 마땅히 초멸할 것이라 하였다.

이정화를 다시 문초하니 최복술이 말하기를 나무칼은 쇠칼보다 이로우니 양인의 눈을 현혹하면 보검으로 알 것이니 비록 단단한 갑옷과 날카로운 병기로는 감히 우리에게 근접하지 못할 것이라 하였다고 한다. 최가와 가장 친한 수제자라 칭하는 자는 곧 최자원, 강원보, 백원수, 최신오, 최경오 등이라 한다. 백원수의 머슴인 김인찬은 동학의 주문을 외우다 광기가 발하여 어린 아들 용성에게 강령접필케 하였더니 대서하기를 인찬은 대장이 되고 용성은 중장이 되고, 강원보는 순도(順道)가 된다고 하여 곧 머슴을 쫓아냈다고 한다. 모두들 대질하여 문초를 받아 이번의 요악(妖惡)한 무리를 철저히 들춰내었다.

최제우는 본시 요망한 종류로서 감히 속임수를 품고 주문을 지어 위천주(爲天主)의 요언지설(妖言之說)을 퍼뜨려 사람을 부추겼으며, 서양을 배척한다며 오히려 사학(邪學)을 답습하여 포덕의 글을 꾸며 음으로 불순한 생각을 꾀하였고, 궁약(弓藥)을 비방(秘方)이라 하였으며, 칼춤과 검가(劍歌)를 퍼뜨려 흉악한 노래로 태평한 세상에 난리를 걱정하도록 하여 남몰래 무리를 지었고, 움직이며 귀신이 가르침을 내렸다 하니 그 술책은 하내풍각(河內風角)이요, 모두가 그에게 돈과 양곡을 바치니 후한(後漢)의 미적이요, 엄한 벌(三尺莫嚴)이 통하지 않으니 허용하기 어렵다 할 것이오, 강원보 등도 함께 범하였으니 용서할 수 없는 죄목이다. 정석교 등도 역시 중하게 처분해야 할 것이고, 전석문 등도 아울러 진장(眞臟)이 없는가를 합당하게 참작하여야 할 것이다, 다행히도 거괴(巨魁)를 체포하여 수굴과 뿌리를 완전히 드러내어 차례대로 열거하여 등문(登聞)하오니 처분 내리기를 공손히 기다리겠다. 그리고 장경서 등은 꾸짖어 깨우치도록 엄히 훈계하여야 한다. 교지가 있기를 품하니 동조(東朝)에서 처분이 있기를 바란다.

정헌순은 작성한 계서를 신문관에게 보여주고 고칠 곳이 있는지 물었다.

"아주 명문으로 쓰셨습니다. 이 정도면 우리의 목표가 다 달성될 수 있을 것입니다. 공정성도 있고, 괴수의 죄질도 천하에 다 드러났고 했으니 이대로 대왕대비께 올리심이 가할 듯합니다."

김영화가 답했다.

"그렇습니다. 감사님께 저희들이 얼굴을 들 수가 없습니다. 이 계서를 손수 작성하시다니요."

"사안이 중요하고 내게 책임이 있으니 그리한 것이오. 한 달여 정말 수고가 많았소. 이걸 파발로 보내고 오후에 술 한 잔합시다."

정헌순이 말했다.

그날 경상감영의 군관 두 명이 정헌순 감사로부터 전달받은 계서를 싼 보자기를 가슴에 동여매고 서울 궁에 계신 대왕대비 마마에게로 향해 말을 몰았다.

이월 하순경 경상감영 정헌순의 계서를 받아 본 대왕대비 마마는 계서를 읽고 부들부들 떨었다. 대왕대비 마마는 곧 전교를 쓰도록 전교내용을 승정원에 명했다.

이단사설(異端邪說)로 인심이 빠져들었으니 교화(教化)를 밝게 못했음이 한탄스럽다. 이번에 영옥(嶺獄)의 여러 죄인들은 매우 어리석고 민첩지 못해 이단의 지목(旨目)을 가려 책망할 값어치조차 없다. 그들 또한 불쌍하기 이를 데 없으나 마음을 흐트러뜨리지 말라는 것을 훈정(訓政)으로 이르는 바이다. 사람을 속이고 홀려서 무리를 모은 그 행적은 경중(警衆)하지 않을 수 없다. 경상감사의 사계(査啓)는 묘당에서 품해서 처리하라.

대왕대비 마마의 전교가 내려졌다. 대왕대비 마마의 전교를 받은 묘당에서는 경상감영 감사 정헌순의 계서를 수차 세밀하게 돌려 읽고 처결 내용을 결정하였다.

동학은 서양의 요사한 가르침을 그대로 옮겨 이름만 바꾼 데 지나지 않는다. 세상을 헷갈리게 하고, 어지럽혔으니 속히 엄벌을 내리지 않으면 나라 법을 세울 수가 없다. 최복술은 효수(梟首)하여 경중(警衆)하고, 강원보, 최자원은 엄형 이차 후 절도에 정배 보내 종신케 하고, 이내겸, 이정화, 박창욱, 조상빈, 조상식, 정석교, 백원수는 엄형 이차 후 원지에 정배 보내고, 신덕훈, 성일규는 엄형 일차 후 정배 보내고, 나머지는 도신이 처리하라고 떨어졌다. 묘당의 처분 내용이 대구감영에 도달한 것은 삼월 초승달이 오를 때쯤이었다. 대구감영에서도 나머지 사람들에 대한 벌을 정해야 했다. 정헌순 감사는 우선 최복술의 부인 박씨와 아들 세정에 대해 어

떻게 처분할까 하고 고심하다가 무죄 방면하여 주는 것이 백
성들이 볼 때 관에서 관대하다고 느끼게 될 것이란 생각이
들었다. 사실 그들을 처벌한다 하더라도 크게 덕될 것이 없
었다. 정헌순은 과감하게 최복술의 박씨 부인과 그의 장남
세정에 대해 무죄 방면하기로 하고 최복술을 효수한 다음 삼
일이 경과하면 시신을 가져갈 때 무죄방면 하기로 맘먹었다.

그런데 최복술의 다음으로 처벌을 받아야 할 최자원은 대
구감영으로 끌려가기는 하였으나 문초를 받은 사실이 없고,
절도에 정배하라는 묘당의 처분 결과가 나왔으나 그의 행방
이 묘연(杳然)하였다. 강원보는 함경도 이원군으로 정배 되었
고, 이정화는 영월 소미원에 정배 되었으며, 백사길은 황해
도 문화군으로 정배 되었다.

삼월 열흘이었다. 완연한 봄날씨였다. 하늘이 화창하게 열
린 것도 아니었지만 그렇다고 하늘에 구름이 많이 끼어 있는
것도 아니었다. 구름이 아주 낮게 떠서 흘러가는 것도 아니
었다. 구름에는 검정빛이라곤 없었다. 그러나 경상감영 남문
앞 개울가에 있는 관덕당(觀德堂) 마당 가운데서도 관덕당 마
루로 불리던 아미산 등성이에 모인 사람들은 한결같이 우울
한 모습이었다.

세상 살면서 볼 것 없다고 사람 죽이는 것을 쳐다보라는 관
청의 성화에 못 이겨 나오긴 하였으나 썩 기분 좋은 일은 아
니었다. 안 나가면 안 나갔다고 애먼 사람 동학도로 몰아세

울까 두려워서 나오긴 나왔지만 정말 눈 뜨고 볼 수 없는 짓이었다.

"우리가 뭔 죄럴 지었다고 이런 불쌍시런 것얼 쳐다보라고 허능고?"

"꿈에 나타날 것이 불얼 보듯 훤헌디 며칠간언 잠 못 들게 생겼구만예."

"긍께 저 도사가 보통 도사가 아니라구만예. 사람덜 병도 낫게 허기두 허구 한울님한테 도럴 받았넌디 누구나 사람 몸 속에 한울님이 기싱께 사람 대하기럴 한울님 대하듯이 하라고 했다 카네예. 그래서예 사람언 귀천이 없다 함서 양반 상놈이 어딧냐고 카더라네예. 솔직히 그 말언 맞넌 거 아잉가예? 그라고 병이 앤 나언 사람도 있지만, 약도 안 쓰고 도력으로 낫넌 것인디 도심이 없넌 사람얼 어느 귀신이 낫게 해 주겠능교?"

오십 고개를 넘보는 아낙이 무명 치맛자락을 걷어 올려 뱃대끈으로 다시 조여 매면서 한마디 던진다.

"어따 그런 말 마이소. 사람이 무슨 놈의 한울님얼 만나넌 거라예? 그것부터가 거짓말 이잉교? 이리 둘러 붙이고 저리 둘러 붙이고 험시로 사람덜 눈얼 헷갈리게 헝 것이 무슨 도사란 말이라예? 글 앤 해도 시상 복잡해서 살기 어려분디 저런 사기꾼들까지 나타나서 시상얼 덩달아 어지럽히니…."

다른 한 아낙이 들으라고 소리 내어 말한다. 사람들이 그 여인을 돌아보며 아니꼬운 눈초리들을 보낸다. 죄를 지었을

망정 죽어가는 그의 신세가 불쌍하다는 생각이 드는 모양이었다.

"그나저나 죄지언 사람언 즈그덜이 죽이든 살리든 할 일이지, 왜 애먼 우리 백성덜까지 이런 데 나와서 저 징헌 꼴을 쳐다보라고 하는지를 모르겠다 카이. 두고두고 저 징헌 꼴이 꿈에 나타날 것은 불을 보듯 뻔헌 일인디. 오메 그 꿈 앤 나타날 때꺼정언 얼마나 잠얼 설칠까 생각만 해도 징그럽네. 아이고 지금부터 눈 딱 감고 있을라구먼예."

삼십 대로 보이는 아낙이 한 소리 한다.

장대가 앞섰다. 장대에는 고리가 달려 있고 두 명이 형리가 고리에 매어진 줄을 잡아들고 있었다. 이윽고 최제우가 끌려 나왔다. 갑자기 주변이 조용해졌다. 경중(敬重)하러 나온 사람들이 고개를 돌려 땅을 쳐다보고 있었다. 죽는 모습을 보기 싫어서였다. 긴 판자가 들려 나왔다. 그 뒤를 형리가 밧줄을 들고나와서 최제우 옆에 두었다.

"이제 형을 집행하겠다. 수인의 죄목은 좌도난정지술(左道亂正之述)이다. 이제 이 세상의 마지막으로 최복술은 원하는 것이 있느냐? 있으면 말하라."

경상감영 정헌순 감사가 최제우에게 최후의 소원을 물었다.

"청수일기(淸水一器)를 내 앞에 대령해다오."

"너희는 청수일기를 대령하도록 하라!"

정헌순 감사가 형리들에게 명했다. 잠시 후 하얀 사기그릇

에 물이 담겨 최제우 앞에 놓였다. 최제우는 청수를 앞에 놓고 눈을 감은 채 묵상을 하다가 눈을 뜨더니,

"이제 다 됐소. 내 목을 치시오."

하고 눈을 감았다. 이때 장대 고리에 매달린 줄을 들고 있던 형리가 최제우에게 다가와서 최제우의 머리를 풀어 가닥을 만들더니 잡고 있는 줄에 묶는다. 그런 다음 다시 다른 형리가 최제우를 긴 판자에 엎어서 묶은 다음 목에 두터운 나무토막을 끼워 넣는다.

이제 망나니의 차례였다. 망나니는 같은 사형수였다. 사형수 중에도 망나니짓을 할 수 없어 하기 싫어한다. 그렇다고 사형수 아무에게나 망나니짓을 시킬 수가 없다. 그래도 경험이 좀 있는 사람이어야 했다. 방법은 한 가지가 있었다. 그의 사형집행을 늦춰준다는 언약이었다. 망나니에게는 술을 먹인다. 거나하게 마신 망나니가 참도(斬刀)를 휘두른다. 망나니는 이곳에 오기 전 참수교육 받은 대로 칼을 휘두르며 술을 머금었다가 칼날에 뿌리고 이리 뛰고 저리 뛰면서 수형자의 혼을 빼려고 하는 모양이었다. 최제우는 그저 눈을 감고 마음을 비운 상태였기 때문에 형틀에 묶여서 엎어져 있었어도 고요한 마음을 유지할 수 있었다.

한참 만에 망나니의 참도가 최제우의 목에 내리꽂혔다. 그러나 두꺼운 목뼈에 칼날이 닿아 목이 떨어지지 않았다. 붉은 피가 솟아나기 시작했다. 형리들의 안색이 굳어졌다. 망나니가 다시 후려치고 또다시 후려쳤다. 목이 떨어져 나왔

다. 장대 고리에 매단 줄을 잡은 형리가 줄을 잡아당겼다. 최제우의 머리가 장대 위로 올라가고 있었다. 여기저기서 울음소리가 터져 나왔다. 유림들도 나와 있었다. 최제우의 목이 떨어져 나간 것을 목도한 유림들은 이제야 안심하는 듯 여기저기서 한숨을 몰아쉬고 있었다. 한마디로 시원하다는 표정이었다. 우는 사람, 시원하다는 사람들의 가운데서 장대 위로 올라가는 최제우의 머리는 사람들의 그런 표정을 뒤로하고 하늘로 멀리 올라가고 있었다.

"앞으로 삼 일간 잘 지켜라. 그 자리에 그대로 걸려 있어야 한다."

정헌순 감사의 명이 떨어졌다.

모두들 관덕당 앞마당의 형집행 장소를 떠나기 시작했다. 여기저기서 참새 지저귀는 소리처럼 사람들의 입에서 오가는 말들을 형집행 장소의 공간은 시간 속으로 끌어넣어 조용하게 만들고 있었다. 모든 일들은 시간 속에서 이루어지다가 시간 속으로 사라져 가고 있었다.

최제우의 머리가 장대에 매달려 외롭게 하늘에 떠 있을 때 그 주변에는 사람 얼굴을 볼 수 없었다. 해질녘이 되어서 저녁을 먹는지 지키는 사람도 보이지 않았다. 곽덕원(郭德元)과 최경상의 매제 임익서(林益瑞), 그리고 정용서(鄭用瑞)가 몰래 현장에 찾아가 조용히 묵념을 올리고 있었다.

최제우를 참수하여 효수한 지 삼 일 만에 옥방에 갇힌 최제우의 박씨 부인과 장남 최세정을 끌어내어 동헌 마당에 꿇려

앉힌 후,

"네놈들도 형벌을 가할 것이나 남편과 아비를 잃은 슬픔이 클 것이어서 특별히 무죄 방면하니 앞으로는 그러한 사도에 빠지지 말고 성실하게 생활하기 바란다. 아울러 아버지의 시신을 수습하여 안장하길 바란다."

정헌순의 말이 끝났다. 정헌순이 일어나 집무실 문을 열고 들어간다. 형리가,

"자, 이제 자유의 몸이 되셨으니 너무 슬퍼하지 말고 시신을 잘 수습해서 안장하시기 바랍니다."

하고 위안 섞인 어투로 말을 한다.

박씨 부인과 세정은 바로 형장으로 향했다. 날씨는 가랑비가 내리다가 멈추고 있었다. 울음도 말라버린 박씨 부인과 세정은 멍한 얼굴이었다. 다행히 최제우가 효수된 장소에는 사람들이 와 있었다. 남이 볼세라 엉금엉금 기다시피 하여 시신의 머리를 아래로 조심히 내린 사람들이 보였다. 임익서, 곽덕원, 김덕원, 정용서는 몇 번 뵌 적이 있는 사람이었으나 김경숙, 김경필은 처음 보는 사람이었다. 먼저 온 사람들은 선생님의 부인과 장남이 온 줄을 알지만, 반가운 얼굴을 할 수 없었다. 그저 묵묵히 고개를 숙여 인사를 할 수밖에 없었다. 사실 그들은 인사고 뭐고 그런 거는 안중에도 없었고, 둘로 나누어진 시신을 수습하여 염을 해야 했다. 형리들이 몸 부분을 담아놓은 널은 널이 아니라 궤짝 같은 것이었다. 판자로 엉성하게 짠 그 궤짝 속에 선생의 몸체가 들어

가 있었다니 천불이 날 지경이었다. 대신사의 머리가 땅으로 내려왔다.

"우리 대신사께서 이런 수모를 당하시다니!"

곽덕원이 울음을 터트렸다. 묵직한 그의 울음이 천지를 진동시키는 것처럼 옆에 있던 동료에게 전달되고 있었다.

곽덕원이 선생님의 머리를 조심히 들어 몸체가 있는 널 속의 시체 몸의 머리 자리에 조심히 놓았다. 목이 잘린 얼굴은 그래도 평화로운 얼굴을 하고 있었다.

"우선 대신사님얼 모시고 이곳을 떠납시더. 다른 곳에 가서 차분히 대신사임얼 염해 드립시더."

곽덕원이 나직이 말했다. 모두들 그의 말에 따랐다.

일행은 널을 들고 길을 재촉하였다. 약 사십 리 길을 정신없이 걸었는데 해 질 무렵이 되었다. 앞에 있는 비둘기 재를 넘었다. 자인마을을 지나 짐못에 도달했다. 짐못 옆엔 주막이 아마도 서너 채는 되어 보인다. 이 연못이 크고 각 동네로 들어가는 길이 있어서인지 주막이 잘되는 성싶었다. 그들이 들어간 주막은 보기 드물게 집 안채 방문 위에 후연점(後淵店)이라는 현판이 굵은 해서체로 씌어서 걸어져 있었다. 얼른 현판만 보아도 손님들이 옷깃을 여밀 듯싶었다.

"주모, 지덜이 이리 들어와서 미안합니더. 지덜이 지덜의 대신사님 모시고 가는 길이어서 그런데요 여기 어디 상엿집이나 널을 파는 곳이 있능교? 그리고 경주까지 가는데 이곳 어디에서 달구지를 빌릴 수 있을까요? 돈은 얼마든지 쳐 드릴게요."

"있기는 있는데 좀 멀어예."

"좀 가르쳐 주이소. 오늘 지딜이 묵언 것언 후하게 쳐 들이 겠니더."

주모가 얼굴을 펴고 곽덕원을 바라보며 도울 자세를 보인 다.

"이리 와 보이소."

주모가 일어서며 곽덕원을 자기 옆으로 오라고 한다.

"저기 있지예? 왼짝 말고예. 그 오른짝예."

"예예."

곽덕원이 알았다는 듯 대답한다.

"거기가 샛골인데예 그짝에가 천인들이 살구만예. 거기 가 머 상여도 있고예, 널도 짜고 가구도 맹그는 목수가 사는데 아마 있을 끼라예. 그라고 저짝 왼짝은 웃뜸이지예. 그 앞에 맞바라보는 곳이 원뜸이고예. 또 저짝은 바깥뜸이고예. 그러 니께 샛골로 가시머 널을 살 수 있지예."

주모가 묻지 않는 말까지 세밀하게 가르쳐 준다. 곽덕원은 임익서를 데리고 바로 샛골로 향했다. 대추나무로 짠 널을 사고 싶었으나 대추나무 널은 만들지 않았다. 다행히 좋은 송판으로 짠 널이 있어서 그걸 대뜸 사버렸다.

그리고 수의도 있어서 한 벌 샀다. 삼베로 만든 수의며 부 속품들이 그런대로 맘에 들었다.

"근데 목수 양반, 지딜이 대신사임이 돌아가셔서 모시고 경주까지 가는데예 걸어서 널을 매고 가기가 그렇네예. 그러니 그 삯은 후하게 쳐 드릴 거이니께이 어디 사람과 달구지럴 빌릴 수 있을까예?”

“삯만 많이 주머 앤 가겠능교? 더군다나 시신을 모신다는데 그렇게 박절하겠능교?”

“그럼 주선해 주시오. 삯은 아주 후하게 쳐 드릴 것이오.”

“그럼 내일 아침에 지가 사람과 달구지를 보내드리겠소. 오늘 밤은 어디서 주무시오?”

“저기 주막의 봉놋방이오.”

“거기 주막이 셋인가 넷인가 모여 있는 곳 말이지예? 주막 뒤에 큰 연못이 있고예.”

“예, 맞소. 거기요.”

“그럼 알았으니 먼저 가 기시이소. 내 틀림없이 보내드리리다.”

“고맙니더.”

곽덕원은 목수에게 달구지 빌린값을 치르고 수의 일시불만 들고 후연정으로 돌아왔다.

이튿날 새벽 정말 젊은 청년이 소달구지에 어제 산 질 좋은 송판 널을 싣고 찌그덕 찌그덕 거리며 오고 있었다. 질 좋은 새 널이 왔으니 대신사님을 그리로 모셔야 했다. 대신사님을 그대로 헌 널에 모셔갈 이유가 없었다.

“지가 선생님을 염하겠니더.”

임익서가 말한다.

"지도 염하겠니더."

곽덕원이 말한다.

"지들도 거들겠니더. 이제 못하면 영원히 대신사님을 만나 뵙지 못할 것인데예."

김경필 말한다.

"자- 그러면 함께 염합시다."

다행히도 시체는 날씨 탓인지 그렇게 썩는 냄새가 나지 않았다. 대신사의 머리는 밖에 매달려 있어서인지 평온한 얼굴이었지만 푸릇푸릇한 색깔을 띠고 있었다.

"그 고통을 받으시면서도 이렇게 평온한 모습을 하실 수 있으실까?"

김경필이 대신사의 얼굴을 쳐다보며 말한다.

"대신사임뿐만 아니라 누구든지 숨을 거두면 평온한 얼굴로 돌아갑니더."

곽덕원이 대답한다.

"그래 말입니더. 이놈의 인생 몇백 년을 살다 간다고…."

김경필이 대답한다. 그들은 대신사님을 깨끗하게 염해서 새 수의를 입혀 새 널에 모셨다. 그런데 하늘이 조금 끄무레하더니 이내 비가 내리기 시작했다. 일행은 하는 수 없이 비 그칠 때까지 기다릴 수밖에 없었다. 봄비여서 주룩주룩 내리는 비는 삼일간이나 질기게 내렸다. 밤에 비가 그치자 일행은 이른 새벽녘에 후연정을 출발했다. 자인현 서쪽으로 나 있는 샛길로 달구지를 몰고 걸음을 재촉했다. 달구지에는 박

씨 부인과 세정이 탔고, 빈자리에 세 사람이 비좁게 걸터앉
았다. 곽덕원과 임익서는 걸어서 갔다. 여기서 니고개까지
오십 리 길을 줄곧 갔다. 니고개에서 하룻밤을 지내고 싶었
으나 시간이 어중간하였고, 니고개에서 건천까지는 이십 리
길이고 건천에서 가정리까지도 이십 리 길이어서 빨리 가고
자 쉬지 않고 길을 재촉했다. 일행이 가정리에 도착한 것은
삼월 열엿새 밤이었다. 그들은 가정리에 사는 대신사의 양사
위 정을산의 집으로 들어갔다. 그리고 이튿날 다릿골 밭머리
에 임시로 대신사를 가매장하였다.

44.

아버지께서 일찍 돌아오셨다. 한 달이라도 계시다가 조사
가 끝나고 처결이 있은 후에나 오실 줄로 알고 있었다. 그런
데 가신 지 이레도 되지 않아 돌아오신 것이다. 영관도 영수
도 영각도 깜짝 놀랐다.
"아부지, 어디 몸이 불편하신교?"
"아이다."
"아부지 어디가 불편하신교?"
"아이다."
"그럼 와 일찍 돌아오셨능교?"
막둥이 영각이가 마지막으로 물었다.

"앞으로 우리넌 몸조심해야 할 것 겉다. 이번에 잡혀간 사람덜 문초하기 전에 최경상 선상과 그 외 접주덜이 지금 어디 있느냐고 하민서 모린다고 하다가 모두덜 조건 없이 곤장 스무 대럴 맞았다. 대신사께선 오십 대럴 맞았는데 넓적다리가 부러지시고… 그래도 마침 그곳 영내에서 일어나넌 일얼 소상히 알려주넌 관리가 있어 대신사의 옥바라지럴 그분이 하기로 하고 우리넌 급히 몸얼 피해 왔다. 우리덜이 옥바라지럴 하자고 해도 할 수도 없었다. 남덜언 죄다 갱상도 밖으로 피신한다고덜 하던데 내사 우리 집 아니머 어디로 가겠나? 죽어도 우리 집에서 죽어야지. 이렇게 늙었는데 나를 죽이기사 하겠느냐? 그래서 집으로 돌아온 기이다."

아버지가 입을 열었다.

"그래셨능교?"

"오떻든 무탈하게 돌아오셨으이 다행입니더. 아부지."

큰아들 영관이 아버지를 안심시킨다.

"니덜두 외부 사람얼 만나지 말고 그저 농사일만 거들어라. 저눔덜이 우리럴 주시하고 있얼 기이다."

"예, 알겠니더. 그라고 아무도 이곳으로 오지 못하게 할랍니더. 만나 주지도 않고요."

"그래, 그케야 산다."

"와예? 이번엔 좀 다른가요?"

"이번에넌 완전히 다릉기라. 서울에서 사람 잡아가넌 것부텀 다르구, 대구감영에서 조사하넌 것두 다르구, 조사 초장부텀 사람 두들겨 패넌 것부텀 다르다. 아마도 이눔덜이 우리럴 싹부터 싹둑 잘라 버릴 심산인 것 같다. 아조 뿌리럴 뽑아버리겠다넌 심산인 것 같더라. 어쩜 여기도 관아에서 사람얼 보내올지 모린다. 느그덜언 그저 농사만 지었지 도라넌 것언 모리고 있었다 캐라. 아부지가 몇 번 경주에 가신 것 같다고만 해라. 아부지까지 부정하머 느그덜두 모두 잽혀가서 고문을 당할 기이다. 그러니 꼭 그리해라. 즈눔덜이 우리 집에 올 때넌 벌써 많은 것을 알고서 올 거 아이겠느냐?"

"예, 잘 알겠니더. 그라머 우리 대신사님언 어떻게 대시넌교?"

"그래 말이다. 저렇게 넓적다리가 부러져도 치료넌커녕 꿈쩍도 않넌다. 그대로 즈그덜 계획대로 조사해 나갈 심산인 것 겉드라."

"우째야 씨까 우리 대신사임."

그로부터 너더댓 달이 지나 추석이 눈앞에 왔다. 하마 다 잊고 농사일에 몰두할 즘이었는데 아버지 말씀대로 영해 관아에서 나졸 두 명이 집에 찾아왔다.

"여기가 박하선 씨 집잉교?"

"그렇네. 근데 무슨 일로 왔능교?"

"관에서 형방이 박하선 씨를 데리고 오라고 혀서 왔니더."

"머꼬? 우리 아버지를 와 데려오락켔능교?"

"지덜언 잘 모립니더."

“아니 저렇게 늙은 사람을 오락카락하머 되는교? 울 아부
지가 무신 죄럴 졌다넌교?”

“그건 울도 모리니께 관아에 가서 말하머 앤 대겠능교? 지
금 박하선 씨가 어디 있는교?”

이 소리를 안방에서 귀담아듣던 박하선의 가슴이 철렁 내
려앉았다. 올 것이 오고 말았다는 생각이 들었다. 박하선이
안방 문을 열고 대청으로 나왔다.

“무슨 일덜이냐?”

박하선이 모르는 척하며 묻는다. 영관이 아버지가 나타나
자 얼굴을 붉히며

“아부지 이 사람덜이 관에서 나왔넌데 아부지럴 관아로 데
리고 오락켔다 카네요?”

“무슨 일로?”

“모리겠니더.”

“참 별일이구나. 관에서 오락카믄 가야제. 지금 오락카넌
겨?”

“예, 영감님.”

나졸이 대답한다.

“그럼 가야지. 조금 기다리게. 갈 채비럴 서둘러야겠군.”

박하선이 입고 갈 의관을 찾는다.

“아부지 지덜두 따라가야 앤 되겠능교? 그라머 달구지럴
타고 갑시더.”

“돌아올 때 소가 잔등을 넘어오려머 힘들 것인디….”

"그래도 별수 있겠능교? 정 그라머 돌아올 때 지덜이 달구지에서 내려서 걸어오믄 대고요."

"그래 그리하자."

박하선은 아들 삼 형제와 나졸 두 명과 함께 달구지를 타고 산 밑으로 내려가 영해 관아로 향했다.

"벌써 해도 졌으니 여기서 자고 내일 아침에 관아에 들어간다고 전하게."

박하선이 나졸들에게 말한다.

"앤 대는기라요. 밤이 되도 모시고 오락켔다 아입니꺼?"

"머라꼬?"

"우리넌 전하넌 말만 전했을 뿐입니더."

"그래도 저녁언 사 먹고 가야겠지 않느냐? 여기 어디가 주막이 있능교?"

박하선이 나졸에게 묻는다.

"온 즉시 안으로 데리고 오락켔넌데요."

"그러지 말고 함께 주막으로 가서 함께 먹고 가세. 그리고 넌 이제 왔다고 하머 델 거 아인가?"

나졸들이 아무 말 없이 서로 자기들 얼굴을 쳐다보다가 그러자고 고개를 끄덕인다.

"기왕이머 대추나무집으로 가세."

나졸 하나가 다른 나졸에게 큰 소리로 말한다.

"그리하세."

나졸 하나가 대답한다.

"남문에서 오른쪽으로 샛길이 있는 곳으로 한 이백 보쯤 되는 곳에 대추나무가 있는 주막이 좋다 캅니더."

다른 나졸 하나가 힘주어 말한다.

"그러세. 그리로 가세."

"우리가 여기서 옥방 지닌 사람덜에게 줄 사식얼 사다가 준다 앤 캅니꺼?"

"아! 그렇구먼."

좀 뚱뚱하니 푸짐하게 생긴 주모가 주막 마당에 펴놓은 대나무 평상으로 나오더니,

"오셨능교?"

하면서 박하선과 세 아들들을 찬찬히 바라다본다. 그녀의 얼굴엔 사람 얼굴이 앞으로 며칠간 보태 줄 돈푼으로 보였는지 눈을 깜박거리며,

"뭘로 드릴까요?"

하고 묻는다.

"모두 국밥으로 한 그릇 몰아 주이소. 그리고 이분덜한텐 탁주 한 사발씩 주시구려."

박하선이 말한다.

"예-."

주모가 알았다는 듯 부엌으로 들어간다. 식사가 끝나고,

"오늘 혹여 몬 나오머 자네덜언 내 아덜덜에게 연락얼 취하여 주게. 그러머 너희덜언 조금 기다렸다 여기 소식이나 듣고 집에 가도록 캐라."

박하선이 자식들에게 말을 남기고 남문을 통해 관아로 들어갔다.

이청에서 기다리던 형방이 나졸들을 보더니,

"이제까지 뭐허고 인자 오느냐!"

하고 큰소리친다.

"내 이방허고 저녁을 먹으러 가니 저 사람은 우선 이청에서 기다리게 해라. 그리고 옥졸언 남아 있으라 해라."

형방이 말을 남기고 관아 밖으로 나간다. 거의 두 시진이 지나서야 형방이 관아로 들어오더니,

"오늘은 늦었으니 내일 문초하겠다. 죄인얼 옥방에 가두어라."

형방이 말을 남기고 퇴근해 버린다. 박하선은 짐작이 가긴 했지만, 무슨 죄목으로 이러는지 속이 시원하지 못했다. 형방에게 대들고 싶기도 했지만, 만약 내일 최경상 선생 행방을 찾기 위한 방법으로 모든 죄를 뒤집어씌우는 일이 벌어진다면 스스로 불구덩이에 들어가는 꼴이 될 성싶어서 아무 대꾸도 하지 않고 옥졸을 따라 옥방으로 들어갔다.

"이보게, 여기 남문 밖에 내 아덜덜이 나럴 기다리고 있네. 내 아덜한테 가서 내가 옥방에 있다고 전해주게. 그리고 이걸 받게."

박하선이 엽전 몇 알을 건네준다. 옥졸이 남문 밖으로 나가 그들의 아버지가 지금 옥방에 갇혀있다고 전해준다.

"우리 아부지가 뭣 때민에 잡혀 왔능교? 그라고 울 아부지

죄목이 무엇잉교?"

"지도 잘 모립니더. 내일이 되어야 형방이 문초하면서 알려 줄끼라요."

영관이가 입을 다물었다. 쓸데없는 소리 하다가 나졸들이 형방에게 가서 여기서 있었던 일을 고해바치기라도 하면 형제들 모두 잡아들일지도 모른다는 불안감이 들기 때문이었다. 이럴 때는 아무 말도 하지 않고 그저 쳐다보는 것이 상수라는 생각이 들었다.

"알았소."

영관은 두 아우들을 데리고 주막 봉놋방으로 가서 자기로 했다. 우선 말에게 풀을 뜯도록 해 주어야 했다. 영각이 달구지를 끌고 주막으로 가서 달구지를 풀고 말을 근방 밭두렁의 풀이 모도록 나 있는 곳에 메워놓았다. 말이 꼬리를 흔들며 풀을 뜯기 시작한다.

이튿날 진시(辰時)쯤에 박하선이 이청으로 끌려 나갔다. 박하선은 이청 책상 앞 의자에 앉혀졌다. 시커먼 구레나룻 수염을 한 형방이 인상만큼 사나운 눈초리를 보내며 박하선 앞으로 다가왔다. 형방은 박하선의 바로 앞에 의자를 갖다 놓고 앉았다.

"들려오넌 소식에 의하머 영감이 저 머시냐 동학이라넌 도럴 섬긴다고 들었는데, 사실인가?"

형방이 다짜고짜로 물어온다.

"누가 그런 소릴 허능교? 아입니더. 몇 번 남의 소문 듣고 몸이 좋지 않아 혹여 병이라도 나을까 싶어 몇 차례 찾아 간 일은 있지만 병도 낫지 않고, 더군다나 종이에 글씨럴 써 주민서 그것얼 불살라 물에 타서 마시머 몸이 낫는다고 하여 몇 차례 글씨럴 받아 태워서 마셔 보았지만, 몸이 보시다시 피 이리 낫지 않아 그 도가 사기 도라고 생각한 것은 사실입 니더. 누가 거짓 도럴 믿겠능교?”

“네가 정녕 그러하냐?”

“그렇니더.”

“그럼 와 너의 집에 사람덜얼 모아놓고 학얼 폈느냐?”

“아, 지가 몸이 아파 나얼라고 하던 참에 도인덜얼 몇 만났 는데 그때 도인덜이 우리 집에 오기도 하고, 또 검곡인가 하 는 곳에 산다는 최경상이라는 도인이 와서 설도럴 한 적이 있니더. 그래도 지 몸이 낫지 않아 그만 그 도럴 떠나버렸지 요. 그뿐입니더.”

“그래, 그 말 잘 나왔다. 그 최경상이라넌 눔이 지금 어디 에 있느냐?”

“아이고 그 오라질놈. 미꾸라지 맹키로 요리저리 잘 피하넌 눔 말이교? 내라도 그눔 만나머 가만 앤 놔두것구만요.”

“노인장이 와 그눔한테 그러노?”

“아니 그 사기꾼한테 몸 낫는다고 해서 쌀말도 주고 시간 허비험시로 그런 놈을 받들어 모신 것 생각하머 열이 팍팍 나서 만나기만 허믄 자석덜 시켜서 그냥 찢어 죽여뿔고 싶 소.”

“그래? 자네가 그리한다니 참 이상하군. 문제년 그러함에
도 자네년 오랜 기간 그늠얼 받들었다는 소문일세.”

“그건 사실 맞아요. 몸이 안 낫고 항상 그대로고, 그늠이
지더러 머 주문얼 외우맨서 성심으로 한울님께 빌머 병이 낫
는다고 혀서 내 속으로넌 내가 성심으로 기도하지 않아 몸이
낫지 않넌 모양이라고 생각이 들어 그랬지요. 지내놓고 보니
다 거짓말이 아잉교.”

“그럼, 그 최경상이라넌 사람의 행방을 모른다 이 말잉교?”

“말 들은께 그 도럴 신봉하는 사람덜이 이번에 죄다 잽혀서
그 괴수넌 효수에 처하고 낭거지는 멀리 유배시켰다고 허드
만요. 소문 짝 퍼진 거 잘 알지요? 아이고, 잘했지예. 글 안
해다카이 그 사기꾼덜에게 얼매나 많은 백성덜이 사기럴 당
할 뻔했겠능교?”

“그래요? 나는 영감이 그 도에 많이 빠진 줄 알았는데 듣고
보니 그 도에 반감이 깊구려. 그럼 잘 되었소. 앞으로 그 최
경상이란 놈의 행방얼 알게 되머 바로 내게 알려주시오. 그
때넌 관아에서 상을 받을교.”

“그리하고 말고지요. 이 늙은 것이 여기가 으디라고 거짓을 고하리
까?”

“그래도 양반의 자손이라 생각하넌 것이 다르군.”

박하선은 풀려났다. 사시(巳時) 경에 남문을 빠져나온 박하
선은 아들들과 함께 달구지를 타고 집으로 향했다.

“가면서는 아무 말도 하지 말자.”

박하선이 낮은 목소리로 아들들에게 주의를 주었다.

집에 돌아온 박하선은 아들들과 자부들을 안방으로 모아놓고 오늘 관아에서 형방이 자기에게 묻는 말들을 되새겨 말하고, 앞으로 살아가는데 관아에서 동학과 관련하여 물을 때는 식구 모두의 대답이 일치하도록 일일이 주입시켰다.

- 아버지가 몸에 해수병이 있어 그 병을 낫게 하려고 경주로 최제우라는 사람을 만나러 간 것은 사실이다. 아마 너더댓 번 찾아간 걸로 안다.
- 아버지는 최제우로부터 약이라 하면서 종이에 써준 글씨 두 자를 받아 그 종이를 태워 물에 타서 마셨는데 그게 너더댓 번이었다.
- 그러나 병이 낫지 않았다면서 그것은 성심껏 주문을 외우지 아니하고 기도하지 않아서 그런 거라는 말을 듣고 정성을 다하려고 경주 용담정 계곡에 몸을 담그고 기도도 하셨는데 몸이 낫지 않았다.
- 그래서 이 도가 사도라는 것을 깨닫기 시작했다.
- 그 뒤로는 그 도에 대해서 믿음을 주지 않았고 그 도에 나가지도 않았다.

대충 이 말이었다. 마을 도인들에게도 외부 사람들이 와서 아버지에 대해 물으면, 그 사람 첨에는 열심히 도를 믿는 것 같더니 나중에는 몸이 낫지 않는다고 시들해져서 지금은 그 도에 대해 욕하고 지낸다고 말하라고 단단히 일러두었다.

외부에서 집에 오는 도인들도 없었다. 박하선은 이제야 마음이 놓였다. 그는 자식들과 열심히 농사에 전념하였다. 어느새 동짓달이 지나고 섣달이 왔다. 박하선의 해수병이 도져서 심하게 기침을 하고 있을 무렵이었다. 또 나졸 두 명이 박하선의 집으로 왔다.

"영감님, 형방이 모시고 오락카구만요."

"또 무슨 일로?"

심하게 콜록콜록 기침하며 박하선이 못마땅한 어투로 쏘아붙인다.

"형방이 이번에는 좀 성질이 난 모양이던데요."

"뭣 때민에?"

"우리가 뭐 알겠능교? 모시고 오락케서 왔을 뿐이구만요."

박하선이 지난번처럼 소달구지에 자식들과 나졸들을 태우고 관아로 갔다. 이번에는 좀 빨라서 미시(未時)에 관아에 도착했다. 예전과 같이 남문을 통해 들어가서 관아 서쪽에 있는 이청으로 들어갔다. 이청에는 형방이 그 덥수룩한 구레나룻 수염을 하고 축 튀어나온 눈을 굴리며 박하선을 노려보고 있었다.

"당신 지난번 내게 말할 때 경주 최가란 놈하고 너더댓 번만 만났다고 했겠다!"

"그렇소."

“대구에서 온 당신에 대한 이야기는 당신이 영해지역 접주
라 하던데?”
“아, 그거요? 맞소. 너더댓 번 나갔더니 영해지역 접주라넌
직책얼 즈그덜 맴대로 줬소. 내 뜻언 물어보도 앤 했소. 지눔
덜이 즈그덜 도세럴 늘이기 위해 그런 거요. 나넌 그 도에 대
해 알지럴 못허요. 그래서 내가 도 내용얼 모리니 사람덜얼
지도할 수 없다고 했소. 그랬더니 지더러 가르치라고 앤 칸
다켔소. 그냥 경주서 보내넌 사람얼 잘 모시머 된다고 했소.
그래서 최경상이 와서 강도럴 하고 그랬소.”
형방이 박하선의 말을 듣고 보니 그럴듯하였다. 그래도 최
경상의 행방을 알기 위해 이것저것 물어보았다. 대답은 최복
술이 대구감영에 잡혀 들어가자 재빠르게 어디론가 몸을 숨
겨버렸다는 것이다.
“그 뒤로 영감 집에 한 번도 오지 않았다넌 것이오?”
“그 여우긑언 눔이 내 여기 있노라 하고 나럴 찾아올 것 긑
소? 그냥 기다리시이소. 앞으로 언제고 연락이 오거나 낌새
럴 차리면 즉시 알려드릴 테니까.”
“좋소, 꼭 그리해 주시이소. 그럼 돌아가도 좋소.”
박하선은 다시 풀려났다.
그리고 경칩이 막 지나고 있을 무렵에 또다시 나졸 두 명이
집으로 왔다.
“이번에는 부사가 직접 데리고 오락카네요.”
“뭐라? 부사가 직접?”

박하선은 이번에는 무슨 증거를 확실히 잡은 모양이라고 생각했다. 증거라 해봐야 밖으로 드러난 것이 없으니, 별걱정은 안 되었지만, 형방이 아니고 부사가 직접 문초하겠다는 것이어서 두려움이 앞서기도 했다. 무엇을 알았을까?

대구에서 옥바라지하기 위해 모인 사실을 일러바칠 사람이 없어 보였기 때문에 사실을 제외하면 설사 어떤 일이 있었다 하더라도 가볍게 처리될 일이라고 생각했다.

관아 남문을 들어서 이청으로 가려고 방향을 찾는데 나졸이,

"이참에는 그곳이 아입니더. 동헌으로 가야 헙니다."

하고 알려주면서 동헌으로 앞장선다.

이번에는 무엇인가 확실한 증거를 찾은 듯싶었다. 박하선은 맥이 풀렸다. 얼굴에 검은 그림자가 드리우듯 한 표정으로 고개를 떨군 채 나졸을 따랐다. 동헌에는 이미 부사가 동헌 마루에 앉아있었고, 형리들이 마당에 나와 있었다. 그리고 동헌 앞마당엔 주리를 틀 형틀과 곤장 형틀이 놓여 있었다. 마당에 당도하자,

"저놈을 당장 곤장 형틀에 묶어라!"

부사의 목소리가 높았다. 형리들이 잽싸게 박하선에게 달려들어 팔을 끌어 곤장 형틀에 엎어 손과 발을 형틀에 묶었다. 형리들이 말없이 준비를 마치고 꼿꼿이 서서 부사를 바라본다.

"저놈에게 곤장 서른 대를 먼저 쳐라. 그리고 그다음은 기

다려라.”

부사의 명령이 떨어졌다.

보통 형리 한 사람이 곤장을 치는데 이번에는 좀 달랐다. 형리 둘이 번갈아 가며 곤장을 치는 것이었다.

“하나요.”

“둘이요.”

“셋이요.”

“더 세게 쳐라.”

부사의 목소리가 더 높아졌다.

“넷이요.”

“다섯이요.”

박하선은 넋이 나가고 말았다.

엉덩이와 넓적다리가 곤장을 맞을수록 멍멍해지며 감각을 잃어가고 있었다. 이미 자기의 살이 아니었다. 이제 나는 죽었구나! 처음부터 사실을 말하고 용서를 구했어야 했구나 하고 후회되기도 했다. 그러니 이미 엎질러진 물이었다. 죽으나 사나 처음 맘먹은 대로 말할 수밖에 없었다.

“스물아홉이요.”

“서른이오.”

형리가 곤장을 땅 위에 고초 세워 들고 부사를 바라본다. 박하선이 반 기절한 상태로 축 늘어졌다.

“저놈을 형틀에 묶어라.”

형리들이 축 늘어진 박하선을 억지로 끌어다 형틀에 앉히고 손목과 발목을 형틀에 묶는다.

형리들이 일을 마치고 바로 서서 부사를 쳐다본다.

"이놈이 관아를 능멸해? 관아를 능멸한 것은 곧 군왕을 능멸하는 것임을 몰랐더냐?"

부사가 큰소리친다.

박하선은 축 늘어진 채 아무 대답이 없다.

"이놈이 사또가 문초를 해도 대답도 안 해? 저런 괘씸한 놈을 보았나? 저놈에게 주리를 틀어라!"

"사또! 죄인이 혼절한 것 같니더."

"저놈에게 찬물을 갖다 끼얹어라!"

형리가 찬물을 떠서 얼굴에 뿌린다. 박하선이 찬물이 끼얹어져도 아무런 반응이 없다.

"사또 찬물을 끼얹어도 마찬가지입니더."

"그러면 저놈을 옥방에 집어넣어라! 그리고 내일 아침에 이 자리에 대령시켜라. 형틀은 두 가지 모두 준비하라."

박하선은 옥방으로 끌려가 넣어졌다. 옥방에는 짚도 없었다. 모기들이 숨어있다가 엎어져 혼절한 박하선에게 달려들기 시작했다.

박하선이 눈을 떠보니 몸이 천근만근이었다. 한 발짝도 움직일 수가 없었다. 온몸이 얼얼하여 도무지 내 살이 아니었다. 쾌쾌한 옥방 안의 냄새가 이제야 맡아지기 시작했다. 그러자 해수병이 도졌는지 심한 기침이 연거푸 나오고 있었다. 묘시에 옥지기가 국밥을 들고 옥방으로 들어왔다.

"자제분이 사식으로 넣어준 거이오. 자제분덜언 닭을 삶아 넣어 드리려고 하였으나 사또가 엄금하고 있어 우선 목이라도 축이고 넘어가라고 국밥을 넣어준 것이오, 그리 알고 좀 드시오."

박하선은 자식들이 알아버렸구나. 얼마나 상심을 할까? 집에도 가지 못하고 남문 밖에서 소식을 기다리고 있을 자식들을 생각하니 구슬 같은 눈물이 뚝뚝 떨어진다. 박하선은 우선 국물을 훌훌 마셨다. 그래도 목이 타던 참이라 목이 시원하게 느껴졌다. 다리에 힘을 넣어봤다. 다행히 다리가 부러지지는 않았다. 이만하면 됐다고 생각한다. 대신사님이 대구 감영에서 넓적다리가 부러졌는데도 이를 이기고 문초를 받고 효수를 당했으니 이 얼마나 고통스러웠겠는가? 거기에 비하면 자신은 아무것도 아니라고 생각했다.

이튿날 진시에 박하선은 동헌 앞마당에 꿇려 앉히었다. 온몸이 쑤시고 통증이 심하게 솟아오르기 시작했다. 그러나 하는 수 없이 용을 쓰며 아픔을 달랠 수밖에 없었다.

"내 이놈, 니놈이 어제 우째서 곤장을 맞았는지 아느냐?"

"모립니더."

"몰라?"

"예."

"니놈이 정월 십오일부터 이십일 사이에 어디에 있었느냐?"

"집에 있었소."

"집에 있었다?"

"그렇소."

"그렇소? 니놈이 이렇게 관아를 능멸하고도 살아남을 줄 알았더냐? 관아를 능멸하는 것이 곧 주상전하를 능멸하는 것이 된다는 것을 정녕 몰랐더냐?"

박하선은 일이 되게 꼬였음을 직감하였다. 이러다 자식들한테도 문초가 이어질 것이었다. 그것만은 막아야 했다. 이실직고하고 처벌을 받는 것이 제일 상책일 것 같았다. 어떤 일이 있어도 자식들한테는 어떠한 일도 생기지 않아야 했다. 참으로 답답했다. 이제는 남은 게 하나밖에 없었다. 이실직고하고 문초를 당하여 죽거나 살아남아 먼 곳으로 유배를 당하는 일이 있어도 자기 하나 희생하고 자식들이 살아야 한다는 생각뿐이었다. 지하에서 부인이 자신을 부르는 것 같았다.

"왜 대답이 없느냐?"

"사또, 잘 몬했니더. 지가 그때넌 대구감영 옆 주막 봉놋방에 있었니더."

"그래, 진즉 그렇게 이실직고를 했으면 이처럼 장을 맞지 않았지. 그래서 누구랑 만났느냐?"

"최경상과 만났니더."

"그래. 또 누구와 만났느냐?"

"그거는 서로 비밀로 해서 모두 만난 것은 아입니더. 그래야 나중에 잡히더라도 만난 사실이 없으므로 말을 못 하게 만들었니더. 이것은 아마도 최경상이 그렇게 한 것 같니더. 이것은 사실입니더."

박하선은 동료 도인들을 보호하기 위해 얼떨결에 이렇게 대답하고 말았다. 그런데 그 말이 그대로 먹혀들어 갔다. 이상하였다. 누군가가 이 사실을 일러바쳤다면 분명히 이를 추궁할 것이었는데 이를 추궁하지 않았다.

"그래, 니놈은 최경상하고 그 후 어떤 연락을 취했느냐?"

"예? 연락을 취하다니요? 그 사람이 도럴 세운답니까? 도럴 세운 사람이 효수당하였는데 그 사람을 따를 사람들이 있겠능교? 그리고 그 사람이 그 정도로 허술하게 자기 있는 곳을 가르쳐 줄 위인인가요? 아마도 지금 살아있다면 먼 곳으로 간다고 했으니까 강원도나 황해도나 함경도 쪽으로 가지 않았을까 생각이 드네요. 그래도 어디로 간 것인지는 지도 모립니더."

"정녕 모르느냐?"

"모립니더."

"여봐라, 형리는 저놈에게 주리를 틀어라."

형리 둘이 형틀에 묶여 앉아 있는 박하선에게 주리를 튼다.

이때 넓적다리에서 뼈 부러지는 소리가 났다.

"사또, 아마도 넓적다리가 부러진 것 같니더."

형리가 말한다.

"지독한 놈! 니놈이 이기나 내가 이기나 어디 한 번 해보자! 저놈을 옥방에 집어넣어라!"

부사는 한소리 꽥 지르고 집무실로 향한다.

박하선은 다시 옥지기에게 이끌려 옥방으로 끌려갔다.

이튿날 부사는 다시 박하선을 대령시키라고 명했다.

형리와 옥지기가 동헌 마당으로 나와서 부사에게 읍을 하고

"아무래도 오늘 문초넌 불가능할 것 같니더. 넓적다리가 부러지고 거기에다 해수기가 심해서 심한 기침을 했는데 인자넌 그 기침도 마음대로 하지 못하고 있니더. 우째 할꼬?"

"죽지만 않으면 된다. 죽고 사는 것은 지명이니라. 관아를 능멸하고 주상전하를 능멸하는 놈은 본보기로 저리 처해야 한다. 끌고 오너라."

형리와 옥지기가 박하선을 들어 안고 동헌 마당으로 나왔다. 박하선은 자기 몸을 형리와 옥지기가 하는 대로 내맡겼다. 이미 박하선에겐 자기 의지가 빠져나가 버렸다.

"사또, 아무래도 이상합니다. 더 이상은 문초를 하지 못할 것 같니더."

형리가 보고한다.

"어디 보자!"

부사가 지휘봉을 든 채 박하선 앞으로 걸어 나온다. 그는 지휘봉으로 박하선의 턱을 걷어 올린다. 그러나 박하선의 턱엔 아무런 힘이 없다.

"눈을 까봐라."

형리가 박하선의 눈두덩을 까본다 눈동자가 생기를 잃었

다.

“사또 아무래도 앤 대겠니더. 죽기 전에 내보냅시더. 그래야 관아에서 죽어 나간 것이 아니 대니 그리하심이 좋을 듯싶니더.”

부사가 가만히 눈을 감고 생각해 본다.

“더 조사할 것이 있었는데… 그러면 그의 가족에게 내주어라.”

박하선은 그날 저녁으로 그의 아들들에게 인도되었다. 박하선은 아들들을 알아보지 못했다. 영관은 아버지의 모습을 보고 기겁을 하더니 정신을 잃을 뻔하였다. 영수도 영각이도 말이 나오지 않았다. 사또가 옆에 있었으면 정말 죽이고 싶을 정도였다. 삼 형제는 가슴에, 사또에 대한 한이 가슴으로 모이는 것을 느꼈다. 영관은 정신을 차려 아버지를 구해야 한다는 심정으로 아버지를 들쳐 업었다. 우선 의원으로 빨리 모시고 가야 했다. 다행히 평소에 자주 들렀던 자혜원(慈惠院)으로 향했다.

“아이구, 어쩌다가 이 모양이 되셨능교?”

“사또가 이렇게 만들었니더.”

“아이고, 넓적다리가 부러졌네요. 우선 뼈부터 맞춰야겠니더.”

원장은 자기에게서 의술을 배우는 사람에게 붕대와 뼈 받침대를 가져오도록 했다. 젊은 청년이 붕대와 뼈 받침대를 가져온다.

"자, 잡아라. 어르신 몸얼 꽉 잡아! 뼈 맞추넌 동안 몸얼 움직이게 해선 안 되네."

"지덜이 잡얼께요."

영관이 아버지의 상체를 보듬어 꽉 붙잡는다.

젊은 청년이 받침대를 다리 옆에 놓는다. 그리고 부러진 다리 위쪽을 붙잡는다. 원장이 부러진 다리 아래쪽을 두 손으로 잡아 늘였다가 다시 뼈의 원자리로 갖다 놓는다. 이러기를 몇 번이나 한다. 아마도 뼈가 맞춰진 모양이다. 원장은 다리 받침대를 부러진 다리 양쪽에다 갖다 대고 붕대로 칭칭 감는다. 다리가 뻣뻣하게 됐다.

"앞으로 이 받침대럴 조심하시이소. 절대로 느슨하게 해서는 앤 댑니더. 그리고 부친께서넌 연로하시니까 상당 기간 이것을 받치고 계셔야 합니다. 뼈는 잘 맞춰졌니더."

"감사합니다. 원장님."

"그리고 너무나 혹독하게 곤장을 쳤네요. 자네가 직접 여기에 바를 약물을 만들어 오게. 파를 불에 구울 때 파물이 나오도록 구어야 하는 거 잘 알지?"

"예."

"개자가루와 대추가루도 쫌 뜨겁다 싶게 불에 데워야 하네. 그것을 파물에 섞어 따뜻해지도록 쫌 식혀서 가져오게."

"예."

젊은 청년이 약물을 가져온다. 원장이 그 물을 엉덩이며 넓적다리며 부은 곳에 흥건히 바른다. 그리고 그대로 두었다가 다시 약물을 데워서 다시 그 위에 바른다.

"자네는 이 약물을 많이 만들게 불에 데치지는 말고."

원장이 젊은 청년에게 말한다. 청년이 잽싸게 밖으로 나간다.

"그런데 부친께선 기침이 심하십니다. 지금은 원기가 없어 기침도 제대로 못 하시구요. 이 병은 해수병으로 빨리 낫지를 않아요. 언제부터 이렇게 되셨능교?"

"좀 오래됩니다."

"집에 모시게 대머 바람이 잘 통하도록 하시고 조금 있으머 약이 대어 가지고 올 테니 기다렸다가 가지고 가셔서 자주 발라 주시이소. 부기가 빠질 껍니더. 그리고 약이 떨어지머 또 오시이소."

원장도, 영관도 아버지가 왜 이렇게 맞았는지 그 이유를 묻지도 말하지도 않았다.

"그리고 아버지 몸보신하려면 보약을 몇 첩 지어주셔야겠니더."

"그리하지요."

원장이 지어준 보약 뭉치를 영각이가 들었다.

영관은 동생들과 함께 달구지에 아버지를 모시고 서로 아버지 신체 부위를 나누어 잡으며 집으로 향했다. 아버지는 내내 끙끙 앓는 소리를 내며 집으로 향했다.

45.

생각해 보니 앞이 캄캄하였다. 이제 막 도를 세우고 포덕을 하여 아직 도의 의절도 세우지 못한 처지에서 도를 일으킨 대신사가 붙잡혔고, 도를 이끌 제자들이 잡혔으니 앞으로 도가 제대로 일어설 것인지도 모를 일이었다. 대신사는 이런 일이 일어나리라는 것을 미리서 알고 계셨을까? 그래서 자신에게 도통을 미리서 내려 주셨을까? 참으로 안타까운 일이었다.

어찌 됐든 도를 다시 반석 위에 세우기 위해서는 자신이 살아야 한다는 생각이 들었다. 자신을 잡기 위해 대신사임을 비롯한 잡혀간 모두에게 혹독하게 곤장을 내리친 걸로 보아 이번 기회에 우리 도의 뿌리를 완전히 뽑아버리겠다는 의지를 나타내 보인 것이라는 생각이 들기도 했다. 따라서 자신만이라도 깊이깊이 숨어서 도를 이끌어야 된다고 스스로 다짐했다. 최경상은 매서운 밤바람을 뚫고 김춘발을 따라가면서도 차라리 이 매서운 찬바람이 반가웠다. 아무도 밖으로 나와 자신을 바라보지 않을 것 같은 기분이 들기 때문이었다. 그래도 모를 일이었다. 마을로 들어가는 길을 버리고 가능한 한 산길을 택해 걸었다.

의성에서 김춘발과 헤어지고 혼자 안동 이무중(李武中) 접주 집을 향해 정신없이 걸었다. 오다가 두 곳에서 봉놋방 신세를 졌지만, 누구도 자신을 이상히 쳐다보는 사람이 없었다.

다행이었다.

이무중이 집에 있었다. 이무중의 집도 산중이어서 만약 그가 집을 나갔을 경우에는 난감하지 않을 수 없었다. 그것도 다행이었다. 이무중은 그곳에도 최경상 선상을 잡으러 관원들이 들락거린다고 하였다. 이무중 집에도 있을 수 없었다. 난감했다. 그러나 이무중이 산중에 있을 곳을 찾아보겠다고 하였다. 이무중은 그래도 자기 옆에 최경상 선상을 모셔야 한다는 생각이 들었다. 만약 떨어진 곳에 선상을 외로이 두면 바깥세상의 소식을 들을 수 없어 자칫하다 관헌에 들키면 끝장이기 때문이었다. 그래서 자신이 자주 둘러볼 수 있는 곳을 물색했다. 이무중은 영양군과 가까운 곳에 있는 두름산 깊은 산골에 외딴집 한 채를 장만하여 거기에서 기거하시도록 해 드렸다. 최경상은 거기에서 삼사 개월을 지냈다. 겨울도 지나고 봄도 지났다. 초여름의 햇살은 그래도 산중이어서 따스한 느낌이 좋았다.

최경상은 대신사님 소식이 궁금했다. 산속에 있으니 대구에서 일어난 일을 어떻게 전해 들을 수가 없었다. 봄도 지났으니 지금쯤 문초가 다 끝나고 결말이 났을 것인데 도무지 소식을 들을 수 없었다. 최경상은 마음이 타들어 갔다.

이때 이무중 접주가 장에 갔다가 우연찮게 대신사님이 순도하셨다는 소식을 들었다. 참수하여 장대에 머리를 삼 일간이나 매달아 놓았다가 누군가가 시체를 가지고 사라졌다는 것이었다. 가슴이 푹 내려앉았으나 별도리가 없었다. 이무중은 이 소식을 최경상 선생에게 전하러 그의 거처로 왔다.

이무중으로부터 소식을 전해 들은 최경상은 땅을 치며 통곡했다.

"사모님이나 세정은 어떻게 됐는지 모르능교?"

"무죄방면 되었다 캅니더."

"다행이네요."

"그리고 남은 사람들은 어떻게 되었다 허능교?"

"대신사임만 효수형얼 당하시고 나머지 사람덜언 모두 절도나 원지로 유배럴 당하시고 또 일부넌 경상감영의 감사가 처리하였다 캅니더."

"그만이라도 다행입니더."

"관헌덜이 이제 최 선상임얼 잡으러 혈안이 되었다 캅니더. 그러니 특히 몸조심하셔야 캅니더."

"그래야지요."

그 후 거의 삼 개월이 되었을 때 이무중이 관헌이 이곳까지 와서 최경상 선생을 찾고 있다는 소식을 들었다. 그는 잽싸게 최경상에게 달려갔다. 어서 여기를 떠나 깊은 산중에 숨으라고 하였다. 최시형은 이럴 때를 생각해서 항상 떠날 준비를 해두었기 때문에 괴나리봇짐에 짚신 다섯 켤레를 달아놓고 있었다. 최경상이 괴나리봇짐을 지고 미련 없이 산골 외딴집을 나서서 산중으로 올라가 영양 쪽으로 향했다. 이무중이 외딴집에서 나와 최경상이 간 길 반대 방향의 등성이를 타고 가는데 관헌 한 사람이 외딴집에 들이닥쳤다. 집엔 아

무도 없었다. 둘레둘레 세밀하게 사람 그림자가 있는지 살펴
보았다. 왼쪽 등성이에 하얀 옷을 입은 사람이 천천히 걸어
가고 있었다. 관헌은 그 사람에게 숨을 몰아쉬면서 다가갔
다. 그러나 그는 평소에 가깝게 지내는 사람은 아니었으나
얼굴 정도는 기억할 만한 사람이었다.

"아이고, 지는 어른이 그 최가인 줄 알았니더….."

평소에 가깝게 지내오지 않은 터라 이무중은 관헌의 행동
에 의아심을 가졌다.

"최가라니?"

"최가도 모리싱교?"

"누군데?"

"거 동학도의 두목이라든가 뭐 그런 사람이라던데요."

"근데 그 사람이 왜 여기에 있다는겨?"

"염탐꾼이 염탐했다면서 관아에 연락을 취했지 뭡니까?"

"아 아까 한 사람 멀리서 봤는데 저쪽으로 가더만. 근데 나
는 얼굴을 못 봐서 누군지는 모리고 그저 먼발치에서 사람이
저짝으로 걸어간 것만 보았구먼. 그 사람이 긴지 아닌지는
잘 모리지만. 그래도 미심쩍으머 그리로 가보이소."

이무중이 가르쳐 준 길은 최경상이 간 길 정 반대 길이었
다. 관헌이 최경상을 잡을 리 없었다. 금방 눈앞에서 똑똑히
보았던 사람이 틀림없이 그 동학 괴수일진대 놓쳐버린 것이
속이 쓰렸다. 은근히 화가 치밀었다. 관헌이 다시 이무중에
게 와서,

83

"당신이 아까 길을 반대로 가르쳐 준 거 아잉가?"

다짜고짜로 추궁하듯 대든다.

"내가 무슨 억하심정으로 길을 반대로 가르쳐준다는 말잉교? 내 눈으로 본 것을 말했을 뿐이오. 그 사람이 동학인가 뭔가 그런 사람이라는 것도 모리고 그 사람 얼굴도 보지도 못했는데 우째 내게 와서 길을 반대로 가르쳐 주느니 마느니 하고 따지능교?"

이무중이 짜증 나듯 되레 큰소리쳐 버린다.

"당신이 그렇게 떠들어도 내가 사또께 가서 말하며 당신은 곤장을 맞을 거라. 당신도 그리 편하지는 못할 것이오."

관헌이 윽박지른다.

"당신 저짝 바깥뜸에 사는 줄 내 아오. 사람이 살려면 바르게 살아야 허는겨. 젊은 사람이 애비 같은 어른에게 하는 짓이 참 아니꼽군."

나온 김에 한마디 더 한다. 그러나 나오는 대로 말은 했지만 어쩐지 마음이 두려웠다. 그대로 두어서는 아니 될 성싶었다.

"자네 그렇게 어른얼 괴롭혀서 넌 앤 대네. 내 자네 속 다 아네. 내 아무런 죄가 없으나 사또께 불려 가며 애먼 장부터 맞고 볼 일이므로 내 자네에게 땅 한 두락 폴아서 줄 것이니 그리 알게. 그러고 앞으로 넌 그러지 말게. 가족덜이 어울러 사넌 마을에서 눈에 벗어나머 앤 되는 것이네. 밭을 폴라머 좀 시일이 걸릴 것이니께 좀 잊어두었다가 내가 부르머 오게.”

뜻하지 않게 뇌물을 준다는 말에 관헌의 눈이 휘둥그레졌다. 이런 일도 있을 수 있겠구나 하고 생각이 들었다.

간신히 산중을 빠져나온 최경상은 영양을 거쳐 울진, 영해를 거쳐 영덕의 직천으로 향했다. 강수를 만나기 위해서였다. 주로 산길을 이용하였고, 밤에 인가가 띄엄띄엄 있는 오십천 아래를 걸어 직천(直川)의 강수 집에 무사히 도착했다. 강수가 최경상을 바라보고 깜짝 놀랐다.

“대신사임께선 대구감영 앞 관덕당에서 지난 삼월 십일 효수를 당하여 환원하시었니더. 대신사님얼 모시지 못한 지가 한 없이 밉고 원망스럽니더.”

“지도 소식얼 들었니더. 사모님과 장남 세정이 무사하다니 그래도 천만다행입니다.”

“사모님과 가족덜이 지금 어떻게 지내고 계시는지 궁금합니더.”

“일단은 목숨이 살았다는 것에 안도가 갑니더. 차후 우리가 자리 잡으머 그때넌 모시도록 하입시더.”

강수가 말한다.

“다른 분덜 소식도 알고 기시지요?”

“원지로 유배되었다는 소식만 들었을 뿐 누가 오디로 간지는 모리고 있니더.”

“효수와 절도, 원지 유배는 묘당에서 처결한 것이고 경상감사가 처결한 사람도 있니더.”

"그랬군요. 다른 사람덜의 처분 내역얼 아시머 아는 대로 말심해 주시이소."

"최자원 선상과 강원보 접주는 절도(絶島)로 유배 보내 종신케 하라고 되었는데 실제는 강원보는 함경도 이원군에 유배되었고, 최자원 선상은 어디로 갔는지 묘연합니다. 그리고 최자원 선상은 문초도 받지 않았다넌 소문이 있니더. 돈이 많으니까 구워삶았는지도 모립니더."

"그랬군요. 그리했으머 얼마나 다행잉교? 다른 사람은 소식얼 못 들었능교?"

최경상이 묻는다.

"백사길은 황해도 문화군에 유배 보내고, 이경화는 영월 소미원으로 유배되었다고 합니다. 박창욱, 조상빈, 조상식, 정석교, 신덕훈, 성일규까지는 묘당에서 유배형이 내려졌으나 지금 유배지가 어디인지 알 길이 없니더."

"그것만이라도 알았으니 다행입니다."

최경상이 고맙다는 인사를 했다.

"지 동상 문이도 대신사께 가서 학얼 받았넌데 그때 학얼 받언 사람들 중 뒤에 앉언 사람덜언 모두 방면해 주고 앞에 나가 양옆으로 앉언 사람덜언 선상임의 제자로 보고 모두 잡아갔다 캅니더. 동상언 다행히 뒷자리에 앉아 있어서 천만다행으로 방면되었니더."

"참으로 다행입니더."

"그래서 소식얼 동상으로부터 전해 듣고 대충 알고 있었니

더. 그러나 대신사임의 소식얼 몰라 정말 궁금해서 속이 터
지넌 것 같았넌데 오늘 이렇게 뵈오니 정말 감개무량헙니더.
그 후 지넌 우리 대신사임이 서울로 압송됐다는 말만 들었고
잡힌 사람덜언 경주 관아에 있는 줄로 알았니더.”
“그랬다가 사월 스무날 경에야 우리 대신사임께서 효수럴
당하신 것을 알았니더.”
“강 선상임께서넌 앞으로 조심 또 조심하셔야 헙니더.”
“아직 저 사람덜이 지럴 모리고 있는 거 같니더.”
“다행이네요.”
“지넌 정월 십일 경에 대구로 가서 여러 접주덜얼 불렀넌
데 여러 접주덜이 찾아왔지요. 대신사임과 여러 접주임덜과
또한 잡혀간 도인덜이 옥바라지럴 하려고요. 그런데 정월 스
무날부터 문초가 있었다는데, 첫날에 지가 있는 곳을 대라고
잡혀간 사람덜얼 혹독하게 곤장얼 내리쳤다고 헙니더. 다행
히 감영 내에 관리가 우리 도인이 있어서 그가 이런 소식을
전해주면서 빨리 대구럴 떠나 갱상도 밖으로 피신하라고 해
서 눈물얼 머금고 안동으로 이무중 접주 집으로 피신했는데,
거기도 안전하지 못해서 이무중 접주가 자기 집에서 가까운
산중에 자리를 마련해 주었는데 관에서 나를 잡으러 온다넌
소식을 듣고 급히 찾아와 빨리 그곳얼 떠나라 해서 산얼 타
고 강 선상얼 만나러 이리로 온 것이오.”
“잘하셨니더. 여기도 안전하지 못합니더. 모리넌 사람을 보
면 반드시 관아에 신고토록 하고 있니더.”

“알겠소. 이곳은 평지이고 인가가 있는 곳이어서 숨어 지내
기는 어렵겠니더. 그러머 내일 밤에 이곳을 떠나 평해에 계
시는 황주일 씨한테 가서 그곳 사정을 들어보겠니더. 밤으로
부지런히 걸으면 잡히지 않고, 가다가 아는 사람 만나면 안
전한 곳을 알게 될 것이오. 너무 염려 마시이소. 서로 연락은
취하맨서 지냅시더.”

이튿날 밤에 최경상은 강수와 작별하고 평해를 향해 여느
때와 같이 가능한 한 산을 타고 갔다. 평해는 평지이고 집들
이 밀집된 읍내여서 낮에 얼굴을 내놓고 다니기는 어려웠다.
다행히 황주일의 집은 북쪽 산 아래였고 인가도 별로 없는
곳이어서 최경상은 산에서 밤이 되도록 기다렸다가 해름 참
이 지나고 하늘에 별이 하나둘 떠오를 때 황주일 집으로 들
어갔다.

황주일이 말을 못 하고 둥그렇게 눈을 떠서 두 팔을 벌려
최경상을 세게 안았다. 무슨 말이 필요했으랴. 그는 최경상
선생이 혹시 어디서 참변을 당하지 않으셨는지 노심초사 가
슴을 조이고 있던 참이었다. 다행히 꿈처럼 자기 앞에 나타
나자 그간 막힌 숨이 절로 터져 나오는 듯했다.

“그간 무사하셨능교? 그간 어디서 지내셨능교? 굶지는 않
으셨능교?”

“예, 잘 지냈니더. 이곳 도인들언 모두 무고하시능교?”

“예, 아직 무고합니더.”

“다행입니더.”

황주일이 부인에게 저녁밥을 지으라고 전한다. 부인이 부엌으로 나간다.

"최 선상임, 이곳은 아즉 우리 도인들을 잡아가거나 크게 압박하는 일은 없지만, 선상임얼 잡으려고 혈안이 되었니더. 누구든지 새로운 얼굴이 보이면 관아에 신고하도록 하고 있니더."

"저기 양덕 직천도 그러더니 여기도 마찬가지군요."

최경상이 너털웃음을 지으면서,

"강원도로나 떠날까?"

하고 중얼거린다.

"선상임, 무신 그래 서운한 말심얼요? 지가 선상임얼 만나머 안전하게 모실 곳으로 어디가 좋을까 하고 궁리하다가 하나 안전하다고 생각되넌 곳얼 정해 두었었니더. 울진에 죽병리라넌 곳이 있는데 그곳으로 가시머 안전한 곳이 있니더."

"아— 그곳이요, 동해 가 해변 아입니꺼?"

"아입니더. 그곳언 아마 죽변얼 말심하신 거 같니더. 그곳은 해변이고 고기잡이 선원이나 장사치덜이 모이는 곳으로 안전하지 않니더. 또 거기넌 그래도 인가가 좀 밀집되어 있지요."

"그렇군요. 죽변언 전에 포덕하면서 한번 가본 적이 있니더."

"죽병리넌 해변에서 서북쪽으로 좀 내륙에 있넌 산골입니더. 대나무가 병풍처럼 산자락얼 드리우고 있어 죽병리라 했다캅니더. 인적이 거의 없지요. 그곳에서 우선은 외부와 연락을 끊고 지내시이소."

황주일이 속말을 한다.

"일단은 가 봅시더."

좁은 계곡의 물 흐르는 소리가 맑았다. 여름철 장마철이 오거나, 태풍이 불고, 홍수가 터질 때라도 산이 그렇게 높지 않기 때문에 계곡에 물이 범람할 것 같지는 않았다. 병풍처럼 둘러쳐진 대나무밭을 지나 안으로 계곡을 타고 올라가니 집은 보이지 않는데 누군가가 산자락의 자드락 땅을 개간해 놓은 밭이 여기저기 널려서 잡풀들이 어린애들 키만큼 커서 우거져 있는 쑥대밭이 되어 있었다.

"저기 산 구릉을 타고 올라가머 거기에 집이 한 채 있지요. 전에 화전하던 사람이 살던 곳인데 이태를 해먹고 어디론가 사라졌니더. 그 디로넌 이렇게 버려졌넌데 여기가 어떠신지요?"

"우선 산이 낮아 초동들이 들락거리다가 사람이 사는 것이 보이면 영락없이 관아에 신고할 것이므로 위험해 보이고, 마음 놓고 밭을 일구어 농사짓기도 그럽니더. 지 생각에넌 좀 더 높은 산으로, 그것도 사람들이 잘 안 다니는 산으로 깊숙이 들어가서 거하는 것이 옳을 듯싶니더."

최경상이 말한다.

"깊숙한 곳에 기신다 캐도 사람덜 눈에 띠기넌 매일반 일

겁니더. 오히려 그런 곳에 계시머 보는 사람마다 모두 이상하게 여길 것언 뻔한 일입니더. 그러니 이곳에서 농사지으며 사는 것언 사람들이 가난해서 화전을 부쳐 먹고 있구나 하고 생각하게 될 것입니더. 정 맘에 드시지 않으시머 지 큰조카 집에 계시도록 하시지요. 큰 조카네 집이 인가에서 떨어진 산 밑에 있기 때민에 사람덜이 잘 들락거리지 않고, 설사 아는 사람덜이 가끔 온다 케도 친척이라 하머 누가 이상하게 보겠능교?"

최경상이 듣기에 그 말이 가장 안정적인 것 같아 보였다.

"그렇게 합시더. 농사일도 거들어 줄 겸 있다고 하머 될 거 아니겠능교? 조카도 성실한 우리 도인입니더."

"그럼 그래 헙시더."

그날 해름 참에 황주일은 최경상과 함께 조카 집으로 향했다. 조카 내외가 집에 있었다. 결혼한 지 칠 개월이 되었는데 작은 아들인지라 분가를 시켜주어서 부부 단둘이 물려받은 터전을 일구며 살고 있었다. 아직 아이가 생기지 않은 모양이었다.

"언식아, 인사 올려라. 이분이 네가 그렇게 보고 싶어 했던 최 선상임이시다. 너도 알다시피 지금 쫓기넌 몸이시니 니가 잘 보필하고, 선상임얼 안전하게 모시도록 캐라."

"예, 그리하겠니더."

"그러니 앞으로 선상임얼 작은 외삼촌이라고 해야 댄데이. 알겠느냐? 여기 계시넌 한 절대로 선상임이란 호칭을 쓰지 말도록 해라. 버릇되면 자기도 모르게 소리가 나오게 되어 있다. 반드시 외삼촌이라고 불러야 댄다. 알겠느냐?”

“예.”

“그럼 지금 어디 불러 봐라.”

“외삼촌.”

“됐다. 다시 불러봐라.”

“외삼촌.”

“됐다. 꼭 그리 불러라. 가능한 한 사람덜 집에 부르지 말고 니가 나가도록 힘써라.”

“예, 근데 이름이 뭐냐고 누가 물으면 뭐라고 할까예?”

“그럴 일은 없겠지만 혹여 누가 물으면 엄마 성씨인 장씨에다 이룰 성 거북 구라고 하거라.”

“알았니더.”

“선상임 염려 마시이소. 누가 물어보지 않으면 일부러 가르쳐주지 않얼 깁니더. 편히 기시이소.”

“내가 집에 가머 선상임 잡수실 양식언 갖다줄 테니 그리 알거라.”

“알았니더. 앤 가주고 와도 댑니더. 작은아버지.”

“어떻든 잘 모시고, 모시넌 중 외부로부터 어떤 이상한 느낌이 들면 즉시 선상임에게 알려 선상임이 피신할 수 있도록 해야 한데이. 명심해라.”

“알겠니더. 꼭 그래 카겠니더.”

최경상은 언식의 집 뒷방에서 나오지 않고 지냈다. 조금이라도 남의 눈에 띄지 않게 하기 위해서였다. 그렇게 두 달의 시간이 흘렀다. 이제 조금 마음에 안정이 왔다. 황주일이 찾아왔다.

“선상임, 지내시기 좀 어떠싱교?”

“처음에는 두려웠지만 지금은 많이 안심이 대요. 그래도 조심해야지요.”

“그래야지요. 근데 사모님얼 이리로 모셨으머 협니더. 그렇게 하시지요. 사모님에 대해서넌 지가 다 알아서 모시고 오겠니더. 그리하시지요.”

“아이 내가 안정되지 않았넌데 집사람꺼정 신세럴 져서야 대겠능교?”

“이만하머 안정적이지 앤능교?”

최경상이 가만히 눈을 감는다. 무어라 답을 할 수가 없었다. 떠날 때는 홀가분하게 혼자 떠나는 것이 잡히지 않고 어디로든 갈 수 있는데 여기 와서 같이 살다가 여차 시에 떠날 때는 참으로 난감할 수밖에 없다는 생각이 들었다. 그렇게 되면 서로가 서로에게 짐이 될 수밖에 없다.

“그 문제넌 조금 더 지내보다가 결정합시더. 만약의 경우 여기럴 떠날 때넌 참으로 암담합니더. 나 혼자머 마음대로 산으로 숨어 뛰는데 부인을 데리고 산으로 가기에는 문제가 있니더. 그러다가 나에게도 부인에게도 다 안 좋은 일만 생기게 됩니더.”

“그때넌 우리 조카의 장모라고 하민서 우겨대머 댈 거 아입니꺼?"

"그 말심도 좋으나 나를 숨겨 주었다고 조카를 잡아 가두고
저의 처도 잡아 가두고 난 뒤에 사실관계를 조사하며 영락없
이 잡히고 맙니더."

"그렇다고 사모님얼 모시지 않는다머 지덜의 불찰입니더.
우야든 여기로 모시고 뒷일은 그때 가서 생각해 보기로 하겠
니더."

황주일이 자신의 의지를 굽히지 않는다.

"지금까지 아무 일도 나타나지 않았으니 별 문제넌 없을 것
같니더만, 그렇다머 바깥 공기럴 잘 들었다가 관아에서 지럴
잡아 가두려는 낌새럴 느끼머 바로 지에게 알려주시도록 하
세요."

최경상이 마지못해 승낙했다. 사실 부인이 어디에서 어떤
고초를 당하고 있을까 걱정이 끊이지 않았다. 참으로 부인에
게 못 할 짓을 하고 있다는 생각이 들기도 했다. 아직 자식을
생산하지 못하는 괴로움을 혼자서 속으로 삭이면서도 밖으로
는 한 마디도 내색하지 않은 부인이었다. 어려운 살림살이에
도 꿋꿋하게 이겨 낸 부인이었다. 지금 자신을 잡는다는 소
식을 이미 들어서 알 것인데 얼마나 걱정이 많으랴 싶었다.
분명히 검곡에도 관아의 군졸이나 나졸들이 겹겹이 싸서 자
신을 잡으려 했을 것인데 부인은 어떻게 되었을까 싶기도 했
다.

'그렇다. 내 몸 하나 살자고 할 것이 아니라 부인과 함께 살

면서 무슨 일이 있으면 그때 민첩하게 생각하여 처신을 해나가자.' 최경상은 그렇게 마음을 다잡았다.

손씨 부인은 검곡 산골에 있을 수가 없었다. 마북리 박운서가 와서 손씨 부인을 잡아간다는 소식을 알려주었기 때문이었다. 그날 밤 손씨 부인은 마북동 박운서 집에 은거하였다. 옛 자기 집인 고모 집에도 갈 수 없었다. 연락을 취할 수도 없었다. 벌써 고모의 집에는 관아에서 보낸 나졸들이 시커멓게 둘러싸 있었기 때문이었다.

다행히 연락이 닿아 손씨 부인은 자신을 모시는 사람이 누구인지도 모른 채 남편에게 간다는 말만을 듣고 따라나섰다. 자신을 모신다는 사람들의 행동이 일사불란한 모습과 행동을 눈여겨보다가 이 사람들이라면 믿어도 된다는 확신이 서자 손씨 부인이 그들을 따라나섰다.

남편은 참으로 성실한 사람이었다. 마음 씀이 깊고 고통스러운 일을 절대로 밖으로 나타내 보이지 않는 사람이었다. 함께 사는 동안 정말 단 하루도 쉬는 사람이 아니었다. 그는 일을 하지 않으면 먹지를 않는 그런 사람이었다. 그는 욕심도 없는 사람이었다. 매일 무엇인가 일을 하여 거기에서 소득이 나오면 착실히 모아두는 사람이었다. 그에게 아들을 안겨 주어야 했는데 손씨 부인은 그것을 아직 실천하지 못했다. 항상 죄지은 사람인 양 남편을 대하기가 참으로 송구스러웠다. 남편은 그래도 아무 일 없는 사람인 양 매양 같은 자세로 자신을 아껴주고 있었다. 어찌 보면 정말 무던한 사람이었다. 손씨 부인은 그런 남편이 믿음직스럽고 마음으로부터 존경과 사랑이 갔다.

남편은 여동생을 끔찍이 사랑했다. 자기 집에서 거의 십 년간 농사를 지어주다가 마북동 산 밑에 초가 한 채를 지어 그곳에서 제지 일을 하기 시작하더니 시간이 지남에 따라 공장 수준으로 키웠다. 종이 질도 좋아서 선비들로부터 주문이 쇄도하기도 했다. 여동생을 매제와 혼인을 시키더니 매제와 함께 살면서 함께 일하며 살아왔다. 그런 그가 미련 없이 그 집과 제지공장을 매제에게 주고 검곡 산속으로 들어가 밭을 일구고 살아온 지난날이 머리를 스치고 지나갔다.

그러던 그가 시천주를 믿는 도에 입도하면서 생활이 바뀌기 시작하였다. 자신이야 그 도가 무엇인지 잘 알지도 못하였고, 무어라고 설명해 주어도 그 뜻을 알아들을 수 없었지만, 남편이 하는 일은 무엇인가 진실된 것이 있어 그러리라는 것에는 한 치의 의심도 없었다.

남편이 검곡 산에 자드락 땅을 일구다 만 밭에 보리를 심는다든지 옥수수를 심는다든지 채소를 심는 일을 혼자 하다시피 하면서도 손씨 부인은 삶이 마냥 즐거웠다.

그런 남편이 쫓기는 몸이 되었다. 세상은 참으로 불공평하다 생각이 들었다. 그렇게 성실한 사람이 이웃에게 그렇게 베풀며 살아온 사람이라면 그래도 세상은 그런 사람을 받아주어 행복하게 살도록 해주어야 하는데, 그 반대로 가고 있는 것이 참으로 안타까웠다.

그러나 자신은 그동안 마음 조이던 세월을 뒤로 하고 지금 그 남편을 만나러 가는 것이다. 그 남편과 함께 살러 가는 길이다. 머리엔 남편의 옷가지와 자신의 옷가지가 쌓인 보따리를 이었지만 손씨 부인은 마냥 즐거워 가슴이 뛰기 시작했다.

"흥해럴 지날 때까지넌 저와 함께 가서넌 아니 댑니더. 흥해넌 사모님얼 아시넌 분이 있얼 수도 있으니까요. 지가 먼저 앞서갈 테니 저럴 보고 길얼 따라오십시오. 흥해럴 벗어나 북쪽으로 들어서머 그때넌 함께 가도 괜찮얼 겁니더."

길을 인도하는 청년이 손씨 부인에게 말했다. 손씨 부인은 청년이 하자는 대로 따랐다.

해가 이미 져서 땅거미가 드리우는 시각에 황주일과 손씨 부인을 모시고 온 청년과 손씨 부인이 최경상이 머무는 집으로 왔다.

"어서 안으로 드시지요."

언식과 언식 부인이 대청마루럴 내려오면서 황주일 작은 아버지에게 말한다. 일행이 안방으로 들어간다. 촛불에 나타난 부인의 얼굴이 몹시 상해 보였다. 최경상은 눈으로 부인의 얼굴이 뚫어져라 훑어보면서 자기도 모르게 눈물을 흘리고 있었다. 말은 하지 않았으나 남들이 보는 앞에서 부인을 향해 무슨 말을 할 수도 없어서 그냥 지나가는 말처럼,

"여보 참으로 고생이 많으셨소. 나럴 용서하시오. 어떻든

오셨으니 안심이오. 나넌 그간 마음이 조마조마했소. 이제 얼굴얼 펴고 편안한 마음으로 지내시구려. 특별히 아픈 곳이라도 있으시오?”

라고 부인에게 말을 건넨다.

“당신이 살아계셨으니 이제 시름 다 놓았니더. 이제 다 댔니더. 나넌 이렇게 강건합니더.”

부인이 옆에 계신 남자 어른덜 때문에 간단히 남편의 인사말얼 받아 대답한다.

“이 사람이 사모님께 가서 사모님얼 모시고 왔니더. 이 사람언 지 오촌 조캅니더. 황성후라 캅니더. 저와 함께 입도한 사람입니더.”

황주일이 부인을 모시고 온 젊은이를 소개한다. 황성후가 고개를 숙여 절을 한다. 최경상이 감사의 말끝에 나직이 주문을 외운다.

죽병에 온 지도 어느새 일 년이 되었다. 황주일 말대로 별 탈 없이 일 년간을 보냈다. 최경상은 그러나 불안했다. 우선 외부 도인들과 연락이 끊긴 것이 제일 답답하였다. 대신사님의 제사나 생신 일을 지키지도 못한 것이 죄스럽고, 무엇보다도 대신사님의 가족들을 모시지 못한 것이 안타까웠다. 집에서 짚신을 삼는 것을 업으로 위장하며 살아가는 것도 언젠가는 사람들의 눈에 오르내리면 좋을 리 없었다. 어쩐지 불안한 마음이 가슴 가득하였다.

언식이 들에 나가 농작물을 보고 돌아왔다.

"이제 우리가 이곳을 떠나야 할 때가 된 것 같네. 선상님 사모님과 가족을 이리 놔두고 나만 살겠다고 이러고 있을 때가 아니네. 나는 지금 일월산으로 깊이 들어가려네. 그곳에 가면 바로 거처할 집을 지을 것이고, 집이 완성되면 경주 박 사모님과 그의 가족들을 모실 계획이네. 어떻든 집이 장만되면 사모님 가족들을 모시러 내가 올 터이니 그리 알게. 그러나저러나 지금 사모님이 어디서 누구에게 의탁하고 사시는지 참으로 궁금하고 안타깝네. 그러니 먼저 사모님의 근황을 알아두게. 알아야 모시러 오게 될 게 아닌가?"

최경상이 언식에게 말한다. 이때 언식이 방 안으로 들어갔다 나오더니 지전 묶음을 들고나와 최경상에게 건넨다.

"이것이 무엇인가?"

"얼마 안 되는 돈입니더. 노자로 쓰시라고요. 이대로 선상임얼 보낼 수는 없지요."

"뜻은 고맙네. 내게 노자가 있으니 염려 말게. 내 대구에서 올 때 노자를 넉넉하게 가지고 왔으니 걱정 안 해도 되네."

최경상이 언식이 내민 노잣돈을 도로 넣어두라며 받지 않는다.

"아, 그리고 밥을 지어서 주먹밥을 좀 싸주게. 너더댓 날은 먹어야 될 것이네. 산길을 타고 가니 주막에 머무를 수도 없네. 반찬은 깻잎이나 콩잎 짠지나 멸치젓이면 족하네. 그리고 쌀 한 말쯤하고 냄비 한 개하고 톱과 낫, 망치와 못을 종류대로 좀 넣어 싸주게. 그리고 부엌칼 한 개, 밥그릇 서너 개, 찬그릇 서너 개를 챙겨주게. 그걸 구한다고 장에 얼굴 내밀기 싫어서네. 작별이라 생각 말게 언젠가넌 이러고 살았노라고 하맨서 말 하는 날이 오리라 믿네. 작별할 때넌 미련 없이 후딱 떠나야 신변에 안전이 보장되넌 법이네. 그리 알게.”

“알겠니더.”

언식이 부인에게 말하여 밥을 새로 짓는다. 두 손으로 주물러서 주먹밥을 만들어 종이에 싼다. 얼른 보아 스무 덩어리는 될 성싶다. 반찬은 멸치젓으로 넉넉하게 싸서 준다.

“적지 않을까 걱정댑니더.”

언식이 부인이 말한다.

최경상은 톱과 여러 종류의 못 뭉치와 장도리를 찾아 괴나리봇짐 속에 넣는다. 언식이 곡간으로 들어가 포대에 쌀을 거의 한 말 정도 되게 담아온다.

“선상임 좀 무거우시겠으나 이걸 가지고 가시이소. 가시넌 곳이 산중이라머 이걸 구하러 가시자마자 산을 내려오려머 번잡하니까요. 그리고 이건 냄비입니더.”

언식이 챙겨준다.

“선상임, 항상 강녕하시이소.”

언식이 부인이 내민 주먹밥을 싸주며 인사한다.

“자네도 강건하시기 바라네.”

최경상이 죽병리를 떠났다. 그해 삼월이었다.

46.

　우수도 지나고 꽃샘추위도 지나서 살을 에는 바람도 없었다. 약간 쌀쌀한 바람이 불어오고 있었으나 이 바람은 따사로운 봄바람을 달고 온다는 신호였다. 들판에는 벌써 푸른 풀들이 자라고 있었다. 부인은 옷 보따리를 머리에 이고 묵묵히 따라오고 있었다. 괴나리봇짐을 가볍게 꾸며 등허리에 걸친 최경상은 터덕터덕 산길을 걸어간다.

　손씨 부인은 남편이 동학에 집념하자 남편이 하던 일을 자신이 다 할 수 없었고, 또한 농사에 모든 시간을 쏟아부을 수도 없었다. 어떤 때는 남편이 이렇게 쫓겨 다니며 고생 고생하는 것이 원망스럽기도 했지만, 남편은 평소 어느 것 하나라도 빈틈을 보여주지 않고 척척 해내는 사람이어서 동학에 입도한 것 역시 믿어주는 것밖엔 다른 도리가 없었다.

　남편의 삶이 곧 자신의 삶이라고 많은 여인네들이 그렇게 말들 하곤 하지만, 자신의 삶은 다른 여인들과는 좀 다른 느낌이었다. 남편은 잡히면 효수될 처지인 이상, 자신은 이제 남편을 위해 무엇인가 보탬이 되는 삶을 살 수밖에 없다고 생각한다.

　"힘들지요?"

　남편이 묻는다. 그 말에는 미안하오, 내게 시집와서 고생만 하시구려. 참으로 미안하오라고 말하는 것으로 들려온다.

　"어서 가입시더. 한 걸음이라도 사람 안 보넌 산속으로 들어가맨서 이바구럴 나눕시더."

부인이 먼저 남편을 챙긴다.

이제 사람이 사는 곳에서 끼어 살다가 잡히면 헤어나갈 길이 없어 보였다. 아직은 사람이 사는 마을에선 은둔의 삶이 허용되지 않는 것 같았다. 일단 세상이 조용해지기까지는 깊은 산골로 가야겠다고 맘먹었다. 그렇다면 어느 산이면 안심이 될까? 너무 먼 곳으로 갈 수도 없었다. 부인이 있기 때문에 서남쪽에 있는 가장 험하고 높은 산으로 가야겠다는 생각이 들었다. 그래서 영양의 일월산으로 정했다. 일월산에 가면 그 높은 곳에 자신이 숨어 지내리라고는 꿈에도 생각하지 못하리라. 그러니 자신을 잡으러 오지는 않을 것이라 생각이 들었다.

금산 등허리를 타고 남쪽 불영계곡을 향해 산을 오른다.

"우리넌 지금 일월산으로 가넌 중이오. 거기가 영양현에서 제일 높언 산이오. 아주 험준해서 초동덜도 오지 않고 약초꾼도 오지 않얼 곳이오. 그저 당신에게 미안할 따름이오."

하고 말한다.

"가능하머 산 능선얼 타고 가입시더. 걸음이야 좀 더 걸으머 대넌 기이고 숨이 차머 쉬었다 가머 대넌 기이니까 그리 헙시더."

자신이 부인에게 할 말을 부인이 먼저 한다. 최경상의 마음이 쓰려온다. 오죽하면 저런 소리가 나올까 싶었다. 최경상은 부인이 참으로 고마웠다. 혼인한 날부터 한마디의 불평도 없이 자신을 믿고 따르며 살아온 부인이 아닌가? 지금 이런 곤경에 처해 있어도 자신의 곁에서 자신을 지키며 살겠다고 나선 부인이 아닌가?

다행히 조각달이 조금 배불러서 산속의 나무들 사이에도 빛이 먼저 찾아와 주었다. 금산 등허리도 깊은 곳이어서 초동의 발길이 닿지 않는 곳인지 산이 울창했다. 달빛에도 상수리나무, 밤나무, 자작나무, 잣나무 그리고 흔한 낙엽송들을 구분할 수 있었다. 그들은 서로 싸우지 않고 잘 어우러져 있었다. 잎망울들이 잔가지에 붙어 있기도 하고 잎사귀가 가지에 나와서 잎 모양을 한 아기 잎이 귀엽게 보이기도 하였다.

최경상은 부인의 손을 잡아 아래로 조심히 내려오도록 부축해 주기도 했다. 그런데 부인이 아래로 발을 내디디려는데 달빛이 희미하게 소나무 아래를 비치고 있었다. 그런데 그곳에 솟아 나온 송이버섯을 보았다. 머리가 짝 벌어지지 않고 오므려 있었다. 부인이 얼씨구나 하고 송이버섯을 캤다. 그런데 그 옆 소나무 아래에도 달빛이 새어 들어와 송이버섯이 또 하나 보였다. 그 송이버섯도 캤다. 기분이 좋았다. 어쩐지 일월산으로 가는 것이 운이 좋을 수도 있다는 생각이 들었다.

그들은 계곡이 있는 곳으로 내려갔다. 삼월이고 산속이어서 좀 싸늘한 날씨였으나 그래도 높은 산을 쉬지 않고 걸어서 올라온 터여서 몸은 온통 땀으로 젖어있었다.

계곡물에 손을 넣으니 얼음장처럼 차가웠다. 발을 담그리라 맘먹고 내려왔지만 발을 담글 수는 없었다. 벌써 등짝의 땀도 다 식어버렸다. 부인은 계곡물에 송이버섯을 담가 씻었다. 최경상은 주먹밥과 멸치젓을 내놓았다.

부부는 주먹밥을 입으로 뜯어먹으면서 멸치젓을 반찬으로 입에 넣어 우물우물 씹어 먹는다. 밥맛이 꿀맛이다. 밥을 다 먹자 부인이 송이버섯 한 개를 건넨다. 최경상은 부인이 송이버섯을 자기에게만 주고 부인은 먹지 않을 것을 미리서 알고 아무 소리 없이 부인이 건네준 송이버섯을 세로로 반을 갈라 한쪽을 부인에게 건넨다.

"지넌 됐어요. 당신이 다 드시이소."

그래도 최경상이 반쪽을 들고 아무 말 없이 뻗은 손을 거두지 않는다. 부인이 마지못해 받는다. 남편이 자기에게 내민 반쪽의 송이버섯을 받을 때까지 그렇게 팔을 뻗고 있을 것을 알고 있기 때문이었다. 남편이 송이버섯을 먹지 않고 부인을 바라본다. 부인이 다시 감추어 두었다가 다음에 다시 내놓을 것이라는 생각이 들어서였다. 부인이 그 심정을 아는 터라 하는 수 없이 아까운 송이버섯 반쪽을 입에 넣는다. 부인이 송이버섯을 입에 넣자 최경상도 송이버섯 반쪽을 입에 넣는다.

밤이 삼경은 되었을 성싶었다. 최경상은 계곡물을 뒤로 하고 조금 높고 아늑한 곳을 향해 산을 올랐다. 바위가 둘러쳐져 있고 바닥이 평평한 곳이 나타났다. 부부가 딱 둘이 붙어 체온을 보호하며 눈을 붙이기 알맞은 곳이었다. 이런 곳에 이런 장소가 있는 것도 천만다행이었다.

"여기서 눈얼 붙이고 내일 날이 밝거든 떠납시더."

최경상이 부인에게 말한다.

"그래허시이소."

부인이 대답한다.

최경상은 부인의 체온을 보호하기 위해 괴나리봇짐과 쌀포대를 부인의 몸에 바짝 붙여준다. 그리고 부인을 꼭 안아서 자기 체온을 넣어준다. 부부는 피곤한지 금세 잠이 들었다.

이튿날 눈을 떠보니 이미 날이 밝아 있었다. 기온이 낮은 산속에서도 잠은 찾아오는가 싶었다. 다행히 고풀이 오지 않았다. 묘시(卯時)쯤 이었을까 잠을 조금밖에 자지 않았는데도 더 이상 잠이 오질 않았다. 부부는 밥을 먹지 않고 그대로 산길을 걸었다. 금산보다 두 배나 높아 보이는 천축산 발치를 돌아 인가가 없는 산모롱이를 돌아오면서 통고산을 향해 남쪽으로 내려왔다. 그 지역이 어디인지 잘 모르겠으나 폭포가 길게 물줄기를 내리퍼붓고 있었다. 그곳에도 인가가 없었고 주막도 없었다. 그들은 그곳에서 또 밤을 보냈다.

이튿날 서쪽 산을 올라 마루를 넘어 앞에 펼쳐진 일월산의 웅장한 자태가 눈을 부시게 했다. 최경상은 통고산을 내려와 다시 일월산을 올랐다.

"눈언 게으르지만, 발언 빠르다오. 이제 다 왔소."

최경상이 부인에게 말했다. 그 말은 조금만 참으시오, 곧 우리가 살 곳이 다가오오라고 말하는 것 같았다. 산은 험준해서 조금 올라가면 너덜겅이 깔려있고, 조금 더 올라가면 사람 몸짓보다 더 큰 바위들이 여기저기 솟아 있었다. 조금 더 올라가면 낙엽송들이 빽빽하게 솟아 있고, 다시 너덜겅이 깔려있는가 싶으면 평평한 언덕이 넓게 자리하고 있기도 하였다. 최경상은 이곳을 찬찬히 둘러보고 있었다. 밭을 일구면 충분히 살 수 있을 것 같았다. 그러나 이곳은 너무 낮아 초동이나 약초꾼들에게 보일 가능성이 있어 보였다. 부부는 다시 산 위로 쉬엄쉬엄 올라갔다.

산은 높게 드리우는 것만 아니었다. 가는 도중에 언덕이 있고, 햇빛을 받는 양지바른 곳에 나무도 없이 풀만 우거진 곳도 있었다. 산 위에도 골짜기가 있어 물이 흘러내려 가고 마을이 들어설 좋은 집터들이 즐비하였다. 최경상은 눈짐작으로 산 높이의 삼 분지 일에서 이 분지 일 사이 정도의 자리라고 생각이 들었다. 이곳에도 마을이 있었다. 여남은 가옥이 한쪽에 모여 있기도 하고 또 띄엄띄엄 한 채씩 있기도 하였다.

넓은 들이 햇볕을 따뜻하게 받고 있었다. 들 옆으론 산으로 통하기 때문에 아름드리나무들이 군데군데 늘어서 있었다. 들녘에는 작은 밭두렁들이 여기저기 가꾸어져서 명이나물, 두메부추, 전호, 눈개승마, 섬초롱꽃, 쑥부쟁이, 미역취 같은 산나물들이 소복이 자라고 있었다. 들판 한쪽엔 보리 대가 나와서 보리 이삭들이 펴기 시작하였다. 최경상은 무엇보다도 이 높은 산중에 보리농사가 가능하다는 점에 크게 안도의 한숨을 내쉬었다.

"조금만 더 올라갑시더. 그래도 살만한 곳이오. 이만하머 댈 것 같소."

최경상이 부인에게 말한다. 부인이 이제 거의 다 온 거 같아 안도의 웃음을 남편에게 보낸다. 그러나 이곳은 사람들이 꽉 차서 밭을 만들어 부칠 터전이 없었다. 최경상은 부인을 부축하며 위쪽 능선을 타고 올랐다. 한 시진쯤 능선을 타고 갔더니 능선 아래에 넓은 들판이 옴팍하게 자리 잡고 있었다. 들판은 아직 다 개간되지 않은 채 풀과 나무들로 둘러싸여 있었다. 그리고 그 들판 옆으로 조그마한 능선이 있었는데 그 너머에 들판은 가리어 보이지 않았으나 지붕들만 두어 채 보였다. 그곳에도 들판이 있어 사람이 산다는 것을 보여주고 있었다.

"여기요. 우리가 정착할 땅이오. 저 들판얼 보시오. 우리럴 기다리고 있소."

최경상이 부인을 바라보며 기쁜 얼굴을 감추지 않는다. 부인도 들녘을 본 듯하다.

"그러지요."

부인이 남편을 바라보며 기쁜 마음을 보낸다. 이 정도면 이곳까지 사람을 잡으러 올 것 같지는 않아 보였고, 농사지어서 먹고 살 수는 있을 것 같았다. 농사 지어놓고 약초 씨앗을 받아다가 산중에 뿌려 놓으면 후에 큰돈이 되리라는 생각이 일기도 했다. 남편만 곁에 계시면 자신은 무엇이든 다 할 수 있다는 자신감이 솟았다.

마을 밖으로 나가니 바로 대나무 숲이 길게 이어져 있었다. 대나무 숲을 지나니 울창한 소나무 군이 이어지고 있었다. 숲으로 우거진 곳에 조그마한 굴 같은 것이 있어서 그곳으로 가보았다. 그곳은 굴처럼 움푹 파여 있었으나 굴은 아니고 그곳에 옹달샘이 있었다. 최경상은 부인과 함께 그곳에서 마지막 주먹밥을 멸치젓에 먹었다. 밥맛도 좋았다. 쌀 한 말이 있으니 앞으로 한 달은 족히 먹을 수 있을 것 같았다. 그 안에 집을 짓고 더기밭을 일구는 일만 남았다.

최경상은 그 근방을 더 다녀보고 싶었지만 다음에 하기로 하고 집터를 물색했다. 북쪽 산 아래 남향으로 햇빛이 잘 드는 쪽을 택했다. 부인과 둘이 살 것이었으므로 방은 하나면 족할 것이었다. 살다가 무슨 불안한 일이 생기면 바로 미련 없이 떠나야 했기 때문에 집을 크게 지을 필요가 없다고 생각했다. 그들은 나뭇가지들을 톱으로 잘라 잠잘 자리에 둘러 쳤다. 그리고 최경상이 부인을 꼭 안으면서 잠을 재촉했다.

이튿날 부인은 처음으로 냄비에 밥을 했다. 그러나 반찬은 멸치젓 한 가지뿐이었다. 아무리 생각해도 자신이 참으로 무던한 사람이었다. 살림을 해온 여자가 남편을 따라 도망간다고 따라나섰지만, 최소한 밥그릇과 수저, 된장, 간장 등 부엌 살림의 기본이 되는 것은 챙겨 와야 하는 것이 아닌가? 참으로 남편을 볼 면목도 없고 죄송하다는 말을 할 용기도 나지 않았다.

최경상도 아무것도 들고 오지 않는 것은 이중의 고통이 따른다는 것을 깨닫긴 했으나 그것은 자신이 그때그때 이겨나가야 할 운명이라고 생각했다. 그는 떠날 때는 항상 가벼운 괴나리봇짐이어야 한다고 생각한다. 이 산중에 살림을 차리려고 하니 준비할 것이 많았다. 우선은 연장이며 가마솥이며 옹달솥, 식기류, 도마, 부엌칼 같은 부엌 살림살이들이 급했고, 크고 작은 항아리들이 급했다. 그러나 그보다는 그런 것을 파는 장이 언제 어디에 서는지를 알 수가 없었다. 설령 장이 있다손 치더라도 한참 살림을 할 서른 후반의 사람이 이제 살림하는 것처럼 살림살이를 장만하는 모습을 보이면 남들이 이상하게 생각할 수도 있어 보여 그 점도 불안하였다. 그래서 최경상은 여러 날을 두고 조금씩 장을 보기로 했다.

장을 보기 위해서는 옆 마을에 가서 마을 사람들에게 물어봐야 했다. 최경상은 그들도 세상이 싫어 도피해 온 사람일 거라 믿고 그들과 친해지도록 노력하면 앞으로 좋은 도움이 될 거라 확신했다. 최경상은 대나무 숲을 가로질러 옆 마을로 갔다.

그쪽 마을은 이쪽들보다 몇 배나 더 넓었다. 대나무 숲을 건너 초가가 네 채가 보이고 저쪽 건너편에 두 채가 보였다. 그러나 나무와 산등성이에 가려져 다른 방향은 집들이 보이지 않았다. 집들은 대청이 보이지 않고 방문 앞에 툇마루가 놓여 있었다. 그래도 사람이 사는 집인지라 마당은 그런대로 넓었고, 농기구들이 여기저기 놓여 있었다.

햇볕이 옹글게 모여 쬐는 마당으로 한 노인이 두 팔을 조금 구부러진 허리에 뒷짐을 지고 마당으로 나오고 있었다. 눈에 비친 그 노인은 얼른 보아 오십은 넘어 보였다.

"어르신 안녕하십니까?"

최경상이 상대방을 잘 모르니까 서울 말씨로 인사를 했다. 노인이 고개를 옆으로 돌려 최경상을 바라보며,

"뉘신지 이 깊은 산골에 오셨는지요?"

하며 힘없는 목소리로 되묻는다.

"어르신, 지도 먹고 살 것이 없어 화전이라도 일구려고 여기 왔습니다."

"화전이라… 어디에다 화전을 놓으려고 허시오?"

"위 옆에 가니까 집들도 없고 조금 넓은 터전이 있어 그걸 가꾸려고 하는데 앤 되겠능교?"

"아, 거기, 일궈도 됩니더. 그럼 우리와 자주 만나 뵙겠네요? 어디에서 사시다가 이리로 오신 거요?"

"예, 매일리에서 왔습니다. 울진이오. 그리고 의성 김씨입니다. 이름은 세원이고요."

거짓말을 하면 아니 되는 것이고, 더군다나 도통을 이어받은 몸으로 거짓말을 하고 있으니 자신이 그렇게 미울 수가 없었다. 그러나 도망 나온 자신이 날 잡아가시오 하고 이름을 댈 수는 없는 노릇이었다. 더더구나 앞으로 선생의 박 사

모님과 그의 권속들을 모실 계획을 지니고 있는 몸으로 바른 말은 할 수 없었다. 나중에 서로 마음이 통하고 우리 도인이 된 경우에 말하리라 다짐해 본다.

"그러시군요. 지넌 경주 최가입니더. 이름언 도언이구요."

"많이 도와주십시오."

"당연히 서로 돕고 살아야지요."

"여기서 사넌 사람들은 모다 없이 사넌 사람덜로 벌어 먹고살기가 옹색한 사람덜이니까 서로덜 속마음얼 잘 이해하지요. 그래도 없넌 사람덜이 양심이 바릅니다."

"고맙습니다. 그런데 이곳의 장은 언제, 어디에서 여는지요?"

"여기를 윗대치라 하고 저짝 아래럴 아랫대치라 하는데, 여기넌 장이 안 서고 아래 대치넌 이따금 가벼운 물건덜얼 이고 와서 파넌 사람덜이 있지만 일정하게 장이 서지넌 않지요. 여기나 아래 대치나 좀 많게 높아야지요. 장은 아래 대치에서 이 산 밑으로 내려가면 우측으로 마을이 하나 있는데 거기에서 삼일과 팔일에 장이 섭니더. 장이라 해봐야 큰 장은 아이고 물건도 없얼 때가 많고 해서 한번 가머 물건얼 주문해서 그다음 장에 사 가곤 할 때도 많지요."

"그렇군요. 고맙습니다. 어르신, 앞으로 많은 가르침을 받겠습니다."

최경상은 집 자리로 돌아왔다. 이제 이곳에 집을 지어도 별 탈이 생기지 않는다. 이곳에 땅을 일구어도 누가 시비를 걸지 않는다는 확신을 얻은 것만으로도 한숨이 놓였다. 장날까 진 나흘이 남았다. 우선 집 지을 목재부터 준비해야 했다. 최 경상은 부인과 함께 산속으로 들어갔다. 집을 지을 목재를 얻기 위해서였다. 기둥과 보, 지붕 서까래 등 들어갈 목재를 골랐다, 대나무 숲 옆에 다행히 소나무 군락이 있었다. 최경 상은 목재로 쓸 만한 나무들을 골라 톱으로 베기 시작했다. 하루라도 빨리 집을 지어 안정된 생활을 해야 했다.

부인과 함께 초가집 한 채를 짓는 데 여간한 힘이 들지 않 았다. 그간 부족한 재료들을 구하고, 살림살이를 장만하느 라 수차례 산을 내려가서 물건을 구해 지게에 짊어지고 오르 는 일부터 시작하여 베어놓은 소나무를 모두 껍질을 깎아 규 격에 맞게 자르고, 집 자리라고 그래도 평지보다는 높게 집 자리를 돋우고, 주춧돌을 다듬어 기둥 자리에 배치하고, 기 둥과 보를 연결하고, 중도리를 연결하고, 동마루에서 서까 래를 연결하여 놓고, 서까래와 서까래 사이를 안으로는 흙을 바르고 밖으로는 판자를 대준다. 그리고는 우선 너와로 지붕 을 덮는다. 판자 구하기가 어려워 마루 놓기를 포기하고 방 문 앞에 툇마루는 소나무 통나무로 틀을 짜서 대숲에서 베어 온 대나무로 마루를 놓는다.

최경상은 방 밖에서 앉아 생각할 수 있는 여유 공간이 필요 했다. 그는 소나무와 대나무를 베어다가 평상골격을 만들고 사람이 앉을 자리에는 대나무를 여러 갈래로 갈라 매듭을 칼

질로 매끄럽게 다듬어서 평평하고 촘촘하게 깔았다. 이제는 방에 들어앉을 필요 없이 부인과 밖에서 평상에 앉아 담소를 즐길 수 있을 것 같았다. 다행히도 평상을 마당 상수리나무 아래에 놓아두어서 낮에는 햇빛을 가리어 주고, 밤에는 평상 귀퉁이에 앉아 하늘의 별빛을 보면서 이야기를 나눌 수 있게 되었다.

집이 완성되자 최경상은 부인에게 내일 아침에 죽병리로 가서 선상임 가족을 모시도록 연락을 취할 것이라 말했다. 그래서 주먹밥을 좀 싸주도록 부탁했다.

부인으로부터 주먹밥을 받은 최경상은 울진 죽병리 언식의 집으로 향했다. 언식을 통해서 황주일에게 연락하여 사람을 시켜 경주로 대신사의 조카 최맹윤에게 가서 사모님과 그 가족들을 모시고 일월산 윗대치로 오시도록 연락을 취해달라고 부탁하기 위해서였다. 본인이 직접 가는 것은 상당한 위험이 있기 때문에 어쩔 수 없이 이를 포기하고 이렇게 연락을 취하게 되었다.

죽병리에 갈 때도 오던 길로 갔다. 그 길이 가장 완전하게 느껴졌기 때문이었다. 언제부턴가 최경상은 그가 이렇게 도피행각을 일삼으면서 이렇게 험한 길이 자기에게 알맞은 길이라고 여겨졌었다. 갈 때는 삼 일 만에 죽병리에 도착했다. 밤하늘에 별빛이 찬란하게 비치고 있을 무렵 최경상은 언식의 집에 들어섰다.

언식의 방문 앞에서 낮은 소리로,

"언식이 기신가?"

하고 물었다.

방안에서 최경상의 목소리를 알아듣고 언식이

"예, 선상임!"

하며 언식이 급하게 방문을 열어젖힌다.

"선상임, 그간 강녕하셨능교?"

"오, 그래, 자네도 강녕하셨넌가?"

"예, 지년 선상임의 염려지덕으로 이렇게 강건하게 지내고 있니더. 그간 고생이 많으셨지요? 자 방으로 드시지요."

"그러세."

최경상은 언식과 함께 방으로 들어간다.

"내가 지금 여기에 온 것은 다름이 아니라, 우리 대신사임의 사모님이랑 자제분덜얼 모시고자 해서 찾아왔네. 내가 직접 찾아가서 선생님 조카분을 만나 연락을 취해야 할 것이나 지금 내 몸이 그럴 처지가 아니어서 그러니 자네가 황주일 선생께 가서 지난번 우리 집사람얼 데리고 온 사람얼 시켜서 경주 가정리에 가서 대신사님의 조카 최맹륜에게 찾아가 대신사님 가족이 어디에 기신지 물어 대신사님 가족얼 찾아서 내가 있넌 곳으로 모셨으머 해서 찾아왔네. 그러니 내일 날이 밝거든 자네가 수고스럽지만 황주일 선생에게 찾아가 이 사정 이야기럴 전해주게."

"예, 알겠니더. 우선 씻으시이소. 저녁상얼 올리겠니더."

"그러지."

최경상이 밖 샘가로 나간다.

최경상이 저녁을 들고 있는데,

"선상임, 그간 어떻게 지내셨능교? 굶지넌 않으셨능교? 그라고 앞으로 대신사님 가족얼 모시게 대머 아무래도 돈이 있어야 할 텐데 그것도 걱정이 갑니더."

"그러긴 하넌데 어떻든 대신사임 산모님과 가족언 내가 책임지고 맡아 봉양해 드려야 하니까. 좀 협조해 주실 분덜언 모두 먼 곳으로 유배를 당하시거나 도피 중에 기시므로 도움을 받기가 불가능하고 어렵긴 어렵네."

"그럼 그 점도 황주일 선상임께 말씀 드리겠니더."

"어떻든 이번에넌 반드시 대신사임 사모님과 가족덜얼 꼭 만나게 심 좀 써주시게."

"그러지요. 계신 곳이 어디라 했지요?"

"일월산 중간쯤 올라가머 아랫대치마을이 있고, 좀 더 올라가머 마을이라고 하기엔 그렇고 초가집 서너 채가 있넌데 제일 위쪽에 집 한 채 새로 지은 집이 내 집이니 그리로 찾아오도록 해주시게. 그리고 부탁드리고 싶은 말은 찾아오더라도 절대로 내 이름을 대지 말라고 하게. 가능한 한 물어보지 말고 올라와서 제일 위쪽에 집 한 채 있넌 곳으로 오면 대네. 그리고 지붕이 너와지붕이네. 그곳에넌 지붕이 너와지붕인 집언 내 집뿐이네."

"예, 알겠니더. 너와집만 찾아가라 전하머 대겠니더."

"그리해도 되네."

이튿날 새벽 최경상은 언식의 부인이 일찍 차려준 밥을 먹고, 또 종이에 싸준 주먹밥과 멸치젓을 괴나리봇짐에 넣어 짊어지고 부인이 기다리고 있는 집으로 향했다.

"작은어무이, 그간 고생이 얼마나 심하셨능교?"

조카 맹륜이 인사를 한다. 박씨 부인은 힘없는 얼굴로 조카를 바라보며

"그래 자네넌 어떻게 살고 있넌가? 관에서 머라 하지 않던가?"

"아직도 지럴 감시하넌 눈치요."

"자네가 작언 아버지럴 잘몬 만나 그러네. 그런데 여기까지 자네가 먼일로?"

"예, 정말 어렵사리 찾아왔네요. 다름이 아니고요, 최경상 선상께서 작은어무이 가족얼 애타게 기다리고 기신다넌 연락이 와서 알려주려고 이리 왔니더. 실은 이 소식얼 석 달 전에 들었는데 지가 너무 늦게 찾아뵙게 되었네요."

"오, 그랬던가? 자네 사정도 그러니 내가 왜 이해를 몬 하겠넌가? 최 선상언 시방 어디에 기시넌가?"

"저기 일월산 중턱에 자리럴 잡으신 모양이라요."

"일월산이 어딘가?"

"저기 영양현에서 가장 높언 산이라요."

"시상에 그런 곳까지 가서 숨어 사시넌구나."

"살머 대었제, 지금 높언 산 찾고 말고가 있겠능교?"

“그래 어떻게 연락얼 받았능가?”

“아, 울진에 계신 황주일 선상이 사람얼 보내어 최 선상임의 소식얼 전해주었구만요.”

“황 선상언 내가 잘 모리넌데 그리하셨구나.”

“그래서 떠날 채비럴 서둘러 주시머 지가 작언어무이와 가족얼 모두 그리로 모시고 갈까 헙니더.”

“거기도 안전할지 모리겠네.”

“그래도 최 선상임이 작은어무이를 찾으신 거 보머 무언가 좀 안전하다고 느끼셨기 때문이 아닐까요?”

“그러긴 그러넌데… 우리도 이제 여기서 사라고 해도 살 수가 없었어. 식량이 다 떨어졌고, 돈이 없어 구할 수도 없고 정말로 막막했어. 내일이라도 떠날 채비를 서둘러야겠어. 그간 민사엽 단양접주가 우리 가족얼 정선의 문두재에 숨어 지낼 수 있도록 뒷바라지를 해주셨넌데 민접주께서 환원하신 바람에 우리가 그곳에서 살 수가 없어 하넌 수 없이 평소 민접주께서 하신 말씀 중에 동관음이 숨어 살기넌 좋을 거라는 말을 생각하고 동관음으로 이거를 했지. 다행히도 그곳 도인들의 도움으로 비상금과 식량을 들쳐메고 동관음으로 갔었지.”

“그래셨군요. 그간 작언 어무이 행방얼 몰라 참으로 애럴 태웠니더. 그리고 이렇게 살아계셨으니 천만다행입니더. 이제 최 선상께 가시머 지가 우리 도인덜얼 찾아다니며 도움을 요청할 것입니더. 지금언 서로 어렵겠지만 좀 시간이 지나머 그래도 도인덜이 나타나 최 선상얼 도울 깁니더. 그러니 우째하든 함께 기셔야 하지 않겠능교? 그리고 이건 지가 준비해 온 돈입니더. 생활에 보태 쓰십시오. 최 선상임두 돈이 없얼 겁니더. 그리고 지도 돈이 생기넌 대로 작은어무이럴 찾아뵙도록 하겠니더.”

최맹륜이 나직이 말한다.

“자네가 고생이 말이 아니네.”

“작은어무이, 그런 말 마이소. 그런 말 자꾸 하시머 지가 섭섭합니더.”

“알았네.”

“그라고 세정이 니가 말 안 해도 어무이럴 잘 모시겠지만 어떻든 니가 가장이니 작은어무이와 가족얼 잘 챙겨 드려야 헌다.”

“행임, 잘 알겠니더. 지금은 쫓기는 판이라….”

“알았네. 그럼 내일은 떠날 수 있겠능교?”

“짐이라 해봐야 뭐가 있겠능가? 이불허구 옷가지허구 살림살이넌 모두 하나씩 들고 가머 대지 않겠능가?”

작은어머니가 대답하신다.

“그러겠네요. 근데 가는 길이 아주 험합니더. 이 짐을 하나씩 들고 나가머 누가 봐도 수상하니 당장 묻거나 잡아가거나 하지 않겠능교? 그라고 일월산에 가더라도 소문이 새서 그곳으로 최 선상임얼 잡으러 올 경우에넌 작언 어무이넌 우째할 것잉교? 그때넌 다시 고생이 대더라도 이리로 다시 와야 할 거 아잉교? 그러니 웬만하머 여기에 짐을 놔두고 꼭 가지고 가야 할 물건만 가볍게 가지고 가시이소.”

“그러겠구나. 그라머 짐은 여기다 그냥 버려두고 갈끼나?”

“꼭 필요한 것만 가지고 가시지요.”

“그러자. 그게 편하겠다. 여기에다 짐을 놔둔다 캐서 누가 오거나 하지 않얼 것이니 짐 잊어불 걱정언 앤 해도 될끼라. 우리가 사넌 동안 어느 초동 한 사람도 보지 못했다 아이가?”

“예, 그럴낍니더. 그리하이소.”

“그럼 그렇게 하자.”

이튿날 아침 모든 가족들이 떠날 준비를 하고 있었다.

“아무래도 이 많은 식구가 식사 때마다 주막에 들르기도 어렵고 돈이 많이 들겠지만, 그보다는 이 많은 식구가 주막에 들르면 틀림없이 신고할 것이고 그리고 관헌이 쫓아와 우리를 잡으머 영락없이 우리넌 잡히넌 몸이 되고 말 것입니더. 그러니 닷새 정도 먹얼 주먹밥얼 미리서 장만하여 각자 나누어 짐 속에 넣어 가지고 가야 헙니더.”

최맹륜이 말한다.

“그러겠다. 그럼 주먹밥을 만들도록 캐라.”

어머니가 자식들에게 말한다.

“그리고 식량언 한 톨도 남기지 말고 모두 자루에 담아가야 한다.”

어머니가 힘주어 말한다.

세정의 부인과 딸이 함께 밥을 짓기 시작했다. 그들은 빈틈 없이 떠날 채비를 서두르고 있었다.

"그래도 섣달보다넌 칠월이 낫다. 산행을 하맨서 땀얼 많이 흘려도 늘어져 잘 수도 있고, 시원한 물에 발얼 담글 수도 있고, 먹얼 것이 떨어져도 산에서 칡뿌리라도 캐 먹얼 수 있으니 여름이 우리 같은 사람에겐 겨울보다 휠 낫지."

"여기 톱이 있으니 가다가 대나무럴 보머 잘라서 무엇인가 필요한 거를 만들게요."

세청이 대답한다.

"그래 그러면 대겠네."

이튿날 새벽 일행은 동관음에서 출발했다.

"우리가 지금 여기 상주에서 안동 쪽으로 직행할 것입니더. 그리고 안동에서 영양 일월산으로 가넌 지름길얼 택해 갈 깁니더. 다소 많이 걷더라도 주로 산행얼 하여 갈 것입니더. 그리고 천천히 걸어갈 깁니더. 이 여름에 빨리 서두르다 누가 병이 날까 두렵니더. 모두가 다 강건하게 살아서 최 선상임한테 가야 합니더. 세정이, 세청이넌 어머니럴 잘 모시고 가기 바란다. 모두 고상이 심하지만 이것이 우리의 운명인 것얼 어디에다 하소연얼 하겠느냐? 우리가 무죄방면 대었지만 즈눔덜이 우리럴 잡기 위해 혈안이 대어 있지 않느냐 마음 단단히 먹기 바란다."

최맹륜이 작은어머니 댁 가족에게 나직이 말한다.

“예.”

세청이 짧게 대답한다. 그는 남은 곡식을 털어 자루에 넣어서 그걸 짊어지고 산길을 오른다. 햇볕은 그래도 그립다. 산중이어서 길도 없고 사람도 없다. 그저 말 없는 땅과 풀과 나무와 풀벌레 소리와 이따금 정적을 깨는 새소리만 들려올 뿐이다. 날씨가 좋아 그나마 다행이다. 세정은 어머니를 부추기어 천천히 걸어간다. 뒤를 따르는 며느리, 딸도 느린 걸음이다.

최맹륜은 산 정상으로 가는 길을 피해 가능한 한 조금 더 시간이 걸리더라도 산 중턱을 도는 길을 택했다. 주먹밥이 떨어져도 양식이 남아있기 때문에 안심이었다. 그는 작은 집 가족들을 모두 강건하게 최 선생님에게 도착시켜야 했다. 그래도 가족 모두가 장성한 터여서 그렇게 빠르지도 느리지도 않을 것 같아 보였다.

동관음에서 화동 쪽으로 길을 잡지 않고 천택산(天澤山) 북쪽으로 길을 잡아 산 중턱을 돌아갔다. 길이 험하였다. 판곡 저수지 쪽으로 가서 노음산(露陰山)으로 가기 위해서였다. 아무래도 화동 쪽으로 가면 동남쪽으로 향하기 때문이었다. 모두들 걸음걸이는 느렸지만 아무 소리 없이 잘 따라주었다. 최맹륜은 산 계곡이 나타나거나 옹달샘이 나타나면 모두에게 물을 충분히 마시도록 단단히 일러주었다. 그러나 이 산행만은 중간 둘레를 돌기는 너무도 시간이 많이 흘러갈 것 같았다. 정상 쪽으로 가서 바로 내려가면 남장사가 있고 여기에서 동북쪽으로 가면 저수지가 나오게 되어 있었다. 최맹륜은 도인들에게 연락을 취하기 위해 한 번 이 산 정상을 밟은 적이 있었다. 그것이 지금 도피 생활에 큰 힘이 될 줄은 몰랐었다. 일행은 산 중턱을 넘어 정상 가까이에서 옹달샘을 만났다.

"자, 여기에서 조금 쉬었다 갑시다. 여기서 주먹밥을 먹고 샘물도 충분히 마셔 두세요."

최맹륜이 모두에게 일러둔다. 모두들 다리가 뻐근한 모양이다. 작은어머니는 아무 소리 없이 다가와 편편한 바위 위에 걸터앉는다. 그 옆으로 세정이 따라붙어 앉는다. 세정이 처는 주먹밥을 꺼낸다.

세청이 대나무를 발견했는지 톱을 들고 부리나케 뛰어간다. 큰 대나무 하나를 골라 톱질을 한다. 세청은 대나무 매듭 가까이에 톱을 대고 톱질을 한다. 몇 토막 내어 근사한 물통을 만들어서 나누어준다.

모두 자기 짚신을 자기 허리에 차고 있었다. 그 모습이 우습게 느껴졌는지 최맹륜이 미소를 짓는다. 잘하면 일월산에 이를 때까지는 짚신이 발을 감당할 것 같았다.

그들은 북장사를 거쳐 산 아래에 있는 남장사를 향해 걸어 내려갔다. 그러나 그 길은 아무래도 일행이 남장사에 가서 쉬다가 거기에 다녀가는 사람의 눈에 발각되면 또 무슨 일이 일어나지 않을까 싶어 마음을 접고 내려오던 길에서 북쪽으로 내려갔다. 산이 높아서인지 땔나무를 베지 않아 산은 그런대로 울창했다. 내려가는 길목엔 너덜겅이 있어 자갈 위를 걷다가 미끄러지는 사람도 있었다. 일행은 그래도 다친 사람 없이 무사히 산을 내려와 저수지에 도착해서 모두 피로해진 발을 씻었다.

새벽부터 걸었지만 벌써 햇빛은 황금색으로 물들여지고 있었다. 일행은 다시 일어서서 노음산 쪽으로 향했다. 노음산은 좀 높아 보였다. 그러나 그들이 지나가는 쪽은 악산 길이 아니었다. 정상을 향해 동쪽으로 내려가면 상주 읍과 가까우므로 그 길을 피하고 동북쪽에 있는 매악산 쪽으로 방향을 잡았다. 조각달이 비쳐서 그래도 산길은 방향을 잡을 수 있었다. 그들은 산 중턱 옴팍한 장소에서 모여 잠자리를 만들기 시작했다.

이튿날 눈을 떠보니 해가 중천에 떠 있는 듯싶었다. 어제의 강행군한 고단함이 밤새도록 몸속에서 녹아내렸던 모양이었다. 그때서야 주먹밥을 먹고 뒤를 보고 산 계곡 쪽으로 향했다. 계곡에서 물에 몸을 씻고 머리도 감고, 발도 담그고 대통에 물을 떠서 들고는 다시 매악산으로 향했다. 매악산을 돌아가니 강물이 흐르기 시작했다.

"여기가 낙동강 시발지라네요. 지도 전에 우리 도인한테서 들었네요."

"아ㅡ 이 물이 부산까지 내려간단 말이가? 그러구만, 이 물이 낙동강의 시원이라고?"

"예, 그렇다네요."

일행은 낙동강에 놓인 섶다리를 건넜다.

용점산까지 가는 길은 산이 낮고 마을도 있어 마음이 불안했지만 다행히도 용점산에 이르기까지 아무 탈이 없었다. 일행은 와룡산, 두름산, 왕모산을 거쳐 일월산에 도달했다. 그간 여인들과 작은 어머님을 모시고 오느라고 삼일이면 올 길을 닷새나 걸렸다. 그러나 그것도 사실 빠른 길이었다.

최맹륜은 일행을 산 중턱에 앉혀놓고 쉬도록 했다. 그리고 혼자서 산을 내려갔다. 얼마쯤 후에 다시 나타난 최맹륜은

"우리가 지금 길얼 잘못 들었니더. 용화동으로 갈라머 북쪽에서 산얼 올라야 한다네요. 우리넌 서쪽에서 올라서 길이 좀 어긋난 모양입니더. 그러니 저쪽으로 돌아서 올라갑시더."

최맹륜이 말하고 일행을 인솔해서 서쪽 방향으로 돌아 들어갔다. 산의 삼 분지 일을 올랐을까 했는데 집이 스무 가구쯤 되어 보이는 마을이 나타났다.

"아니, 이런 심심산골에도 마을이 있다니….."

최맹륜이 놀랬다. 그러나 마을은 옴팍하여 햇빛을 잘 받아들였고 그곳엔 논밭이 많이 경작되고 있었다. 그 마을 사람들은 계곡물을 잘 이용하는 성싶었다. 최맹륜은 그 마을 뒤쪽으로 돌아 위로 올랐다. 그네들에게 최 선생이 계시는 곳을 물어보려다가 참았다. 최 선생이 이런 곳에 와서 마을 사람들과 함께 살지는 않으리라 짐작이 갔기 때문이다.

일행은 마지막 있는 힘을 다해 한 걸음 한 걸음 산 위로 올

랐다.

"어무이 저게 영지버섯 아잉교?

며느리가 걸어오던 길 아래로 내려가며 손가락으로 영지버섯이 있는 곳을 가리킨다.

"오, 맞다. 영지버섯이다. 굴참나무 그루터기가 썩언 자리로구나. 여기가 어디쯤일까? 잘 봐둬라."

어머니가 일러둔다.

"어무이, 여기 상수리나무 아래 도토리가 떼 지어 모아 있네요."

"오 그렇지, 지금이 칠월 아니냐? 칠월 보름이머 도토리가 떨어져 굴러서 낮은 곳에 모이지. 어디 주어봐라. 이때를 놓치면 도토리가 썩어가지. 그러니 이때에 주어야 한데이. 우리 짐 풀어놓고 도토리 주우려 나서자. 이 난시에 최 선상인 덜 누가 도와줄 사람이 있겠느냐? 우리가 마음얼 단단히 먹어야 헌다."

어머니가 자식들에게 말한다.

"그래야지요."

아들이고 딸이 합창하듯 대답한다.

"우리 여기서 잠간 쉬자. 산에넌 먹얼 것이 많아. 부지런만 하머 먹얼 거럴 많이 장만할 수 있지. 니 아부지가 전에 장사하러 가서 몇 날이고 집에 앤 들어오머 나넌 산에 가서 도토리럴 줍곤 했지. 그때 약초 이름도 좀 외웠고, 어디에서 무슨 약초가 잘 자라넌지도 알았지. 여기가 깊언 곳이라 약초

가 많얼 성싶다. 가서 최 선상 만나고 난 뒤에 도토리럴 주우
러 나오자."

어머니가 말한다.

일행은 다시 산으로 올라간다. 얼마를 올라왔을까 산속에
밭을 갈아놓은 곳이 보였다. 그 옆에는 초가집이 세 채 보였
다. 너와지붕 집이 안 보였다. 최맹륜은 오던 그대로 위로 올
라갔다. 대나무 숲이 우거져 있는 곳에 도달했다. 대나무 숲
이 끝나자 소나무 군락이 있고 소나무 군락을 벗어나니 아담
한 들판이 널려있으나 아무도 가꾸지 않아 풀들이 무성히 자
라고 있었다. 그런데 그곳 북쪽에 너와지붕을 한 집 한 채와
그 옆에 또 새로 짓고 있는 집 한 채가 보였다.

"찾았니더. 작언어무이. 저기가 최 선상임이 기다리고 있넌
집입니더."

모두들 너와집을 바라보고 안도의 한숨을 내쉬었다. 일행
은 조심조심 걸어서 북쪽 산 아래 남향으로 지은 너와집으로
향했다. 일행이 집 앞에 당도할 무렵 최경상은 대나무 몇 개
를 산에서 베어 어깨에 얹어 끌어오고 있었다. 그가 최맹륜
을 쳐다보고 그만 대나무를 땅에 내려뜨리고 덥석 최맹륜을
안아 품는다.

"뒤에 작은어무이와 가족덜이 오고 있니더. 그간 몸언 강건
하셨능교? 그간 연락이 닿지 않아 참으로 걱정얼 많이 했니
더. 울진의 황주일 씨가 알려주어서 얼마나 반가웠넌지 모림
니더. 이렇게 살아계셨으니 천만다행입니더. 사모님언 지금

어디에 계시능교?”

“아, 지금 방에 있얼 거네.”

“아, 그럼 됐니더. 이제야 최 선상임과 작언어무이 가족이
함께 사시게 되었네요.”

그토록 최경상이 걱정하던 스승님의 가족이었다. 모두 살
아서 자신에게 찾아온 이 희열을 어떻게 표현하랴. 죽으나
사나 이 가족을 모시고 살아서 버티어야 한다고 다짐해 본
다. 이때 사모님을 앞세워 세정, 세청, 그리고 며느리와 딸이
도착했다. 최경상은 사모님을 평상에 앉히고는 땅바닥에서
큰절을 올렸다.

“사모님, 이렇게 서로 살아 만나게 되어 그 기쁨, 말로 다
할 수 없니더. 앞으로는 지가 무슨 수를 써서라도 사모님얼
모실 터이니 너무 걱정 마시이소.”

“지도 세정이도 우리 식구덜 모두가 최 선상이 어떻게 지
내시고 계시넌지 참으로 걱정이 많았니더 이렇게 살아기시니
이제 마음이 놓입니더. 사넌 날까지 서로 도우머 열심히 살
아봅시더.”

이때 최경상의 부인인 손씨가 방에서 나온다. 요즘 허리가
아파 꼼짝 못 하고 방에 누워있었다.

“사모님 정말 잘 오셨니더. 강건하신지요?”

손씨 부인이 인사를 한다.

“어디가 불편하신 모양이네요?”

“예, 허리가 좀 아파서요. 며칠간 누워 있으머 나을 겁니

더. 걱정 마이소.”

최경상이 사모님 가족을 보니 방이 부족했다. 그래서 당장 방을 하나 크게 뒤로 달아 지어야 했다. 앞으로 지으면 집이 너무 크게 되어 혹시 남이 볼 때 무슨 집이 이리 크노 하고 생각하게 될까 봐 집 뒤쪽으로 달아낼 생각이었다.

모두들 가지고 온 짐을 내려놓았다.

“최경상이 이 집에서 사시게 되니까 여기에 짐을 푸십시오. 지넌 이 옆에 짓고 있니더. 그리고 조금만 참으시이소. 집 뒤쪽으로 방을 하나 더 내겠니더.”

최경상이 말했다.

47.

“내 자네에게 부탁이 하나 있네.”

최경상이 최맹륜에게 말한다.

“예, 선상님 말심하시이소.”

“다름이 아니고 이제 사모님과 그 가족이 오셨으니 내 발을 뻗고 잠을 자겠지만, 생활비가 조달되지 않으머 이거 큰일일세. 우리 도인덜이 아무도 내가 지금 여기에 숨어 있다넌 것얼 모리고 있으이 당연한 일일세. 그래서 내가 직접 사람덜 속으로 들어가 돈벌이 한다넌 것도 문제이니 수고스럽겠지만 자네가 흥해나 울진, 그리고 상주나 매일리에 가서 도인덜에게 연락얼 취하여 일차 여길 오도록 해주게나. 지금 내게넌 지난번 선상임이 대구감영에 붙들려 가실 때에 옥바라지용으로 기금얼 모았넌데 옥바라지엔 옥지기에게 돈얼 좀 쓴 것 외에 쓸 것도, 시간도 없어 그때 대구에 모인 접주덜에게 나누어주고 내가 가지고 있는 돈이 있어 당장은 곡식을 살 수 있지만 몇 달 지나머 그도 어려울 것 같네. 제일 먼저 상주 쪽으로 돌아 황문규 접주에게 연락을 취하고, 울진에 가서 황주일 선생에게 말해 보게. 많은 사람덜이 모두 도망 나와 버려서 연락이 닿지 아니하여 참으로 민망하세. 그러니 꼭 그리해 주게.”

“알겠니더. 꼭 그리하리다. 그럼 내려갈 때 다시 상주로 가서 기필코 황접주에게 전하고, 다음으로 울진에 가서 황주일 선상께 전하겠니더. 그리고 언제든지 믿얼 만한 도인얼 만나머. 도움얼 요청해 보겠니더. 그러나 선상님이 계신 이곳은 가르쳐주지 않으렵니더. 누가 밀고 할지도 모르니까요.”

“그래, 그래야 하네.”

이야기가 끝나자 최맹륜이 방문을 열고 밖으로 나온다. 밖으로 나오다가 사모님을 방문 앞 툇마루에 앉은 사모님과 맞닥뜨린다.

“작언 어무이, 여기 기셨네요?”

“어이 쉬고 싶어 마루에 좀 앉았네.”

작은어머니는 최경상과 자신이 하는 이야기를 들었을 것인데도 못 들은 체하는 모습이다.

"작은어무이 지는 내일 여기를 떠나렵니더. 부디 강건하시
이소."
"자네가 고생이 많았네."
"아이요. 지가 무슨 고생을요?"

사모님과 그 가족이 자신의 품 안에 계신다는 것은 여러 모
로 안정된 일이었다. 우선 자신이 모시고 있다는 것만으로도
앞으로 도인들에게 모범을 보이는 일이고, 앞으로 스승에 대
한 제사권을 자신이 쥐고 있는 것은 앞으로 도를 이끌어 가
는데 그 정통성을 더욱 확고히 해주는 것이 될 것 같아 보였
다. 자신이 스승으로부터 도통을 이어받긴 하였으나 최자원
과의 도통전수 문제를 두고 제자들 간 다소 의문을 품거나
의아해한 일이 있은 것도 사실이었다. 그러나 지난번 대신사
의 문초 때 최자원이 문초를 받은 현장을 본 사람이 없고, 모
두들 고문을 당하였으나 고문을 당하는 사람 중 최자원이 고
문을 당하는 모습을 본 사람이 없어진 이후 도통 문제에 대
해 왈가왈부할 사람도 없어지긴 했으나 그래도 그 뒷맛이 찜
찜하였었다.
최자원이 도통을 이어받으리라는 것은 당시 제자들의 대부
분이 그렇게 알고 있을 정도로 최자원은 자타가 인정하는 수
운 대신사의 수제자였다. 그는 최경상보다 먼저 입도한 사람
이었고. 학문이 깊었다. 그뿐만 아니라 경주 남문 밖에서 크
게 약종상을 하고 있었고, 재력이 풍부한 부자였다. 그뿐만

아니라 마을 인근은 물론 멀리까지 많은 인정을 베풀어 대신사님의 제자들 중 경주권 내의 제자들이 그를 차기 도통을 이어받을 사람으로 주목하고 있었던 것도 사실이었다. 그러나 그는 대신사님과 함께 잡혀간 스물세 명 중 한 사람이었으나 고문도 당하지 않고, 절도로 유배 갔다고 하였으나 어느 섬으로 유배를 갔는지 아무도 아는 사람이 없었다.

최경상은 사모님과 그의 가족을 위해 앞으로 살아갈 일을 생각하고 있었다. 현재로서는 누구 하나 자신을 위해 도움을 주는 사람이 없었다. 그것은 도인들이 자신이 지금 어디에 있는지 모르고 있기 때문일 것이었다.

우선 식량부터 준비해야 한다고 생각했다. 식량은 자신이 직접 지게를 지고 산을 내려가 장날에 반 멱서리를 사들여 지고 집으로 올라오기로 맘먹었다. 높은 산을 올라와야 했기 때문에 그 이상은 짊어지고 올라오기가 어려웠다. 그런데 그것도 문제였다. 선생님 식구가 다섯 명이나 되어 식량을 닷새 만에 반 멱서리씩 사 오면 사 오자마자 닷새가 지나면 동이 날 판이었다. 날씨가 궂어서 혹여 장에 가지 못하는 경우에는 다음 장날까지 기다리다가 굶는 일도 생길 것이었다. 그래서 최경상은 지게 두 개를 더 준비해서 세정과 세청에게 지게 하여 같이 내려가 산 중턱에 숨어서 쉬도록 하고, 자신이 장에 가서 곡식을 한 멱서리를 사 가지고 지게에 지고 산 중턱까지 오면 그때 곡식을 반으로 나누어 짊어지고 집으로 오기로 맘먹었다. 언제부터 도인으로부터 도움이 있을 것인지를 알 수가 없어서 보리와 조를 많이 사고 비싼 쌀은 그보다 적게 사기로 했다. 아무래도 곡식을 느루 먹으려면 그 방법밖에 없었다.

살다 보면 아픈 사람도 생길 것이고 그때마다 산을 내려가 의원을 불러올 수도 없는 노릇이어서 하는 수 없이 자신이 산속을 헤집고 약초를 부지런히 캐어 말려 두었다가 요긴하게 쓸 생각이었다. 이 정도로 사람의 발이 잘 닿지 않는 산이면 분명 좋은 약초가 많이 있으리라 생각이 들었다. 약초를 캐다가 운이 좋으면 산삼이라도 캐게 될 것이고 그리되면 사모님께 드리면 더욱 좋을 일이었다.

최경상은 다음 장날에 양식을 사러 내려가기로 하고, 우선 짓던 집을 마무리하고 바로 사모님이 살 집에 방을 하나 늘려 짓는 것이 급선무였다. 최경상은 세정과 세청을 데리고 소나무 군락지로 들어갔다. 그는 집 짓는데 기둥으로 쓸 만한 소나무와 보로 쓸 만한 소나무와 서까래에 쓸 만한 소나무와 평상에 쓸 만한 소나무를 눈대중으로 골라 베었다. 그리고 이튿날부터 베어놓은 소나무를 끌어다 놓고 잔가지는 톱으로 썰고, 껍질은 낫으로 벗겼다. 껍질 벗기기가 시간이 많이 걸려 며칠간 그 작업이 이루어졌다. 베어놓은 소나무가 속살을 드러내자 집 마당 한쪽으로 쟁여놓고, 대나무 숲으로 가서 크고 넓은 대나무를 몇 개 잘라서 끌고 집 마당으로 가지고 왔다. 이제 집만 지으면 되었다. 집이라야 하늘만 가리면 되고 비바람만 막으면 그것으로 충분하다고 생각하고 있었다. 산중에 피신 해온 사람들이 집을 모양내어 지을 것은 못 된다고 생각했다. 그것이 혹시 지나가는 사람이 집 모양을 보고 그러려니 하고 생각하도록 하는 것이 훨씬 편하다고 생각했다.

집 짓는 것은 세정과 세청이 있어서 훨씬 수월하였다. 기둥을 세우고 보를 연결할 때도 수월하였고 중도리를 얹을 때도 그랬고, 서까래를 얹을 때도 그랬다. 이튿날은 산 아랫마을의 장날이었다. 최경상은 곡식을 사러 장으로 가야 했다. 그는 세정과 세청에게 자루 두 개를 나누어주고 함께 장을 향해 산 밑으로 내려갔다. 지게를 만들어 주었어야 했는데 집 짓느라 정신이 없어서 만들지 못했다. 장에 가서 지게를 두 개 사기로 했다. 최시형은 산 아래로 한참 내려갔다. 내려가다가 세정과 세청을 산 밑 모롱이 골짜기로 올라가 쉬라고 하고 혼자 장으로 갔다.

장은 그리 크지 않았다. 우선 싸전에 들러 보리쌀 한 멱서리를 사고, 차조 반 멱서리와 쌀 반 멱서리를 샀다. 좀 무겁겠지만 세정이 있는 곳까지만 가면 된다고 생각하고 짐을 지게에 싣고 줄로 단단히 묶었다. 싸전을 나와 땔나무를 파는 초동들이 서 있는 자리를 지나는데 마침 새 지게를 파는 사람이 있었다. 지게 장사는 그가 손수 만든 지게 두 개를 놓고 손님을 기다리고 있었다. 최경상은 그 지게 두 개를 떨이로 샀다. 지게를 다시 지게 위에 얹어 묶고 자리를 떴다.

산모롱이를 돌아 올라가니 세정, 세청이가 나온다. 그들은 각자 지게를 하나씩 받아 각각 쌀 반 멱서리와 차조 반 멱서리를 받아 지고 산을 올랐다. 보리 한 멱서리는 쌀 한 멱서리보다 가벼워 최경상은 그리 어렵지 않게 산을 오를 수 있었다. 곡식은 모두 자루에 넣어 안방 귀퉁이에 쌓아 놓았다. 뒤주도 없고 항아리도 없는 임시방편이었다. 최경상은 훗날 장에 가면 항아리를 사리라 생각해 본다.

박 사모님은 자식들을 불러 모았다. 안방엔 다섯 식구가 모두 모여 비좁아 보였다. 봉창 문으로 햇빛이 들어오긴 했으나 방 안의 물건을 구분할 수 있을 정도여서 좀 어두웠다.

"내가 최 선상임과 너희 맹륜이 성이 주고받언 말얼 우연찮게 들었넌데 최 선상이 가지고 있넌 돈이 얼마 남지 않아 올 겨슬얼 넘기기가 어렵겠다고 하넌구나. 그러니 우리도 노력얼 해야 한다. 도인덜이 나타나 찾아올 때까지넌 우리가 고생할 준비럴 해야 한다 이 말이다. 그래서 내일부터 우리넌 이곳 산 근방에서 더 내려가지도 올라가지도 말고 상수리나무 군락지에 가서 도토리럴 열심히 주어 모아보자. 그것이 올 겨슬얼 보낼 좋언 식량이 될 것이다. 도토리도 때럴 놓치머 모두 썩어버리거나 비가 오머 물기럴 먹어 싹이 터서 먹얼 수 없게 된다. 지금이 수확 철이니까 부지런히 주어다 빠개어 햇볕에 말려야 한다. 그 뿐만 아니라 찬거리도 산에서 장만해야 한다. 버섯이나 산채 나물 같언 거 말이다. 그리고 약초덜얼 아넌 대로 캐서 말려가지고 쌓아두어야 한다. 그러니 내일부터넌 나럴 따라 산으로 가자."

박씨 부인이 자식들에게 말한다.

이튿날부터 박씨 부인은 자식들을 데리고 산으로 갔다.

"이리덜 와 바라."

어머니가 부른다. 자식들이 조금 흩어졌다가 되돌아 무릎에 손을 얹어가며 올라오기도 하고 내려오기도 하여 어머니 곁으로 모인다.

"이것이 영지버섯이다. 불로초 말이다. 이 버섯언 주로 잎이 넓언 나무가 썩어 자빠지며 그 그루터기에서 주로 자란단다. 썩은 나무뿌리에서 잘 자라지. 상수리나무, 졸참나무, 굴참나무 등의 썩언 그루터기에서 잘 자란단다. 그리고 저기 가문비나무 등에 붙어 있는 것이 상황버섯이란다. 저건 악종 반위에 아주 좋은 약이지. 죽언 고사목에 기생하며 수십 년얼 자란다. 그러니까 그런 나무럴 눈여겨보며 저런 좋언 약재럴 발견할 수 있단다. 상황버섯언 뽕나무 등에 붙언 것얼 제일 상품으로 친단다. 그래서 뽕나무에 붙언 노란 버섯이란 말로 상황버섯이라 하지. 이것도 다 느그 아부지가 내게 가르쳐 주신 것이다. 저 상황버섯언 대나무럴 꺾어 낫을 달아 매어 갉아내야 할 거야. 그러니 내일 따도록 하자."

"아- 그러구만요."

세정이 대답한다.

"그라고 저기 대나무밭에 가머 내년 봄에 죽순이 돋얼 거다. 그때넌 죽순얼 캐다가 삶아서 무쳐 묵으머 건강에도 좋

은기라. 그러니 산에 있으머 먹얼 것이 꽉 차 있넌 법이니
라.”
　어머니 말씀얼 들으니 정말 여기서 굶어 죽지넌 않얼 것 같
언 느낌이 든다. 세청이,
　“그라머.”
　하고 말한다. 어머니가 세청을 보고 빙그레 웃는다.
　“어무이, 어무이 여기 도토리가 수북하게 쌓여 있네요.”
　며느리가 소리친다.
　“목소리를 낮추어라.”
　어머니가 낮은 소리로 타이르고,
　“그렇지 도토리넌 떨어져 낮언 곳으로 굴러가 모이넌기라.
그러니까 그곳얼 더듬으머 많이 줍넌다 아이가.”
　어머니가 대답한다.
　“재밌네요. 내일도 옵시더.”
　“암 그러고말고. 내일도 와야지. 주얼 때 몽땅 주어야지.
좀 지나머 모두 싹이 나거나 물러져 버리니까.”
　그날 일행은 도토리를 두 자루나 주워 담아 머리에 이고 집
으로 돌아온다.

　집이 다 지어지고 추석이 지나갔다. 그간 장날마다 곡식
을 사다 져 날렸으니 곡식도 연말까지는 먹얼 수 있을 성싶
었다. 최경상의 집도 지어졌다. 평상도 하나 더 만들어 자기
집 마당에 놓았다. 최경상은 집 앞 너른 풀밭을 밭으로 개간

하기 시작했다. 높은 지대여서 작물이 잘 자랄지 모르겠으나 그래도 한 번 시험 삼아 작물을 심어보기로 했다. 최경상은 금등골에서 화전을 꾸릴 때 일이 생각났다. 그는 혼자 지긋이 웃으면서 땅속의 돌을 파내기 시작했다. 이렇게 일을 하다가 언제 어디로 숨어 들어갈지 모르는 일이지만 그래도 살아 눈 뜬 날엔 노동을 하여야 한다고 어렸을 때부터 몸에 밴 그의 습성은 여전하였다.

그뿐만이 아니었다. 실제로 지금처럼 도와줄 사람 없는 어려운 때에는 무엇인가를 해서 식량을 조달해야 했다. 또한 혹시라도 사람들의 눈에 띌 때는 무엇인가를 해서 먹고산다는 것을 보여주어야 했다. 어느 가난한 농부가 부쳐 먹을 터전도 없이 식구들과 살기에 옹색해서 산으로 들어와 사는가 싶게 인식되도록 하는 것도 중요하였다. 가장 쉬운 것이 짚신을 삼는 것이었다. 짚신을 삼아서 장에 내다 팔면 아무도 자신이 동학의 지도자라는 것을 알지 못하리라 생각했다. 고랭지여서 농사도 잘되지 않을 것이 분명해 보이고, 사람들이 살지 않은 곳이어서 무엇인가 돈벌이가 되는 것도 없어서 그 방법밖에는 별다른 것을 찾을 길이 없었다.

최경상은 다음 장날 싸전에 가서 보리쌀 반 몃서리와 짚 한 무더기 사서 지게에 가득 싣고 집으로 왔다. 그날부터 약초를 캐러 산에 들어갈 일이 없을 때는 집에서 짚신을 삼기 시작했다.

최맹륜은 마음이 조급했다. 최 선생이 이런 곳까지 깊이 들어와서 도인들의 도움도 못 받고 어려운 삶을 이어 나가고 있는 데다가 작은집 식구들을 책임졌으니 하루라도 빨리 도인들을 찾아가 도움을 요청해야 했다.

아무래도 경주에서 거리가 가까운 곳의 접주나 이름있는 도인들은 거의 다 이름 모를 곳으로 도피 중에 있어서 몇몇을 제외하면 도움을 요청하기는 불가능하였다. 그래도 경주에서 좀 먼 곳이 이러한 도움을 요청하기는 더 나을 것 같았다. 상주도 동학도인(東學道人)에 대한 탄압이 심한 곳이긴 하였지만 그래도 작은아버지의 순도 이후인지라 많이 누그러졌을 것이라 짐작이 갔다.

최맹륜은 최 선생의 부탁도 있었고 해서 제일 먼저 상주의 접주 황문규와 도인 김문여를 찾아가 보기로 했다. 김문여의 집은 모르지만 황문규를 통해 만나볼 생각이었다. 상주로 돌아갈 때는 산길이 아닌 평지로 돌아갔다. 혼자 걸었기 때문에 작은 집 식구들을 데리고 산길을 걸어오는 것보다 훨씬 빠르게 걸을 수 있었다. 가면서 짚신은 여러 켤레 없앴지만 다행히도 발바닥은 걸을 만했다.

황문규는 집에 없었다. 가족 일로 먼 데로 출장 중이었다. 보름은 있어야 돌아온다는 이야기였다. 최맹륜은 그의 가족이라 하더라도 최 선생과 작은어머니 가족 이야기를 꺼낼 수 없었다. 그저 알았노라고 하면서 그 집을 물러날 수밖에 없었다. 큰 기대를 가지고 왔던 만큼 만나지 못한 허전함은 이루 말할 수 없었다. 황문규를 만나지 못하였으므로 김문여 역시 만날 수 없었다. 최맹륜은 빈손으로 경주를 향해 내려갈 수밖에 없었다. 그에게는 더 머무를 노자가 없었다. 일단 집으로 가서 노자를 준비해 다시 도인들을 찾아가 보기로 했다.

거의 거지처럼 남루해지고 때로 얼룩져진 옷에 다 닳아진 짚신을 걸치고 빛바랜 갓을 쓴 최맹륜은 힘없이 집에 도착했다. 부인도 자식도 멀건 눈을 뜨고 반기는 모습이 예사롭지 않았다.

"살아서 오셨군요."

부인이 속삭이듯 말한다.

"나 없는 동안 어떻게 지냈소? 애들도 강건하게 지냈능교?"

"보시머 모르겠능교? 애들이 말이 없어져 버렸지요."

"무슨 일이라도 있었능교?"

"지난번 관헌이 집에 와서 당신 간 곳을 물읍디더."

"그래서 뭐라 했능교?"

"돈 벌러 장사하러 나갔다고 둘러댔지요."

"잘하셨소. 그런데 애들이 말이 없어진 이유는 뭐요?"

"관에서 당신을 주목하고 있으니까 무서워서 그런가 보구만요."

"니덜 이리로 오너라."

아이들이 슬금슬금 아버지에게 오면서 멀건 눈알을 돌린다.

"니덜언 아무 탈 없을 것이니 예전처럼 즐겁게 놀며 지내라. 이 아비에게도 아무 일이 없얼 거이니 그리 알아라."

큰아들이 다섯 살, 작은아들이 세 살이다. 이 어린 것들이
얼굴에 생기를 잃었으니 최맹륜의 가슴이 부글부글 끓어올랐
다. 그러나 참는 것 외에 별다른 대책이 없었다.

양부가 재산이 없어 물려준 재산이 없었으나 친부가 밭 세
두락을 떼어준 것이 있어 여기에 보리도 심고 고구마도 심
고, 채소도 심고 마을 가다리 일도 하고 가끔 종이 장사도 하
고, 약초도 캐며 살아온 처지였다.

이튿날 최맹륜은 새벽에 밭으로 나갔다. 구황작물인 고구마
가 어떻게 자라고 있는지를 확인하기 위해서였다. 다행히도
고구마 잎사귀는 푸릇푸릇 잘 자라고 있었다. 이만하면 가족
들이 굶는 일은 없을 것 같았다. 집에 돌아온 그는 헛간에서
짚을 꺼내어 짚신을 삼기 시작했다. 아무래도 여러 도인들을
찾아가기 위해서는 여러 켤레의 짚신이 필요할 것 같았다.

"있는 도인들을 만나러 가서 작은어머니 가족의 생계에 보
탬이 되도록 해야 앤 되겠능교?"

"그라지예. 당신이 고생이 많으십니더."

"어쩔 수 없지요. 이것도 내 운명인걸요."

"언제 가시능교?"

"그래도 노자가 있어야 가지요. 노자가 생기머 갈까 하오.
작은 어머님의 생활이 말이 아니오. 내가 활동해서 도인덜로
부터 도움을 받지 아니하머 굶어 죽게 생겼소. 그러니 낸덜
우쩌겠능교?"

"그리고 말고지요. 얼런 도움얼 주넌 사람덜이 나타났으머

좋겠소."

"나타날 것이오. 너무 심려 마이소."

　노잣돈 마련하느라 오늘내일하다가 어느새 구월 하순이 되어버렸다. 최맹륜은 최우선으로 상주의 황문규 접주를 만나야겠다고 생각했다. 거기에 가야 확실한 도움이 있을 것이라 생각이 들었기 때문이었다. 연일의 김이서, 경주 읍내의 백사길, 최자원, 이내겸, 강원보 등 쟁쟁한 선생의 제자들이 모두 원지로 유배되었거나 피신 중이어서 경주 근방엔 작은어머니에게 도움을 줄 사람이 없어 보인 점이 더욱 상주 황문규 접주를 찾아가게 만들고 있었다. 설상가상으로 단양의 민사엽 접주마저 환원해 버림으로써 더욱 그랬다. 우선은 작은어머니를 살려 놓고 난 다음 또 도움 줄 사람을 물색해서 찾아가 보는 것으로 했다.
　부인과 자식에게 미안한 감을 가지면서도 최맹륜은 작은어머니 가족을 살리기 위해서 상주로 향했다. 괴나리봇짐엔 짚신이 열 켤레는 될 성싶게 주렁주렁 매달아 있었다. 매일 조금이라도 더 걷고, 봉놋방이라 하더라도 가격이 싼 곳에서 자야 했으며, 음식은 우선 알맹이야 어떻든 값이 싸고 오래도록 배부른 것으로 먹어야 했다. 그것은 국밥 외에 별다른 음식이 없어 보였다. 그러나 이번에는 발길이 가벼웠다.
　상주목에 도착한 최맹륜은 외서면 숯가마골 아랫마을로 들어섰다. 어느새 서산마루에 붉은 노을이 짙게 깔려있었다.

“아이고- 어서 오시이소. 지난번에 들렀다 가셨다고 들었
소.”

황문규가 반갑게 최맹륜을 맞아드린다. 그는 지난번 최맹
륜이 자기에게 도움을 청하러 왔다가 자기가 없어 돌아간 것
에 대해 마음속으로 미안하게 생각하고 있었다.

“예, 그랬지요. 여러 날 있어야 돌아오신다고 해서 그냥 집
으로 갔지요. 그간 무탈하셨능교?”

“예, 모두 무탈합니더.”

황문규가 대답한다.

“최 선생 가족도 무탈하시구요?”

“예, 무탈합니더.”

“아차 그런데 수운 대신사의 사모님과 그 가족들 소식을 알
고 계싱교?”

황문규 접주가 묻는다.

“그렇지 않아도 그 문제 때문에 여기에 온 겁니더. 우리 작
은어머니와 가족은 지금 일월산에 기십니더. 전에는 단양 접
주이신 민사엽 선생의 도움으로 정선 문두재에 숨어 은신하
고 계셨으나 민사엽 접주께서 환원하시어 그곳에서 기거하지
못하고 상주 동관음으로 피신하여 은거하시다가 생활고로 고
생고생하셨지요. 그랬다가 지가 최 선생 기신 곳을 알아내어
사모님과 그 가족들을 모시고 일월산 최 선생에게도 모셔다
드렸니더. 그런데 최 선생이 가진 돈이 다 떨어지고 그 많은

공구들이 먹고 살기에는 어려움이 많을 것이 불을 보듯 뻔한 일이어서 접주님께 찾아온 것입니더.”

“오, 그래셨군요. 이제 지 마음도 놓입니더. 이젠 우리 사모님과 최 선생의 행방을 알았으니 여기서도 우리 도인들을 수습하여 일월산으로 찾아갈 것이오. 최 선상임과 사모님 가족은 우리 상주에서 책임질 것이오.”

“그리해 주신다니 감읍할 뿐입니더.”

“무신 말심얼 그리 허싱교? 대신사임언 환원하셨지만 우리넌 같언 도인이 아잉교? 훗날 대신사임언 신원 되실 것이고요. 우리 도세럴 키우기 위해 우리가 더욱 노력해야 할 시기인기라요.”

“그거야 모두 알지마넌 목숨이 달린 일이어서….”

“어떻든 지금이라도 알려주었으니 정말 다행입니더. 곧 상주 도인덜얼 모아 의논할 것이오.”

최맹륜은 자신이 황문규 접주에게 기대했던 것과 똑같은 대답을 받고 마음을 푹 놓았다. 제일 먼저 잘 찾아왔다는 생각이 들었다. 작은어머니 가족 문제를 해결하고 나니 걱정할 일이 아무것도 없는 성싶었다. 정말 마음이 푹 놓였다. 어디 누워서 깊이 잠들고픈 마음이었다.

시월이 들어서면서 어쩐 일인지 동학도에 대한 탄압이 느슨해진 것 같았다. 무슨 일이 있나 하고 생각해 보았지만, 그 이유를 알 길이 없었다. 최경상은 이참에 금등골에 들러 강도를 하고 싶은 생각이 들었다. 그간 동학의 지도자들이 모두 원지로 유배를 당하고, 살아있는 자들도 모두 피신하여 동학에 대한 백성들의 믿음도 시들해져 있어서 이번에 이러한 우려를 좀 씻고 싶었다. 마북동 누이에게 연락을 취해가는 날짜와 모이는 시간과 장소를 알려주고 싶었으나 개중에 한 사람이라도 밀고자가 있을 경우에는 만사가 다 뒤틀리는 것이어서 갑자기 찾아가서 강도(講道)를 하고 바로 빠져나오면 별 탈이 없으리라 생각되었다. 금등골과 마북동 마을 사람들만 모여도 소기의 성과를 얻을 것이라는 생각이 들었다.

최경상은 사인여천(事人如天)에 대한 도설을 하고 싶었다. 어디건 갑자기 나타나 강도를 하고 쏜살같이 빠져나오면 누구도 자신의 거처를 가르쳐 줄 사람이 없을 것이고, 자신이 살아서 움직이고 있다는 것은 도인들에게 믿음이 되기 때문에 억압을 받고 있다손 치더라도 도인들이 도를 섬기기를 주저하지는 않을 것이라 생각했다. 어찌하든 도세를 키워나가야 했다. 지금은 대신사께서 환원한 상태이고, 도통을 이미 물려받은 터라 자신이 도를 위해 아무 일도 하지 않는다면 자신은 도통을 받은 자가 이미 아니고, 도세도 줄어들어 사라질 것이었다. 이것은 대신사께서 바란 바가 아니었다. 어찌하든 도세를 키워나가야 했다.

그러나 자신의 발목을 잡고 있는 것이 있었다. 진즉 한 번이라도 와야 할 사람이 오지 않고 있기 때문이었다. 상주의 황문규였다. 틀림없이 자기 소식을 들으면 곧바로 달려올 사람인데 오지 않는 걸로 보아 무슨 불미스런 일이 생겼나 은근히 걱정이 되기도 했다.

사모님과 며느리들은 맷돌질을 한 지가 벌써 달포는 지났고, 도토리묵으로 끼니를 때우신 것이 며칠째 되었다. 이거 짚신을 삼아 가지고는 도저히 양식을 댈 수가 없었다.

아는 사람도 없고 돈이라도 빌릴 곳이 없었다. 참으로 막막하였다. 이때 최맹륜이 찾아왔다. 정말로 이렇게 반가울 수가 없었다. 사람 목숨 그렇게 쉽게 끊어지지 않는다는 말이 맞는가 싶었다.

"아니 자네가 웬일로 또?"

"선상님, 그렇게 됐니더. 실은 지가 지난번 황문규 접주에게 갔으나 황 접주께서 먼 곳으로 출타하시고 안 계셔서 하는 수 없이 집으로 내려갔다가 노자가 없어 노잣돈 만드느라 좀 늦게 상주 황문규 접주께 올라온 때문에 이리 늦었니더."

"그랬었군. 나는 황 접주께서 무슨 앤 좋은 일이 생겼나 싶어 걱정얼 했지."

"황 접주께선 선상님과 사모님 행방얼 아시고 얼마나 기뻐하신지 그 모습이 눈에 선합니더. 그리고 우선 저더러 선상께 찾아뵙고 안부를 좀 전해주락 하면서 돈을 주시데요. 우선 쓰시고 계시머 상주 도인덜얼 만나 사모님하고 선상님얼 도울 계획얼 세워 오시겠다고 하셨니더."

최맹륜이 돈 봉투를 내민다.

"선상님 우리 작은어머니와 자제덜언 모두 강건하신지요?"

"같이 올라가 만나세. 이 옆이니까."

최경상과 최맹륜이 몇 걸음 걸어 사모님 가족이 기거하는 집으로 자리를 옮긴다.

평상에서 맷돌에 보리를 갈고 있던 며느리와 딸이 최맹륜과 최시형을 바라보고 맷돌을 놓고 반긴다. 최맹륜이 맷돌에서 갈아진 보릿가루가 맷돌에 밀려 내리는 것을 보고 눈시울이 붉어진다.

"모다들 강건하셨능교?"

최맹륜이 안부를 묻는다. 이때 방문이 열리면서

"자네 왔넌가?"

작은어머니의 목소리가 들려왔다.

"작은어무이! 지가 왔니더. 그간 얼매나 고상이 많으셨넌지요?"

"괘안네. 목숨만 붙어있으며 대넌 거지 뭐 호강얼 받겠다고 살겄넌가?"

"그래도 모두 강건하시니 참으로 마음이 놓입니더."

"조카께서 지난번에 상주 황 접주럴 못 만나 뵙고 있다가 이번에 만나 뵈었답니더. 그래서 황 접주께서 준비해 주신 급전을 가지고 왔구만요. 대신사님께서 다 아시고 이리 우리럴 보호하고 계신 겁니더. 앞으로 너더댓 달언 식량걱정얼 덜겠니더. 그러니까 올 겨슬언 그럭저럭 지낼 것 같니더. 큰 시름 놓았니더."

최경상이 사모님께 아뢴다.

“고마운 분입니더.”

“그렇지요. 앞으로 사모님과 저의 가족얼 위해 상주 도인덜과 의논해서 도울 모양입니더.”

“고맙고 고마운 분이요.”

어머니 곁으로 모인 가족들 얼굴이 활짝 펴진 모습이다. 세정도 지긋이 웃고 있다. 최경상은 최맹륜으로부터 받은 돈 중에서 일부를 다시 떼어 최맹륜에게 건네주며,

“자네가 우리를 살렸네. 자네도 돈이 많이 필요할 것이니 받아두게. 우리는 황 접주가 오시머 무엇인가 대책을 세우지 않겠넌가?”

“그래도 이거는 황 접주께서 최 선상임과 우리 작은어무이 가족을 위해….”

말꼬리를 흐리면서 받는다.

식량문제가 해결되자 최경상은 강도에 정신을 쏟을 수 있었다. 처음 맘먹은 대로 금등골로 가기로 정했다.

시월 스무닷샛날 최경상은 금등골을 향해 용화동을 떠났다. 추수가 끝난 들판은 회색빛으로 물들여 있었다. 새들도 먹이를 찾아 어디론가 간 모양이었다. 사람들은 농한기에 집에서 짚으로 장만해야 할 농기구를 짜기도 하고 삼기도 하느라고 바쁜 모양이다. 사람들 얼굴이 잘 보이지 않는다.

최경상은 삼 일에 걸쳐 그립던 마북동 누이의 집으로 갔다. 집은 비어 있었다. 매제와 함께 피신 중이었으므로 집에 있을 리 없었다. 최경상은 쓴웃음을 지으면서 박운서 집으로

갔다.

"아이고, 최 선상임. 이게 얼마만잉교? 그간 강령하셨능교?"

"숨어 사느라 좀 불편하긴 하지만 그래도 이렇게 강건하네. 자네넌 별고 없으시고?"

"예, 별고 없니더."

"내 대신사님의 탄신기념제를 올리려고 왔네. 단출하지만 그래도 우리 대신사님의 탄신기념제럴 옛 우리 집에서 올리려고 하네. 그러니 이 마을에서 꼭 믿을 만한 사람만 골라 연락을 취해서 내일 오후에 금등골 우리 집에 오도록 해 주게. 그간 사람이 살지 않아서 집이 거의 파괴되었얼 것이네만 그래도 그 자리에서 대신사님의 탄신기념제럴 올리려네. 그리고 금등골에서도 자네가 믿넌 사람에게 알려서 오도록 해주게. 내가 만나머 길어지고 행여 밀고할 사람을 만나지 않을까 하니 그리 해주게. 내일 대신사님 탄신기념제가 끝나면 설법시간을 잠깐 갖고자 하네."

"예, 그러고 말고요. 꼭 그리하겠니더."

"그럼 오늘 밤에 금등골 내 집으로 가겠네."

"저녁이나 잡수시고 가셔야지요."

"그렇군. 아 여기 준비해 온 제수 감으로 내일 탄신기념일상에 놓을 제수를 만들어야겠군. 자네가 좀 수고해 주게."

"아, 그러고말고요."

그날 밤 박운서의 처가 열심히 제수를 만들었다. 최경상은 그날 밤 박운서의 집에서 잤다. 이튿날 미시 경 먼저 금등골 집으로 가면서 박운서에게 올 때 제상에 쓰일 작은 교자상과 촛대와 초 등 제사에 필요한 물건들을 대충 챙겨 가지고 오도록 하고, 조그마한 보시기를 하나 얻어 제수를 담은 대광주리에 넣어가지고 손으로 들고 금등골로 넘어갔다.

예전에 일궜던 자투리 밭은 폐 밭이 되어 잡초가 겨울을 준비하고 있었다. 집에 올라와 보니 집은 사람이 살지 않아서인지 거의 파괴되다시피 했다. 방문들이 부서지고, 돌쩌귀가 나간 것을 보니 누군가가 집에 와서 자기를 잡으려다 잡지 못하고 돌아가면서 닥치는 대로 집을 부숴버린 것 같았다. 불을 지르지 않아 다행이었다.

유시쯤 되자 사람들이 하나둘 집으로 올라오기 시작했다. 박운서와 정흥민이 힘찬 걸음으로 사람들을 인솔해 오고 있는 모습이 보였다. 김도윤 어른과 칠포댁도 올라오고 있었다. 모두 너무도 잘 아는 사람들이었다. 사람들이 거의 삼십 명이 되어 보였다. 모두들 자신이 살아 고향에 들르러 왔다는 사실에 감읍하고 있는 눈빛이었다.

"아이고- 그간 얼매나 고상이 많았능교?"

"저 지독헌 눔덜이 여그 와서 이 사람 저 사람 붙들고 우리 선상임이 있넌 곳얼 대라고 윽박지르고 하넌 통에 한동안 우리덜이 고향얼 떠나버릴까 하고 생각도 했다 아잉교?"

"아이고 말도 마이소. 모든 게 시간이 지나야 해결된다 카드만 그 말이 맞는기라."

"우애 됐던 우리 선상임 살아기싱께 다행잉기라. 항상 강건하이소."

마을 사람들의 정겨운 안부 소리가 끝나고 제상이 차려지기 시작했다. 제수품을 간단히 하여 차리고 제상에 생수 그릇이 올려져 있었다.

"어따 우리 선상임요, 제상에 올려진 저 물그릇언 무엇 때민에 올려놓은 거라요?"

"아, 예, 이건 깊은 뜻이 있지요. 울 대신사임이 순도하신 날 정헌순 대구감영 감사가 대신사임께 마지막 소원얼 말하라 하였는데, 그때 대신사님께서 이 청수 한 그릇얼 요구하여 받아놓고 마지막 기도럴 드린 후에 순도하신 겁니다. 그래서 우리 도에서넌 모든 예절에서 이 청수봉정얼 반드시 넣얼 겁니다. 청수넌 앞으로 우리 도의 의식의 표준물로 정하여 도인들이 의무적으로 실행할 의식이요, 또한 청수넌 천지만물의 근본이요. 모든 생명의 근본이므로 근본얼 잊지 않고 한울임의 은혜럴 생각하는 정신이요, 그 맑고 바르고 깨끗한 성질로 도장언 물론 가정과 사회 환경의 청결과 함께 몸과 마음을 깨끗이 닦는 근본과 표준이요, 가정 공동기도로 도가 완성과 나라와 민족 나아가 세계를 화할 수 있는 근본 수행덕목이요, 또한 청수는 대신사께서 갑자년 삼월 십일 대구 관덕정에서 무극대도와 당신의 목숨을 바꾸실 때 청수럴 모시고 피럴 흘리신 것이니 곧 대신사님의 영혈(靈血)얼 상징하는 것이며 대신사님의 숭고한 순도정신과 무극대도럴 전해주신 은혜와 대신사님의 높은 뜻얼 받들어 대도발전과 대도의 목적을 달성할 것을 다짐하고 맹세하는 깊은 뜻이 있니더. 그러므로 도인 여러분언 앞으로 반드시 깨끗한 청수그릇에 새벽의 깨끗한 물을 담아놓고 기도하고 주문을 외우시기 바랍니더."

최경상이 말한다. 그는 곧이어,

"오늘 대신사의 탄신기념제넌 우리 도인들에게는 매우 뜻 깊은 날이며, 또한 깊은 의미럴 가지는 날이기도 헙니더. 우리 도인언 대신사임의 탄신일과 순도(殉道) 일얼 잘 모셔야겠니더. 오늘 이 자리에서 탄신기념일얼 이렇게 초라하게 치르는 이유는 첫째, 탄신기념일얼 크게 차릴만한 돈이 없어서이고, 둘째, 대신사님의 순도 이후 모두 원지 유배되거나 살아있넌 지도자덜언 모두 멀리 피난 가버려 우리 식의 탄신기념일이나 대신사님의 순도 일에 의식에 대한 것을 정하지 못한 것이 그 원인이요, 셋째, 우리 도인덜의 안전얼 위해서였니더. 그런 점을 감안하시고 비록 초라한 모습으로 대신사님의 탄신기념제럴 올리오나 마음만은 정성을 다하여 올리는 것이오니 넓은 혜량 있으시길 바랍니더"

하고 말하였다.

"그럼 대신사님의 탄신기념제를 올리겠니더. 편의상 집례, 초헌, 아헌, 종헌을 지가 맡아 하겠니더. 모두 청수를 마음에 새기고 주문을 스물한 번 송주하겠니더. 자 모두 강령주문과 본 주문을 송주하시이소."

모두들 강령주문과 본주문을 송주하기 시작했다. 의식이 점점 엄숙하게 진행되기 시작했다. 초헌, 아헌, 종헌이 순조롭게 마무리되고, 음복 순서도 지나서 탄신기념제가 순조롭게 끝났다.

"다음은 설법을 간단하게 하겠니더."

최경상이 말한다.

"모두들 제자리에 앉으세요. 오늘 설법의 주제는 '사람이 곧 한울이다'입니다. 이제까지넌 우리 몸 안에 계시넌 한울임얼 우리가 잘 모셔야 한다고 하여 왔니더. 우리 몸에 계시는 한울님언 우리 곧 나와 함께 기십니더. 모든 사람이 그 몸속에 한울임얼 모시고 있니더. 그래서 사람을 대하기를 한울임얼 대하듯이 하라고 한 것입니더. 이 말은 즉 사람이 곧 한울이라는 것입니더. 사람이 한울이니 사람에겐 정등(正等)만이 있얼 뿐입니더. 사람이 인위로서 사람에게 귀천얼 분하넌 것언 한울에 반하는 것이므로 나의 도인덜언 일체 귀천의 차별얼 철폐하여 대신사의 의지럴 부(副)하므로써 위주(爲主)하기를 희망합니더."

설법을 마치고 최경상은 바로 떠날 채비를 서둘렀다. 깊은 밤이어서 몸을 피하기 쉬울 것 같았다. 도인들이 선생이자 옛 마을 지도자였던 최경상에 대해 사랑스럽기도 하고, 존경스럽기도 하고, 피난살이에 고생이 많으실 걸로 짐작이 되어 십시일반으로 모은 돈 봉투와 돈 꾸러미를 최경상 앞으로 내밀었다.

“그럼 강령주문과 본주문얼 스물한 번 외우고 대신사의 탄신기념제와 설법 순서럴 마치겠니더.”

박운서의 집례의식 절차 말이 이어졌다.

“모두들 한울임 모시기에 게으르지 말 것이며, 오늘 가르친 인내천 정신을 철저히 마음에 담아두시기 바랍니더. 이제 갔다가 또 관헌의 억압이 느슨해지면 다시 찾아오겠니더. 여러분들의 강건한 삶을 기원드립니더.”

최경상은 오랜만에 만나보는 마을 사람들이어서 떠나기가 매우 아쉬웠지만 그 아쉬움을 뒤로하고 금등골을 떠나 일월산 용화동으로 향했다.

48.

외서면 서쪽 끄트머리 산 계곡 속에 있는 숯가마 골 아랫마을에 황문규의 집이 있다. 황문규의 집 대문은 솟을대문으로 지어져 있고, 솟을대문 바로 옆에 달구지나 지게 등 짐들이 들어갈 수 있도록 문이 지붕 없이 양문으로 달려 있어 빗장을 지르도록 되어 있었다.

황문규는 최제우 대신사의 가르침을 받은 사람이었다. 일찍이 청운의 꿈을 꾸고 과거에 급제하고자 열심히 공부한 사람이었다. 그러나 과거제도 문란으로 이제 쓸모없게 되자 세상을 등진 양반들이 속출하고 있었다. 황문규가 그런 사람

중 한 사람이었다.

황문규와 같은 처지의 친구가 이웃 은척면 늘재골에 살고 있었다. 전문여(全文汝)였다. 전문여도 과거를 포기한 양반이었다. 그도 세상과는 완전히 등진 사람이다. 그래서 황문규와 전문여는 뜻이 맞아 절친하게 지낸 사이가 되었다. 전문여는 황문규의 소개로 경주 가정리로 대신사를 한 번 만나 가르침을 받은 바 있었다.

그런 그들이 대신사의 순도로 말미암아 위정자에 대한 적개심도 컸을 뿐 아니라 성리학을 앞세운 외척세도에 매관매직, 백성에 대한 삼정문란에 따른 가렴주구, 등으로 전라, 경상, 충청도의 봇물 터지듯 일어난 임술 민란을 보면서 세상일에 대해 귀를 막아버리고 눈을 감아버리고 입을 닫아버린 채 오로지 우연히 알게 된 동학에 대해서만 모든 걸 열어두고 거기에 심취해 있는 중이었다.

대신사의 순도 이후 대신사의 가족과 최경상 선생의 가족에 대해 무사히 살아있다는 소식을 최맹륜으로부터 전해 들은 황문규는 그제야 긴 한숨을 내리 쉬며 마음의 평정을 찾았다. 우선 최맹륜을 통해 양식이라도 준비하시라고 돈 몇 푼 전해주긴 했으나 앞으로 상주 도인들과 의논해서 대신사님의 가족과 최경상 선생 가족의 생활을 돕는 일을 마무리해야 했다.

황문규는 늘재골로 향했다. 전문여를 만나기 위해서였다. 그래도 전문여는 농사를 조금 많이 짓고 있기 때문에 큰 도

움이 될 것이었다. 그보다도 그가 더 믿음이 가는 것은 그가
좀 불쌍하다고 느끼는 사람이 있거나 꼭 도와주어야 할 사람
이 있을 때에는 가만히 있는 성질이 아니기 때문이었다. 오
늘 발걸음은 아주 가벼웠다. 늘재를 지날 때 땀 좀 흘렸던 기
억이 생생하지만, 지금은 조금 싸늘한 날씨여서 목덜미며 어
깻죽지며 등짝을 타고 내리는 땀이 날 일도 없고, 시원한 바
람 쐬면서 잿길, 산자락 길, 달구지 길이나 마을 동구 밖 길
을 번갈아 걸어가는 기분도 상쾌한 듯싶었다.

그런데 황문규가 전문여의 집에 도착했을 때는 솟을대문은
닫혀 있고 짐들이 들어가는 문이 열려 있었다. 솟을대문에
는 문턱이 있어 달구지가 드나들 수 없고, 지게 짐이나 물건
들을 들고 솟을대문으로 들락거리는 것도 문제가 있어 보여
고샅길에 따라 솟을대문 옆으로 문을 낸 것으로 보였다. 황
문규는 짐들이 들어가는 문으로 들어갔다. 마당 한 가운데쯤
들어가니 대청마루에 옆으로 누워 턱을 괴고 있던 전문여가
벌떡 일어서더니,

"허, 사람 참, 어서 올라오게. 아니 오늘언 무슨 바람이 불
었능교? 귀하신 몸께서 우리 집에 들르시고…."

전문여가 반긴다.

"어이, 오늘언 자네가 반길 일얼 가지고 왔네."

"오, 그래? 그것 좋군, 어서 앉게."

황문규가 대청마루에 앉으려는 순간 전문여가,

"연옥아, 연옥아!"

하고 부른다. 연옥이 나타나자,

"우리 황 선생과 머 마실 것을 소반에 차려 올래?"

"예, 아부지."

연옥이 부엌으로 물러간다.

연옥은 친자식이 아니다. 집에 있던 여종이었다. 그의 부모가 살아계셨으면 생부모가 있어 입양할 생각을 하지 않았을 것이다. 종이었지만 집 행랑채에서 외동딸 하나를 두고 머슴 겸 집사 겸 일을 보면서 살아온 덕보가 죽고, 그의 처도 시나브로 앓더니 결국 세상을 떠나고 말았다. 불과 이년 사이에 일어난 일이었다. 순례가 아홉 살 때였다. 그래서 순례는 여종으로서 부엌일을 도우며 지내고 있었다. 그러다가 전문여가 황문규의 소개로 경주의 최제우를 만나 동학에 대해 가르침을 받고, 깨달은 바가 커서 입도하게 되었는데 후에 최제우가 자기 집 여종 둘을 하나는 큰 며느리로 삼고, 하나는 딸로 입적시켰다는 말을 듣고 자신도 순례를 자기 딸로 입양시켜 버렸다. 그리고 이름을 연옥으로 바꾸어 주었다.

"그래 무신 좋은 일이라도 있었던가?"

"어이, 기분 좋은 일이 있었네."

"그럼 뜸 들이지 말고 얼른 말해 보게."

"대신사임의 가족이 모두 무사하고, 최경상 선상임 가족도 모두 무사하다네."

"오- 그래? 자네 어디에서 들었넌가?"

"며칠 전 경주의 대신사님의 조카 최맹륜이 우리 집에 찾아와서 알려주었네.”

“그랬던가? 그럼 지금 어디에 기시넌가?”

“일월산 용화동에 깊이 들어가 오두막 같언 집얼 짓고 거기에서 대신사임 사모임과 그 가족, 그리고 최 선상임과 그의 부인이 함께 살고 기신기라.”

“그럼, 생활이 어렵겠구먼. 일차 자네와 내가 다녀와야겠네.”

“그래서 오늘 내가 자네럴 찾아왔네.”

“잘했네. 어떻든 걱정했던 두 집 가족덜이 모두 무탈허니 한시름 놓았네. 이것도 다 대신사임이 지켜주신 거겠지.”

“그래서 말인데 대신사님이 환원하신 지 이 년이 지났고, 그간 우리가 한 번도 대신사님에 대한 제사를 지내지 못했으니 이 아니 죄인이 아이겠능가? 내연 삼월 십일이 삼년 탈상인데 우리가 대신사임의 가족과 도통얼 이어받은 최경상 선상임의 거처를 알았으니 그 문제도 아울러 생각해 봐야 대지 않겠나?”

“옳언 말심이네. 당연히 우리가 앞장서 떠맡아야 하지 않겠나? 모두덜 원지 유배되고 또 숨어버렸으이 더욱 그러지 않겠나?”

“그래서 말인데 상주에서 우리 둘과 한진우와 황여장까지 참여시켜 두 가족의 생계 문제와 내년 대신사임 탈상 문제럴 확실하게 마무리럴 짓세.”

“그러세. 그건 그렇고 일차 우리 둘이 최 선상과 대신사님 사모님얼 뵈러 가세.”

“그러세.”

“그간 최 선상임과 사모임 가정에 생활비럴 좀 보내드렸능
가?”

“나도 소식을 모르다가 최맹륜이 나를 찾아와서 우선 양식
이라도 준비하시라고 돈으로 먼저 보내드렸네.”

“잘했네. 이번에넌 내가 준비해 가겠네. 사람 있넌 곳에서
아무 일도 할 수 없넌 처지이니 얼마나 답답하시겠능교? 그
럼, 언제 가겠나?”

“자네 편할 대로 허게나. 나넌 자네 따라가겠네.”

“그럼 시월 열흘날 자네가 우리 집에 오겠넌가? 아니머 내
가 자네 집으로 갈까?”

“아무렇게나 하세. 길은 좀 멀지만 내가 자네한테 가겠네.
그리 알게.”

“그래하겠능가? 그럼 그렇게 허세.”

“그동안 나넌 한진욱과 황여장얼 만나 의사럴 타진허겠네.
같이 갈 것인지도 물어보고, 내년 탈상준비에 참여할지도 물
어보고, 또한 대신사임과 최경상 선상임의 생계럴 도울 것인
지도 물어봐야겠네.”

“그들도 바로 동참 않컸나?”

“나도 그리 생각하네. 어떻든 만나서 의사럴 타진하겠네.”

“그리허게. 그럼 시월 열흘을 기다리겠네.”

이때 연옥이가 소반에 안주와 안동소주를 내온다.

황문규는 요즘 술을 끊고 있었다. 동료 접주들과 대신사님의 제자들이 모두 원지로 유배를 당하였고, 또한 많은 동료 접주와 도인들이 집을 떠나 깊이 숨어 살기 때문이었다. 그러나 황문규는 전문여도 이 사실을 잘 알고 있었을 것이며 자신이 없는 기간에는 술을 입에 대지 않았을 것이라 짐작했다.

"오늘은 가장 궁금한 내용을 속 시원히 알았으니 함께 술이라도 한잔하면서 그간의 뭉쳐있던 가슴을 쓸어내 보세."

"그러세."

"지언(志彦)아, 지언아."

황문규가 큰아들을 부른다. 큰아들이 열세 살이다. 서당을 나왔으나 서원에 보내지 않았다. 향토 세력들의 자제분들과 어울리는 것이 맘에 들지 않아서이다. 황문규는 아들에게 자신이 읽은 책들을 읽게 하고 그 뜻을 이해시키고 있었다.

"예, 아부지."

지언이 아버지 앞에 다가가 낮은 목소리로 대답한다.

"응, 너 대추 밭골에 가서 한진우 선생한테 가서 내가 우리 집으로 오시란다고 전해라. 그리고 올 때 황여장 선생도 함께 오락칸다고 전해라. 그냥 그 말만 전해라."

"예."

집에서 대추밭골까지 다녀오려면 한 시진은 족히 남아 걸린다. 지언이 미투리를 챙겨 신고 뜀박질할 자세를 취한다. 묘시(卯時) 경이다.

낮후 신시(申時)경에 한진우와 황여장이 느긋한 발걸음으로 집에 도착했다. 차렵 바지저고리를 입고 도포를 걸치고 흑립을 쓰고, 미투리를 신은 향토 장년의 모습으로 어정어정 대문 안으로 들어온다. 오늘따라 날씨가 제법 차다.

"행임, 무신 일인교? 지덜얼 부르넌 거 보이 무신 일이 있기넌 있넌 모양인데….”

"있지, 있으니까 애럴 보냈지.”

"그게 머잉교?”

"우선 내 방으로 들어오시게.”

"그럽시더.”

"아니 성리학언 그만하겠다고 하셔놓고 웬 성학집요잉교? 영남학파의 학문도 아인데….”

"아니, 비판얼 하려머 알아야 비판얼 하지. 아들놈에게 이제 막 읽어보라고 할 참이었네. 알다시피 향토 세력의 자제 분덜과 아들이 어울리넌 게 싫어서 내가 직접 가르칠 계획이었네.”

"잘 생각했소. 이제 과거도 소용없어졌넌데 멀 바라보겠능교?”

"그건 그렇고 우리 도통얼 이어받언 최경상 선상임의 기신 곳얼 알아냈능 기라. 그라고 대신사임의 가족도 모두 알아냈넌 기라.”

황문규의 목소리가 커졌다.

"아, 그랬능교? 모두 무탈하싱교?”

"어이, 모두 무탈하시다네.”

“아이고 이제 한시름 놓았네요. 어디에 기신데요?”

“일월산 용화동 깊은 곳에 오두막 같은 집을 짓고 기신다 아이가?”

“그러눙교? 그라머 지들도 한번 찾아뵙고 인사 드려야겠니더. 성임은 거기 가셨다 오셨능교?”

“아이라. 이제 가려고 한다 아이가?”

“그라머 가실 때 꼭 우리와 함께 가시도록 하시이소.”

“그카제. 그카고말고.”

“행임은 그 소식을 어찌 알았능교?”

“일전에 대신사임 조카가 우리 집에 왔다 갔능기라. 그 양반이 알려줘서 안다 아이가?”

“그간 어디서 기셨는지 앤 물어봤능교?”

한진우가 묻는다.

“와? 물어봤드이 단양 접주 민사엽 선상이 정선 문두재에 숨겨 은신시켜 오다가 민 접주가 환원하시넌 바람에 그만 그곳에서 나와 여기 상주 동관음에 숨어 사시었넌데, 대신사임의 조카 최맹륜 선상이 최경상 선상임의 기신 곳얼 연락받아 알고넌 곧바로 동관음으로 와서 사모님과 그의 가족얼 모시고 최경상 선상임에게 데려다주었다 아잉교?”

황문규가 대답한다.

“아. 그랬었구만요. 그라머 언제 거기 가시능교? 가넌 날짜넌 정했능교?”

황여장이 묻는다.

"시월 열흘날 가기로 했다네. 저기 늘재골 전문여 선생과 함께 가기로 했으니 우리 넷이 함께 가머 대겠네."

황문규가 대답한다.

"그래야지요. 그날 아직에 여기로 우리가 오머 늘재골로 가서 전선상 만나 함께 가넌 걸로 합시더."

한진우가 말한다.

"우짜머 내 생각과 똑같얼꼬? 그렇게 하자고. 그라고 최 선상임과 대신사님 사모님과 그 가족덜의 생계럴 우리가 뒷바라지해야 되겠드먼. 모두덜 피신해 버리고 있거나 원지 유배되어 있넌기라."

황문규가 말한다.

"그래야지요. 우리가 십시일반으로 모아다 드립시더. 그거 얼마나 되겠능교?"

한진우가 시원하게 말한다.

"그라고 내년 삼월 열흘이머 대신사님의 탈상인기라. 그간 기일도 못 지냈는데 탈상마저 몬 지내머 그건 사람도 아이지요. 그래서 그것도 우리가 준비해서 최경상 선상임과 대신사임 가족얼 모셔다가 여기 상주에서 탈상을 지내야 앤 대겠능교?"

"그야 당연하지요."

황여장이 대답한다.

"그런데 거기 갈 때에넌 의관을 갖추어선 앤 대네. 다른 사람이 우리를 볼 때 이상한 눈초리로 보면 앤 댄다는 말일세.

그러니 적당히 평민 옷차림으로 가야 하네. 신발도 미투리로 바꿔 신고 말일세. 좌우간 밖으로 멋인가 티가 나지 않도록 입고 가야 하네. 이 점을 명심해 주게.”

“알겠니더.”

황문규는 자신이 한진우와 황여장에 대해 대신사님의 가족과 최경상 선생의 생계를 돕는 일에 조금은 어려움이 있으리라고 생각하고 그들의 의사를 들어보려고 했던 자신을 속으로 깊이 반성했다.

‘내가 이런 사람들얼 반신반의했다니.’

그는 속으로 주문을 외우기 시작했다. 점심 밥상이 들어왔다.

여러 날을 걸어 일월산에 도착했다. 일월산은 오지였다. 깊은 곳이었다. 사람이 살지 않을 듯싶은 산이었다. 산은 조용하였다. 아니 세상의 모든 잡음들을 삼키어 잠재우고 있는 성싶었다. 이따금 산새들의 지저귀는 소리가 들리곤 하였을 뿐이었다. 황문규는 최맹륜이 가르쳐 준 산길로 들어섰다. 그 길은 영양 쪽이 아니었다. 봉화현 쪽을 택해 올라갔다. 그러니까 상주에서 일월산에 도착하여 산자락을 반 바퀴나 돌아 올라간 셈이었다. 눈으로 보아 산의 삼 분지 일이나 올랐을까 하는 곳, 산중에 밭이 있고 초가집이며 너와집들이 띄엄띄엄 엎어져 있었다. 황문규는 집을 찾아가지 않았다. 이곳에서 바로 올라가 대나무 숲이 있는 곳을 찾으면 된다. 바로 눈앞에 대나무 숲이 있었다.

"여기세."

황문규가 손가락으로 가리킨다.

"아니 이렇게 산속 깊이 오셨구나. 그래도 이런 곳에 집얼 짓고 사넌 사람덜이 있네그려."

"다 무슨 사연덜이 있었겠지."

"그러게 말일세."

"이럴 때넌 차라리 산속에 묻혀 지내넌 것이 마음 편할지도 모르지요."

황여장이 한마디 한다. 그 말에 모두 씩 웃는다.

산속 가까운 곳에서 왠 청년의 목소리가 나더니 여자의 목소리도 들렸다. 가만히 귀를 기울이고 소리 나는 쪽을 바라본다. 젊은 사람들이 여럿 보였다. 황문규가 숨을 죽이고 그들을 찬찬히 뜯어보았다. 세정이었다. 그리고 그의 부인과 여동생인 듯싶었다. 안도의 한숨을 내리 쉬고,

"세정이 도령!"

하고 크게 불렀다. 세정이 누가 자기를 부르는 소리에 깜짝 놀라 몸을 바짝 갈참나무 등에 갖다 붙인다. 세정의 부인도 덩달아 나무 등에 몸을 바짝 붙이고 소리 나는 쪽을 지긋이 고개를 내밀고 바라본다.

"괜찮네. 나네. 상주의 황문규네. 상주에서 대신사님 가족얼 만나 뵈려고 여기까지 왔네. 모두 이리로 오게."

세정이 전에 경주에서 아버지를 뵈러 온 황문규를 기억하

고 찬찬히 이쪽을 쳐다보다가 함박웃음을 띠며 반가워 어쩔
줄 모르는 표정으로 산속을 뛰어 달려온다. 이 모습을 본 가
족들이 모두 허리를 펴고 한둘 모이기 시작한다.
“아, 모두 이렇게 살아기셨군요. 감개무량합니더.”
황문규가 감탄하듯 소리친다.
“이게 꿈이여 생시여?”
전문여가 반가워 어쩔 줄 모른다.
“어머니께서넌 무탈하시고 강건하신교?”
황문규가 안부를 묻는다.
“예, 무탈하시고 강건하십니더.”
“우리 최 선상임언?”
“여전히 무탈하시고 강건하십니더.”
“댔구먼. 한시름 놓았네. 근데 여기넌 왜?”
“뭐 먹을 거나 약초가 있넌가 하고 돌아다니고 있니더.”
이 소리를 들은 한진우가 금방 눈물을 보인다. 전문여가 눈
을 감아버린다. 황문규와 황여장은 고개를 숙여버린다. 황문
규가 이윽고 고개를 들더니,
“우리가 죄인이요!”
하고 입을 연다.
“자, 어머님이 기신 곳으로 갑시더. 최 선상임언 지금 짚신
을 삼고 기실 기라요. 이번에 금등골로 가셔서 설법을 하시
고 오셨지요.”
“이렇게 쫓기넌 몸이신데도 포덕얼 하시느라 돌아다니시

고… 얼매나 고상이 많으실고!"

그들은 금방 어머니가 계시는 집으로 왔다. 세청이 최경상 선생님 집으로 연락을 취하러 갔다.

"아니 이게 얼마 만인가요? 사모님 그간 강녕하셨능교? 지들이 그간 사모님 기신 곳을 몰라 마음 졸이다가 이번에 최맹륜 선생을 만나 사모님과 최 선상임이 기신 곳을 알아가지고 이렇게 늦으나마 찾아왔니더. 이렇게 모두 살아기셔서 만나 뵙게 되어 얼마나 고마운 일인지 모르겠니더. 이제 저희가 사모님 기신 곳을 알았으니 걱정 마십시오. 모쪼록 관헌에 잽히지만 마시고 지내십시오."

이때 최경상이 그들에게 왔다.

모두들 최경상 선생님과 포옹을 하며 반겼다.

"이 먼 곳까지 찾아오시느라 노고가 얼매나 많았능교?"

최경상이 먼저 인사한다.

"선상임 그간 무탈하셨능교? 이렇게 살아기셔서 저희들이 뵐 수 있으이 얼매나 다행잉교? 이제 한시름 놓았니더."

"세청아, 가서 청수를 준비해 오너라. 이 기분 좋은 날 우리 모두 청수심고를 드리자."

최경상이 세청에게 부탁한다.

세청이 밖으로 나가 옹달샘에서 청수를 떠 와서 최경상 선생 앞에 놓는다. 세정의 부인이 부엌에서 소반에 하얀 보시기를 놓아 들고 온다. 그리고 청수그릇을 들어 하얀 보시기에 청수를 따라 붓는다. 청수가 따라지자 소반 위에 두고 소반을 마당에 있는 대쪽 바닥으로 된 평상에 올려놓는다. 평상이 넓긴 하였으나 그래도 모든 사람이 앉기엔 절반이나 부족하였다. 우선 사모님과 손님들이 비좁게 붙어 앉았고, 자리가 조금 비어 있었으니 나머지 사람들은 모두 평상 뒤로 나란히 붙어 섰다.

"오늘은 미리서 청수를 소반에 준비해 들고 왔지만 다음부터는 강도회에 제일 먼저 청수 봉정시간을 두고 회를 시작할 것이오. 그러니 이점을 알아두시오."

최경상이 말한다.

"그건 어떤 이유에서 그러능교?"

전문여가 묻는다.

"청수는 우리 대신사님이 순도하기 직전 대구감영 정헌순 감사가 대신사님께 소원을 말하라 할 때 대신사님께서 청수 한 그릇을 원하여 그 청수를 받아 심고하신 후 순도하셨기 때문입니더. 따라서 앞으로 이 청수 봉정언 우리 도의 의식 표준의 하나로 정하여 도인들이 의무적으로 실행할 것이오."

최경상은 청수의 의미를 자세하게 설명해 주었다.

"그럼 오늘언 귀한 손님이 오셨고, 청수의 뜻얼 알았으니 특별히 주문얼 서른 번 송주합시더."

모두들 주문을 송주한다.

심고가 끝나고 평상에 앉았는데 자리가 부족하여 세청과 세정이 최경상의 집으로 가서 평상을 들고 온다. 마당에 놓아진 평상 두 개가 그렇게 넓을 수가 없다. 모두들 넉넉하게 앉았다.

"모두 이렇게 살아계셨으니 정말 다행입니더. 말 듣기에 단양 민사엽 접주께서 사모님 가족얼 돌봐 주셨다구요?"

황문규가 묻는다.

"세정이 아비 그렇게 되고 살길이 막막했는데 민 접주께서 우리 가족얼 데려다가 정선의 문두재의 깊은 곳에 은거 처를 마련해주어 거기에서 숨어 살았는데 생활비넌 모두 민 접주께서 다 대주셨지요. 그러다가 문 접주께서 환원하시어 더 이상 그곳에 머무럴 수도 없어서 알음으로 상주의 동관음으로 옮겨 지금까지 어렵게 살았는데 큰 조카 맹륜이가 우리 최 선상임이 계신 곳을 알아가지고 우리를 이리로 데리고 왔지요."

"정말 대신사님이 다 인도해 주신 겁니다."

전문여가 말한다.

"그렇구 말구지요."

한진우가 말을 받는다.

"최 선상임, 그리고 사모님 이제넌 걱정얼 놓으시이소. 지덜이 있으니까 안심하고 지내시이소. 지덜이 선상임과 사모임 가족의 생계럴 책임지겠니더."

황문규가 말한다.

"그러시이소. 이제 마음얼 푹 놓으시이소."

전문여가 뒤따라 말한다.

"말 나온 김에 이 문제도 여기서 해결하고 가렵니더. 다름이 아이고 대신사님이 가신 지 이제 삼 년이 되어 갑니더. 그동안 제사 한번 지내지 몬하였으이 이런 불효가 어디 있겠능교? 지나간 것언 어쩔 수 없다손 치더라도 내년 삼월 초열흘날엔 꼭 제사럴 치러야겠니더. 그리고 앞으로 제사와 대신사님 탄신일얼 기념하넌 기념제럴 올려야겠니더. 경비넌 모두 우리가 책임지겠니더."

황문규가 말한다.

"고마운 일이고! 고마운 일이고!"

사모님이 눈물을 보이며 말한다.

"여기 지덜이 모아온 돈얼 가지고 왔니더. 생활비에 보태 쓰시이소."

황문규가 전문여와 자신이 가지고 온 돈을 모아 최경상에게 내민다. 이때 한진우와 황여장도 허리에 찬 전대에서 지전 묶음을 꺼내어 드린다. 황문규가 또 한 번 한진규, 황여장에게 미안한 마음을 가진다.

"그러머 대신사임 탈상언 우리 상주에서 모시기로 합니더. 쪼메이 애룹겠지만 최 선상임이 오셔서 탈상얼 주관해 주시고, 사모님 가족도 모두 오셔서 참석하여 주시기 바랍니더."

황문규가 말했다. 최경상이 굳이 일월산에서 제를 올리는 것을 고집할 이유가 없었기 때문에 황문규의 의사에 따르기로 했다.

"대신사임에 대해 사십구제도 몬 올리고 탈상얼 올리게 되다니 우리가 죄인입니더. 그러나 우째 헙니꺼? 탈상이라도 맞이하게 됐으니 다행입니더.”

전문여가 나직이 말한다.

“그날 우리 중에 누가 올 깁니더. 질은 공구가 한꺼번에 가
는 기 아이고 맹으로 농개서 보일 정도의 질만큼 떨어져서
가게 될 깁니더. 앞에서 인도하는 데로 질얼 가머 댑니더. 너
무 가깝게 떨어져 있어도 앤 대고 너무 멀리 떨어져 있어도
앤 대니 잘 따라오시기 바랍니더.”

황문규가 주의를 준다.

집으로 돌아온 황문규는 전문여와 함께 제사 준비에 들어
갔다. 제실과 제기 준비물을 새로 준비할 것인지, 아니면 집
에서 쓴 제기를 사용할 것인지, 신위를 모실 틀은 어떤 것으
로 해야 할 것인지, 교의는 영좌교로 할 것인지 아니면 신좌
교로 할 것인지, 제사에 참여하는 사람을 어떻게 정할 것인
지 등을 숙의하면서 하나하나 준비해 나갔다.

“그래도 마을 도인덜얼 제사에 참여토록 하넌 일언 신중을
기해야 할 것이오.”

전문여가 입을 열었다.

“나도 같언 생각이오. 그래서 나넌 내 논얼 경작하는 사람
중에 일부만 모시도록 하겠소. 그것도 극비로 해서 오도록
할 것이오.”

“나도 같언 생각이오. 나도 그렇게 하리다.”

전문여가 맞장구친다.

“아무래도 제기넌 새것으로 준비해야 될 것이오.”

전문여가 말한다.

“나도 그리 생각카네. 남의 제상에 사용한 제기를 사용할 수넌 없넌 일이고… 근데 교의럴 영좌교로 할 것인지 신좌교로 할 것인지 그것이 좀 그렇네.”

“그래도 대신사임의 딸린 유품도 물건도 없고, 그리고 초상도 아니니 대신사임얼 초상도 치르지 않은 그 마음이야 이해가 가지만 그냥 신좌교로 함이 옳을 듯하니더.”

전문여가 말한다.

“그럼 그렇게 신좌교로 만들도록 맡깁시더.”

“제상은 높이를 얼마 정도로 할까요?”

“제상은 교의에 맞추어 거기에 알맞게 할 것이고, 그것도 교의를 만드는 사람이 짤 테니까 자기가 잘 알아서 만들겠지요.”

“제사 장소는 어디로 하실 생각이오?”

전문여가 묻는다.

“우리 집에서 모셔야지요. 근데 제실도 따로 없으니 대청에 모실 수도 있지만 혹시 그간에 내게 찾아오는 사람이 있어 교의에 써진 신위를 읽고 나머 소문이 널리 퍼질 공산이 크니 좀 불팬하지만 내 서재로 정하머 어떠겠능교?”

“지금 제실 찾고 할 계제가 아니니 애렵더라도 탈상얼 무사히 치르넌 것이 중요하니 황 접주 뜻대로 하시이소.”

전문여가 말한다.

"신주넌 위가 지붕식으로 된 것으로 하지요?"

"그럽시더."

"그럼 그리헙시더."

"그리고 최 선생임과 그 가족분덜, 그리고 대신사님의 사모
님과 그 가족분덜의 생활비럴 우리가 뒷받침해 주지 않으면
안 될 처지이니 어떻게 모아 드릴까요?"

전문여가 묻는다.

"우선 우리 둘이 생활비를 댄다 하고 생각합시더. 그리고
한진우와 황여장에게 말해 참여하면 그들에게도 일부 받아
도와주는 것으로 합시더. 아무래도 우리 둘이 가진 게 더 있
으니 그리 헙시다."

"그럼, 그리 합시더."

삼월 일일, 상주에서는 그래도 최경상 선생님과 대신사님
가족들이 오시다가 혹시라도 무슨 일이 생길까 봐 한 사람을
보내는 것보다 두 사람을 보내는 것이 안심이 될 것 같아 한
진우와 황여장을 일월산으로 보냈다. 황문규와 전문여는 탈
상준비를 서로 의논하여 진행하느라 남았다.

삼월 팔일 밤에 최경상 선생과 그의 부인, 대신사님의 사모
님과 그의 가족이 무탈하게 상주 황문규 집에 도착했다. 일
월산으로 들어갈 때 경험이 있어서인지 최경상 선생의 인도
로 대신사님 가족들은 그들이 잘 알아서 사람이 보지 않는
길을 찾아 잘 찾아왔다.

　최경상이 황문규 집에 도착하자 황문규 서재에는 벌써 새로 짠 영안교의 가방 울목에 놓여 있고, 거기에 신위를 모셔 두고 있었다.

　"그간 초례와 제례럴 지내지 못해 마음에 빚을 지고 있어 대신사임 뵙기가 민망스러웠니더. 그래서 교의럴 영좌교로 준비하려고 했으나 유품도 없고 대신사임 물건도 없어서 하는 수 없이 신좌교로 만들도록 부탁해 놓았니더."

　황문규가 최경상에게 신의를 모시는 교의를 신좌교로 만들어 사용하는 이유를 설명한다. 듣고 보니 최경상도 마음에 걸리는 것을 말하므로 마음이 철렁 내려앉는다.

　"그래캐도 좋소. 거기꺼정 깊이 생각하셨군요."

　"그런데 최 선상임, 대신사임 지방을 어떻게 쓸까요? 대신사임언 우리 동도를 창시한 분이 아잉교? 그러니 거기에 알맞언 지방을 써야 될 것 같은데요?"

　"그러긴 헙니더. 이제넌 우리 도에서넌 불가처럼 윤회사상에 젖어 사십구제럴 지내기도 그렇고, 유가처럼 조상숭배사상으로 제사럴 지내기도 그렇니더. 아직 우리 도에서 의절에 대해 정한 바가 없고, 우리 도럴 재건하지도 못한 처지여서 그러니 우선 유가에서 하는 것처럼 그대로 제사럴 모시기로 헙시더. 아직 대신사임에 대한 정식 신의 명칭을 정한 바도 없으이 대신사님께 불경스러우나 금년에넌 지방 앞얼 현고학생(顯考學生)으로 적읍시더. 갑자기 정하여 사용할 지방이 아입니더."

최경상이 낮은 목소리로 풀죽은 듯 말한다.

"그럼 그렇게 하겠니더."

황문규가 어깻죽지가 늘어진 경상을 바라보며 덩달아 풀죽어서 더 낮은 소리로 말한다.

전문여와 함께 준비한 제기도 모두 새것으로 장만하였다. 집안 어른의 제례에 사용한 제기를 사용할 수 없어서였다. 제실은 자신의 서재로 정하여 외부인의 출입을 금지시키기로 했다.

삼월 구일 밤 황문규 집에는 전문여, 한진우, 황여장과 사모님을 위시해서 대신사님의 가족과 최경상을 비롯한 그 부인, 그리고 황문규의 마을 도인들과 전문여 마을 도인들까지 모여 집 마당엔 참배객으로 가득했다.

구일 밤 자시(子時)에 제례 의식이 거행되었다.

49.

은하수는 정말 용이 잠겨 있다가 떠난 내(川)처럼 보였다. 용이 떠나버려서 섭섭한 마음을 가눌 수 없어 여기저기에서 울부짖는 싸라기 별들이 모여 있었다. 유난히 은하수가 선명하게 돋보이고 있었다. 은하수를 빗겨나 붙박이별과 닻별이 한 쌍으로 어울리는데 그걸 바라보는 박황언(朴皇彦)은 착잡한 모양이다.

"저렇게 붙박이별과 닻별이 서로 어울려 빛얼 내보네넌데 우리넌 대신사임 보내고 최 선상임마저 행방을 알 수 없으이 얼매나 답답 앤 카겠능교?"

평소 말수가 없고 점잖은 박황언이 가슴을 쥐어짜듯 속말을 허공에 내 뿜는다. 흥해에 살던 박황언은 최경상을 잘 따랐다. 최제우 대신사가 변을 당하자 그 여파가 자기에게도 밀어닥칠 것으로 판단하고 일찌감치 몸을 숨겨오다가 일월산 용화동으로 옮겨 살고 있다.

"그래 말인디. 그나저나 얼른 최 선상임얼 만나야 씰기인디. 그래도 최 선상임이 도통얼 이어 받았으이 무신 대책얼 내놓아야 할 기인디…."

전성문이 말을 받는다. 전성문은 영덕 동사골에서 살다가 일월산 용화동으로 몸을 피해 온 도인이었다.

"아무리 생각해도 이 일월산만큼 이가금방에서 깊언 산이 없고, 숨어 살기 좋언 곳이 없으이 우짜머 이산 가금방에 기실 것 같기도 허고…."

영양 사람 황재민(黃在民)이 혼잣말처럼 더듬거린다.

"그 말심도 맞는 말심입니더. 우리가 여기 모인 것도 일전에 의논한 것도 아이고 각자 요기가 안심시럽다고 요기로 들어온 거 아이감요? 그 맨대로 최 선상임도 아메 그케 생각했얼런지도 모리넌 기라."

박황언이 고개를 끄덕이며 말을 받는다.

"듣고 보이 그 말도 맞넌 듯싶니더."

전성문이 말을 받는다.

"그라머 오늘부텀 이 산얼 차근차근 디빕시더. 세월이 좀묵 지넌 앤 카니꺼. 그리 해봅시더. 좌우지간 선상임얼 만나야 우리 도럴 재건할 수 있지 앤 켔능교? 긍께네 집에 돌아가서 우리 도인덜 모두에게 말해서 이가금방얼 차근차근 디비보자 고 협시더. 우리야 뭐 약초 캐맨서 산을 차근차근 더듬어 들 어가머 가다가 무슨 허술한 집이 있거들랑 찾아가 보머 될끼 라요."

황재민이 열을 낸다.

"그카제요 대신사임 가시고, 접주님덜 멀리 유배당하시고 많언 접주, 도인덜이 우리 맨대로 집얼 떠나 숨어 살기넌 하 지마넌 우리가 만나넌 사람덜얼 포덕하머 얼마든지 도세럴 키울 수 있지 앤 켔능교."

박황언이 말을 한다.

"옳은 말심인기라."

전성문이 말을 받는다.

그들은 산에 약초를 캐러 올라왔다가 도로 집으로 향했다. 마을에 있는 숨어 들어온 도인들을 모아놓고 함께 산을 뒤지 자는 말을 하기 위해서였다.

"오늘 우리가 요기 한 자리에 모이자고 한 것언 혹시나 해 서 한 말인디, 우리 최경상 선상임도 우덜처럼 깊언 산중에 숨어들지 않았나 싶어 드리는 말심입니더. 우덜두 서로 연락

없이 스스로 요 산에 들어온 것 맨대로 최경상 선상임도 갱
상도에서넌 가장 깊숙하고 인적이 별로 없넌 이 산으로 들어
올 생각얼 하지 않으셨나 생각이 듭니더. 그랑키네 우리가
한번 이 산얼 더듬어 보머 우짤까 싶어 이 말 할라꼬 모이라
했다 아잉교?"

박황언이 웃으며 말한다.

"그러기넌 그런디, 전에 대구에서 안동으로 가신다넌 말얼
들언 적이 있넌데 그짝에 기실까 딴 데로 옮기셨얼까 궁금하
네요."

상주 사람 김덕원(金德元)이 말을 받는다. 그는 상주 관아
의 병방에게 죽은 갓난아이의 백골포로 군포를 내느니 못 내
느니 하다가 곤장만 스무 대를 맞고 나온 데다 나중에 자신
이 동학도라는 것을 병방에게 들켜 하는 수 없이 가족을 떠
나 일월산으로 올라온 사람이었다. 그래도 다행히 동생이 부
인과 여덟 살 난 아들을 데리고 한 달에 한 번은 일월산으로
찾아와서 닷새는 묵고 돌아가곤 한다.

"어디 기시나 간에 한군데서 오래도록 머무럴 수넌 없얼 기
이라. 아메 그 참에 여러 군데 다녔을 끼라요."

영양의 정치겸(鄭致兼)이 말을 받는다.

"그랬을껴."

영해 사람 김양언(金良彦)이 말을 받는다. 김양언은 영해 접
주 박하선이 관아에 잡혀가고 결국 장독에서 헤어나지 못하
고 고생하는 것을 보고 자기에게도 그러한 손이 뻗쳐 오리라

짐작하고 먼저 일월산으로 숨어들어 온 사람이었다. 가족과 연락이 되고 한 달에 한 번 정도 큰 조카가 세 살 난 아들을 업은 부인을 데리고 일월산으로 자신을 찾아오는 처지였다. 평소 말수가 없는 김양언은 부인에게 참으로 미안한 마음이었다.

"우리가 요롷케 어렵은 때일수록 더욱 힘얼 모아 우리 도럴 재건해야 대지 않겠능교?"

박황언이 말한다.

"그야 여기 기신 분덜 마음이 모다 한결 긑얼 기인디 새삼시럽게 묻넌교?"

전성문이 말대답을 한다.

"그라머 혹시나 이 산에 우리 선상임이 들어오셨나 모리니 매일 산으로 약초럴 캐러 가맨서 유심히 바라보머 산얼 뒤집시더. 가다가 새로 본 집이 있으머 물 한 쪽박 얻어먹넌 척하맨서 사람덜얼 확인하머 댈끼라요."

박황언이 말한다.

"밑가봐야 본전 아이겠능교? 그래봅시더."

정치겸이 말을 받는다.

자신이 모시고 있는 사람들이 행여 몸이 아프거나 위험할 때 그대로 둘 수는 없었다. 의원에 데려가자니 돈도 없을 뿐 아니라 혹여 신분이 탄로 날까 두려웠다. 가능한 한 집에서 자가 치료를 해야 했다. 잘 먹지도 못하고 있었으므로 발병

할 소지는 많았다. 최경상은 자신이 아는 범위의 약 처방을 하기 위해 약초를 캐어 잘 말려서 비축해 두어야 했다.

최경상은 해가 떠서 지기까지 한낮에는 가능한 한 무엇이든 일을 하여야 한다고 마음에 굳힌 사람이었기 때문에 짚신을 삼든지, 터앝에 물을 주든지, 산에 들어가 약초를 캐든지 활동을 해야 했다. 그에게는 생계를 유지하기 위한 노동은 심고 드리는 일만큼이나 중요했다.

그날도 가솔과 대신사님 가족 중 가고자 한 사람들과 함께 산으로 들어갔다. 대부분 약초를 모르기 때문에 최경상의 둘레에서 벗어나지 않았다. 그들은 최경상이 약초를 캐서 가르쳐줄 때까지 약초를 캐는 자세와 약초의 모양과 특징에 대해 세세하게 설명을 들었다. 그들은 최경상으로부터 인삼이나 더덕, 그리고 도라지나 뿌리를 다루는 것은 그 잎사귀가 보일 때 흙을 파헤치는 요령과 뿌리가 상하지 않게 흙을 파헤치는 방법에 대한 설명을 눈여겨보고, 귀담아들었다.

"그러머 각자 흩어져서 약초럴 발견하머 그 자리에 표시를 해두고 나를 부르도록 하지."

최경상이 말했다. 모두들 흩어졌다. 삼월 중순이라 하지만 산속은 보라 바람이 산꼭대기에서 산 밑으로 휘몰아치고 있었다. 세정도 세청도 누이도 추운 기색이 역력하다. 그러나 그들은 아무 말 없이 산속을 뒤집고 있었다. 오늘은 별 수확이 있는 것 같지 않았다. 아무도 약초를 보지 못했는가 싶다. 아이들 고생 시키지 말고 그냥 집으로 돌아갈까도 생각해 보았다. 그때였다.

산 아래에서 이쪽으로 올라오는 청년이 있었다. 주위를 주의하여 살펴보며 약초를 찾던 최경상이 적이 놀랬다. 행여 애들에게 접근하여 무엇을 물어볼까 해서 은근히 가슴이 두근거리기 시작했다. 최경상은 그 젊은 청년을 주시하였다. 그 청년이 몸을 최경상이 있는 쪽으로 돌리면서 사람들을 유심히 쳐다보고 있었다. 최경상의 눈에 박황언이 틀림없었다.

"아니 이게 누군가? 박황언이 우째 이곳에 있단 말인가?"

최경상은 그가 박황언임이 확실하게 보이자,

"박선상, 박선상이 웬일잉교? 이 깊언 산중에서!"

최경상이 놀라며 말을 보낸다.

귀에 익은 최 선상님의 목소리가 들리자 소리 나는 곳을 보더니 팔을 벌려 손뼉을 치며 최경상이 서 있는 치받이 길로 허리를 굽혀 쌕쌕거리며 치받아 올라온다. 오던 중 너덜겅이 있는 곳을 지나다가 미끄러져 좀 밑으로 떠밀려 가더니 이내 나뭇가지를 잡고 다시 치받아 올라온다. 그걸 바라보던 최경상이 밑으로 내려간다. 최경상이 조용히 웃는다.

"선상임!"

"박선상!"

"그기가 쫌 깨끌바져서 올라오기가 쫌 기릴 기야."

"지 짐작이 맞다 아잉교?"

"머가?"

"아이라요. 지가 선상임이 이 산에 기실지도 모른다 했니더.”

“각중에 그 말은 머꼬?”

“아, 선상임, 지금 이 산 용화동에 우리 도인들이 열두 명이나 숨어있는 기라요. 요 매칠 전 그렇게 거거제쯤 그 사람덜한테 선상임이 요기에 기실지도 모리는기라 한 분 요 산을 디비보자고 했니더.”

“용화동 어디에?”

“저기 보이지요?”

“저 등성이 건너 왼쪽에 여기서는 앤 보이지만, 또 하나의 마을이 있는데 거기에 올망졸망 움막을 짓고 살고 있지요.”

“그래 누구누구가 여기와 사능교?”

“영덕에 전성문 씨가 와 기시고, 상주에 김덕원 씨가 와꼬요, 영양에 정치겸 씨허고 황재민 씨가 와 있꼬요, 울진에 전윤호 씨와 김성진 씨가 왔고요, 영해에 김양언 씨가 왔고요, 그라고요, 상주라고 함시로 권성옥과 김성길, 김계악, 백현원 씨가 와 기십니더.”

“그래요? 그럼 내 당장 그리로 가봐야겠니더.”

최경상이 반가워서 목소리를 높인다.

“그렇지 않아도 지덜이 며칠 전 모여서 우리 최 선상임이 이 산 어디에 기실 걸로 짐작하고 산얼 한 번 샅샅이 뒤져보기로 했다 아잉교? 아무리 생각해 봐도 이가금방에서넌 이 산맨 대로 숨기 좋은 디가 오디 있넌교?”

“그랬었군요.”

"이제 선상임 찾었으이 맴 짝 피고 잘 수 있다 아잉교?"

최경상이 듣고 웃는다.

"근디 생활언 어찌 허시능교?"

"생활언 모다 집하고 연락이 대어 집에서 식량얼 대주고, 가족이 여기까지 오거나 중간에 아는 집에서 너댓새 지내오거나 허지요. 근데 와 선상임언 우리 마을에 한 번도 앤 와보셨능교?"

"내가 숨어있던 이곳이 가장 안정시러운데 여기서 내가 잽해가머 끝장이다 싶어 마을얼 애둘러 지나가곤 했지요."

"그래셨군요."

"자 모두 이리로 모이시소."

최경상이 자신의 가족과 대신사님 가족을 불러 모은다. 박황언은 최경상 선생을 따라 경주 가정리에 수차례 걸쳐 갔다 왔으므로 대신사의 가족과 최경상 선생의 가족을 잘 안다.

"아이고 박 선상임, 오랜만입니더."

세정이 박황언에게 먼저 인사럴 건넨다. 박황언이 최세정에게 다가가 손을 꼭 붙잡고 흔든다.

"다행히 모두 살아기셨구만요? 사모임언?"

"아, 어무이넌 지금 집에 기십니더. 세청아, 박 선상임께 인사드려라."

세정이 동생 세청에게 인사를 드리도록 한다. 세청이 고개를 숙여 인사한다. 사뭇 무뚝뚝한 표정이다. 전에 몇 번 뵙기는 했으나 속 깊은 이야기를 나눈 바 없어서인지도 모른다.

세정의 누이도 어색한 표정으로 고개를 숙여 인사를 한다.

"선상임 얼마나 고상이 만았능교?"

"유배당한 접주덜이 기시넌데 고상언 무슨….."

"자, 오늘언 약초 캐넌 것얼 이만하기로 하세. 모두 집으로 돌아가 있게."

"우리도 선상임 찾는다고 흩어져 더듬고 있다 아입니꺼? 지금 집에넌 아무도 없을끼라요. 저 밑에 나와 함께 온 네 사람언 금방 이리로 올 것이고요. 우선 그 사람덜부텀 만나봅시더. 그라고 내일언 지가 모두 데리고 이곳으로 올랍니더."

박황언이 말한다.

"그래, 그리헙시더."

최경상이 대답한다.

"박형, 어딨노?"

김양언의 목소리가 가깝게 들린다.

"여기세, 모두 이리로 오락카소. 여기 선상임이 기시네."

"뭐라?"

"선상임이 요기 기신다꼬!"

"선상임 말이가?"

"글타니꺼!"

"알었네, 어야! 우리 선상임 찾으셨다 앤 카나. 얼른 가보세이. 요기야!."

김양원이 손가락으로 박황언의 소리 나는 곳을 가리킨다.

"우리 선상임 만났다고? 갤국에 박황언이가 만나뿔렀구마!

자기가 말하고 자기가 찾았으이….”

“그러기 지성이머 감천이라 앤 캤나!”

“맞다. 니 말이 맞넌 기라!”

전성문이 말을 받는다.

“시상아 코앞에 놓아두고 이제꺼정 모리고 있었씨이….”

김덕원이 어이가 없다는 표정으로 김양언을 바라보며 한 소리 한다.

“역시 박황언이 틀림없넌 사람이어!”

김양언이 말한다.

“자네덜 보이네. 그양 그기 있게. 우리가 내려감세.”

박황언이 선생님을 부축하여 내려온다.

“괘안네. 손 놔두고 내려가세.”

최경상이 박황언에게 말한다.

최경상과 박황언은 금세 김양언이 있는 곳으로 내려온다.

그들은 몇 번이고 서로 부둥켜안았다.

“선상임, 지덜이 심고가 야차버서 선상임얼 옆에 두고 모리 고 있었네요.”

“우리가 모다 조심허느라 이리 댕기라. 인자 만났으이 천군 만마럴 얻언 기분이네. 자 우리 집으로 가세나. 우리 대신사 님 사모임도 기신다 아이가? 가서 사모임께 인사드리고 쌓인 이야기 나누세나.”

최경상이 말한다.

“아, 그래야지요. 자 가십시더.”

김양언이 앞장선다.

"선상임 유배된 접주님덜 소식언 듣고 기신교?"

"아이라. 모리고 있넌기라."

"지덜도 모리고 있구만요. 오지에서 얼매나 고상이 많얼꼬!"

"그라머 대신사임 장례도 모리겠네요?"

"아 그거넌 우리 매제도 대신사임 장사지내넌 데 함께해서 내게 이야기해 주어 알고 있니더."

"아 그럼 임익서 님도 함께 기시나요?"

"아니라, 그도 따로 나도 따로 서로 떨어져 있는기라. 그기 더 나을 거 겉어서….”

"그러기도 허제요."

김양언이 말을 받는다.

"사모님 건강언 여전하신가요?"

전성문이 묻는다

"고상얼 마이 해서 아무래도 허약하시지마넌 그래도 큰 빙 없이 지내시구마."

최경상이 대답한다.

"그럼 됐네요. 인자 우리 서로 힘얼 모아 사람도 살고 도도 살고 그래봅시더!"

그들은 사모님이 계시는 집으로 향했다.

이튿날 아침, 용화동 샛골의 움막집들은 사람들이 부산하게 움직이기 시작했다. 그들은 모두 박황언의 움막으로 모였다.

"자, 갑시더."

박황언이 소리 지른다. 그의 목소리엔 힘이 실려 있다. 모두들 그간 조였던 마음을 풀고 선생님을 만난다는 기쁨으로 최경상의 집이 있는 윗골로 향한다. 길도 없는 등성이를 에돌아 넘어가서 숨겨진 산골을 더듬어 깊이 들어간다.

그들이 사모님 집 마당에 당도하자 최경상과 두 가족이 모두 모여 기다리고 있었다. 사모님도 방에서 나와 평상에 앉아 있었다.

사람들이 최경상에게 가서 손을 내밀자 최경상이 먼저 사모님께 가서 인사 올리고 다음에 세정, 세청을 만나본 후에 자신을 만나도록 조용히 일러준다. 모두들 최경상의 말에 따라 먼저 사모님께 가서 고개 숙여 인사를 올린다. 그리고는 세정, 세청에게 가서 손을 잡고 인사말을 나눈다. 세청까지 인사가 끝나자 최경상이 모두 평상에 앉도록 한다.

"오늘 같언 기쁜 날 우리넌 기쁜 심고럴 우리 한울임에게 드리지 않을 수 없니더. 한울임께 심고럴 드린 후 다시 손잡고 정얼 나눕시더."

최경상이 말한다.

"먼저 청수봉정이 있겠니더."

최경상의 말이 떨어졌다. 그러자 세정의 처가 하얀 보시기에 담긴 청수를 들고나온다. 그녀는 대나무를 깎아 만든 소반 위에 조심히 놓는다. 모두들 이제까지 보지 못한 청수봉정을 보고 적이 놀랜다. 의식이 거행되기 때문에 모두들 입을 다문 채 바라보고 있다.

"청수봉정언 처음 보넌 것인 줄 잘 압니더. 이 청수봉정언 앞으로 우리 도의 의식진행에 있어 반드시 거행해야 할 의식입니더. 이 청수넌 우리 대신사님께서 대구 관덕정에서 최후럴 맞넌 순간 대구감영 감사 정헌순이 최후 소원얼 말하라고 할 때 바로 이 청수럴 대신사임 앞에 놓아주도록 하여 이 청수럴 바라보시며 심고럴 드린 후 환원하셨니더. 여러분언 이 청수의 의미럴 잘 새겨 앞으로 우리 도의 의식에서 반드시 청수봉정얼 하시기 바랍니더."

최경상은 청수의 의미를 자세하게 설명해 주었다. 모두들 고개를 끄덕이며 최경상의 설명을 들었다.

"모두 주문얼 서른 번 송주하시기 바랍니더. 지극정성으로 송주하기시 바랍니더."

모두들 소리 내 주문을 송주하기 시작한다. 주문 송주가 끝나자,

"그럼 심고럴 드리시길 바랍니더. 오늘 심고에는 우리가 오랜만에 만나게 해주신 한울임께 감사드리넌 마음으로 심고드리시이소."

심고가 끝났다.

"그러머 다음엔 짧은 법설얼 하겠니더."

"오늘 드릴 말심언 사인여천(事人如天)이니더. 사인여천이란…."

최경상이 사인여천에 대해 자세히 설명한 후 법설을 끝냈다. 주문을 다시 송주하고 심고가 끝났다.

이제 홀가분한 마음으로 모두들 최경상 주변으로 다가왔다.

"선상임, 그간 얼매나 고상이 많았능교? 우리넌 선상임 소식얼 듣지 못해 혹여 무슨 사고라도 있으셨나 맴 깨나 조아렸다 아잉교."

"쫓기넌 몸이 어찌 편안할 수 있겠능교마넌 우리 도인덜 덕택에 몇 차례 죽을 고비를 넘기곤 했지요. 이 모두 한울임의 보호하심이 기셨으이 이리 살았겠지요. 대신사임 환원하시고 난 후 우리 도럴 굳건히 세우라넌 한울임의 뜻이라고 생각헙니더."

최경상이 대답한다.

"그러시고 말고요."

영덕의 전성문이 말을 받는다.

"전 선상언 언제 이리로 오셨소?"

"아래 달에 왔니더."

"무슨 일이라도 있었능교?"

"관아에서 자꾸 지 뒤를 밟고 만나머 선상임이 어디 기시냐고 물어싸맨서 은젠가넌 지럴 데려다가 곤장얼 칠 것 같은 낌새가 보여 집사람과 의논 끝에 묵고살기 힘들어 장사하러 나간다고 함시러 이리로 도망왔지요. 우리 부친께서도 그리하라고 하셔서 그리했는디 농사일 때민에 부친과 부인이 지 대신 농사를 지으니 지 맴이 팬치 않구먼요. 처음에넌 앤

나갈란다고 우겼으나 맞아 눕언 거 보다넌 앤 보이넌 곳으로
가서 살아있넌 게 훨 낫다 하시맨서 멀리 가서 숨구고 살아
라 하시길래 이래 왔니더.”

“당분간은 관헌덜의 눈에 보이지 않아야겠군요.”

“그럴 끼라요.”

“집과 연락은 취하고 지내능교?”

“예, 연락얼 취하기로 하고 왔넌데 지가 아직 연락얼 취하
지 못했니더.”

“그럼 바로 연락을 취하시소. 가족이 얼매나 애타겠소?”

“그리하리다. 그라고 강수님과 그 어런에게도 인사드려야
겠구만요.”

“그래야지요. 나도 강수님언 연락이 닿아야 하는데….”

“언제 날 잡아서 일차 집에 다녀오겠니더.”

“그래, 그래 하시이소. 나도 작년 시월에 금등골에 다녀왔
다 아잉교?”

“그래셨군요. 잘하셨니더.”

“김 선상은 어찌하여 이곳으로 오셨능교?”

“영양도 소문 난 사람언 샅샅이 뒤져 잡아가려고 해서 혹시
나 지도 잽히지 않을까 해서 이래 도망 왔다 아입니꺼?”

“가족덜언 괘안능교?”

“아즉언 괘안니더.”

“농사넌 마이 짓능교?”

“많다고넌 헐 수 없겠지만두 아무래도 일손이 바쁘지요. 농

사철마다 놉도 사야 하구요. 우리 아부지허고 안사람이 고상
이라요.”

“가족과 연락이 닿고 있능교?”

“예, 안사람과 한 달에 한 오일언 만납니더. 집에서 만나
넌 기 아이고 그기서 한 마장 떨어진 곳에 처형 집이 있넌데
그기서 만납니더. 원래 장인 장모님의 집이었는데 두 분께서
환원하시어 지금언 처형이 그 집에서 살고 있니더. 처음에넌
윗동서가 처형과 안사람얼 데리고 지한테 왔넌데 너무 멀고
산이 험해서 씰데없이 날짜가 마이 지나가뿌러 아까버서요.
이렇게 처형 집에서 만나 한 오 일간 지내다 옵니더.”

김양언이 겸연쩍다는 표정으로 말꼬리를 낮춘다.

“모처럼 가족과넌 연락이 닿고 가능한 한 서로 만나야 합니
더. 그래도 다행입니더. 이리 헤어져 기시니 여러 가지로 어
려움이 마이 있겠니더. 그리고 박영관 선상임의 소식언 듣능
교?”

“부친이신 박하선 접주께서 관아에서 맞언 곤장 장독에 사
경얼 헤매고 기신다 헙니더.”

“박영관 선상의 형제덜 소식얼 들어야 할 텐데….”

“그런데 김덕원 씨넌 와 여기 왔능교?”

“도남서원 유생 한 사람이 나럴 알고 있넌 기라요. 그 유생
이 우리 도럴 알기 위해선지 우리 마을에 왔다가 지럴 만났
넌데 마치 우리 도에 입도할 사람처럼 이것저것 묻고 호감얼
갖넌 듯이 표정얼 취하맨서 매 말끝마다 그렇지요, 그렇지요

하길래 지한테 호감얼 갖넌 줄 알았지요. 그래서 지가 기분이 좋아 열얼 내어 우리 도에 대해 설명했다 아입니꺼? 근데 그 사람이 바로 우리럴 죽이려고 쌍불 켠 놈덜이라넌 것얼 알고 하넌 수 없이 이리로 도망왔다 아입니꺼?”

“가족의 소식얼 듣고 있넌교?”

“지가 이리로 온다고 집사람에게 말언 하고 왔넌데 아즉 연락얼 몬 하고 있니더.”

“그럼 금명간 집에 다녀 오시이소. 그덜이 당신얼 잊지넌 않얼 것이오. 형편 봐서 며칠 묵고 오시이소. 올 때넌 가능한 한 해진 이후에 움직이도록 하시오.”

“알겠니더. 선상임께선 그간 얼마나 고상이 많으셨능교?”

“고생이라야 우리 대신사임에 비하겠넌교? 이기 다 지가 짊어지고 가야 할 질이 아잉교? 지넌 괘안니더.”

최경상이 대답한다.

“정선상언 무슨 일로 여기에?”

최경상이 정치겸을 바라보며 안부를 묻는다.

“지도 영양 유생들의 눈초리를 피해 이리로 왔니더.”

“영양도 유생덜의 감시가 심했능교?”

“그랬지요. 유생덜이 지덜얼 가마이 놔두겠능교? 먼저 도망한 자가 살아남는 게 아잉교?”

정치겸이 대답한다.

“정선상두 집에 연락얼 취하지 못하고 기신교?”

“예, 아직 소식을 못 주고 있다 아잉교?”

"언제 이기 왔는데?"

"한두 달 다 되어갑니더."

"정 선생도 가까운 시일 내에 한 분 집에 댕게 오시이소."

"괜찮을까요?"

"머 아즉 죄명도 없넌데 바로 잡아가겠능교? 어디 갔다 왔나 하믄 몸이 아파 절에서 쉬다가 왔다 하든지, 돈 벌러 이리 저리 헤매다가 돈만 탕진하고 돌아왔다든지 적당히 말하시이소. 어떻든 집에 일차 다녀오시이소."

"알겠니더. 꼭 그리하겠니더."

최경상은 모인 사람들을 하나하나 다 안부를 물어보면서 가족과의 연락을 취하라고 당부한다. 그리고 박황언에게는 울진의 여러 곳에 있는 많은 도인들에게 자신의 안부를 전하고 오도록 했다. 가족과도 원활하게 만나도록 당부하였다. 박황언이 자신을 그림자처럼 다녔기 때문이었다.

"이제 우리가 이리 모였으이 우리도 우리 도럴 다시 세우기 위해 우리의 있는 힘얼 다해 포덕에 힘써야 할 것이오. 그러나 우리가 몸을 조심해야 하기 때문에 섣불리 행동하지 않으민서 깊숙이 민중 속으로 들어가 비밀리에 포덕얼 하도록 해야 할 것이오. 그러기 위해서넌 우리가 먼저 우리의 행동지침얼 세워야 할 것이오."

최경상이 말한다. 모두들 최경상을 바라본다. 그들도 모두 생기가 솟는 모양이다.

"우리 수운 대신사께서 세우신 참다운 이 도넌 이 시대넌 물론 앞으로 영원히 우리와 우리의 후손에게 밝은 빛이 될 것입니더. 뿐만 아이라 나라와 민족얼 지킬 것이며 민족의 번영얼 가져올 것입니더."

최경상이 천도에 대해 말을 한다.

"다시 강조해서 말얼 하지만 우리넌 항상 사람이 한울이다넌 것얼 가슴에 새기기럴 바랍니더. 따라서 사람에겐 귀천이 따로 있얼 수 없으며, 여자와 아이덜언 연약하므로 항상 그덜얼 보호하넌 마음으로 감싸주어야 합니더. 아이럴 때리는 것언 한울님께 죄럴 짓넌 것입니더. 우리넌 같은 도럴 믿으면서 서로 돕고 살아야 합니다. 콩 한 조각도 나눠 먹넌 습성얼 길러야 합니다."

모두들 최경상의 말에 귀 기울인다.

"오늘은 우리가 이렇게 만났으이 이제 대신사께서 세우신 우리 도럴 굳건히 세우는 데 힘얼 모아야 할 것입니더. 그러기 위해선 우리덜 자신부터 주문얼 열심히 암송하거나 송주하고 심고 드리넌 일얼 부지런히 해야 할 것입니더. 어디 우리 힘얼 모아 열심히 지내봅시더."

최경상의 말이 메아리쳐 도인들의 마음속으로 파고든다.

50.

뜻밖에 독실한 도인들을 이렇게 많이 한꺼번에 한 동네에서 만날 수 있다는 것은 정말 큰 축복이었다. 이젠 이 사람들을 중심으로 각지에 흩어진 도인들과 연락하여 무엇인가 조직적으로 움직일 수 있을 것이란 희망이 솟고 있었다.

수운 대신사님이 잡히실 때 잡혀간 접주님과 제자들보다야 밖으로 튀어나오지 않았고, 또한 이들이 도인인지도 확실히 모르는 상황에서 그간 잠잠해진 사이에 누그러진 관아의 눈초리도 이들에게 활동하기에 더없이 좋은 기회가 되고 있었다. 최경상은 이들이 도에 심취해서 포덕에 열을 내다가 혹여 경거망동하지 않을까 걱정이 되기도 하였으나 그것은 처음부터 주의를 철저히 하여 행동에 빈틈이 없게 하면 될 것이라고 생각했다.

이튿날 낮후에 용화동 도인들이 모두 최경상의 집으로 모였다. 최경상은 방 하나를 이럴 때를 대비하여 두 칸 방을 만들어 두었기 때문에 이들과 이곳 가족들이 비좁게 앉으면 모두 방 안에 들어갈 수 있었다. 대신사님 가족과 자신의 가족과 용화동 도인들이 모두 방안에 들어오자 방안이 사람들로 발 디딜 틈도 없이 꽉 찼다.

"그럼, 오늘 심고회를 시작하겠니더. 먼저 청수봉정이 있겠니더."

최경상이 심고회 개회를 선언한다. 그러자 대신사님의 막내둥이 딸이 하얀 보시기에 산 옹달샘에서 떠온 청수를 들고 사뿐히 걸어와 최경상의 앞에 놓인 소반 위에 올려놓는다.

"모두 강령주문과 본주문얼 스무 번씩 소리 내어 송주하시기 바랍니더.”

　최경상이 주문을 송주한다. 모두들 주문을 작은 소리로 송주한다.

　“이 주문언 우리 수운 대신사님께서 반드시 소리 내어 외우라고 하셨니더. 따라서 뱉 일이 없으며 가능한 소리 내어 송주하시기 바랍니더. 그러나 우리가 쫓기고 있고 우리 도인 외의 사람덜이 우리럴 보고 도인인 줄 알게 되머 우리가 온전하지 못할 것이므로 이런 비상시에넌 소리 내지 말고 암송하여도 댑니더. 우선언 우리의 목숨이 살아있어야 한다넌 것입니더. 알겠능교?”

　최경상이 모인 사람들에게 설명하고 다짐을 받는다. 그는 심고하는 자세에 대해 자세히 설명해 준다.

　“알겠지요?”

　“예. 선상임.”

　모두들 크게 대답한다. 무엇인가 선생과 함께 심고회를 갖는 것이 가슴 벅찬 표정이다.

　“그럼 여러분 각 개인덜이 가지고 있넌 기도럴 드리도록 하시이소.”

　최경상의 말이 떨어지자 모두들 자신의 기도를 드린다.

　심고회가 끝났다. 모두들 마음이 착 가라앉았고 무엇인가 마음을 새롭게 한 것 같은 기분이었다.

　“최 선상임, 그런데 우리가 여기에 방을 더 크게 하나 지으면 앤 댈까요?”

상주 사람 김덕원이 불쑥 말을 한다.

"와예?"

최경상이 묻는다.

"우리가 최 선생님얼 모셨으니 우리가 다 함께 이곳에 집얼 크게 지어놓고 여기서 동거하머 어떨까 싶어서요….."

김덕원이 웃으면서 대답한다.

"아주 좋은 말심얼 해주셨니더. 그러나 우리가 그러한 모습얼 하고 있얼 때 혹여 이곳얼 지나넌 우리 도인 외의 사람이 봤얼 때 만약 그가 이러한 사실얼 관에 밀고라도 하게 되머 우리넌 모두 함께 끌려가 물고가 나고 말 것입니더. 그러니 지금처럼 이대로 자기 집에서 살면서 가능한 한 밤에 이곳에 모여 의논하고, 수련회럴 갖고, 기도회럴 가지맨서 일상생활얼 하넌 게 안전하리라 봅니더. 그리고 여러분언 나와 같이 모두 쫓기넌 몸이니 밖에서 무슨 일이 있으며 빠른 시간 안에 연락얼 취하여 모두가 무사히 피할 수 있도록 해야 할 것입니더. 그리고 그럴 경우럴 대비해서 그러한 때 도피할 수 있넌 장소럴 물색해 두거나 있얼 곳의 사람에게 미리서 연락얼 취해 놓거나 해야 할 것입니더. 그리고 떠날 때는 돈이나 짚신, 의복 등 필요한 것만 괴나리봇짐에 챙겨 놓았다가 미련 없이 괴나리봇짐 하나만 얼른 들쳐 메고 신속히 떠나도록 마음의 준비를 해 두어야 헙니더. 또한 떠날 때넌 서로에게 가넌 곳얼 가르쳐 주지 말기를 바랍니더. 사람이란 궁지에 몰리머 없넌 사실도 토하게 됩니더. 이런 때럴 생각하여 반드시 그렇게 하시기 바랍니더. 그게 그 사람얼 살리넌 것이 댑니더. 만약의 경우 우리가 잡혀가서 물고럴 당할 때에 동료의 있넌 곳얼 알고 있다며 고문에 몬 이겨 사실얼 실토하게 대어 있니더. 그러나 모르넌 경우에넌 자신이 죽더라도 모리넌 것언 모리넌 것이니 그 사람얼 살리넌 것이 댑니더. 내 이럴 위해 하넌 말이니 이해하시기 바랍니더.”

최경상의 말이 끝나자 모두 그렇다는 표정으로 고개를 끄덕인다.

“그리고 특히 유의할 것은 지금 여러분이 기거하고 있넌 곳에서 생활인으로서 직업이 있는 것처럼 보여야 헙니더. 더기 밭을 일군다든지, 양안에 없는 논밭을 싸구려도 산다든지 해서 농사를 짓는다든지, 그래맨서 장에 나가 팔기 위한 짚신을 삼는다든지 약초를 캐어 말려 두었다가 장에 가지고 가서 판다든지 하여 다른 사람들이 여러분의 삶을 보고 살기 위해 노력하는 모습에 오히려 짠하게 느끼게 하는 것 따위가 여러분의 안전얼 위해 좋은 방법일 것입니더. 이점도 가슴에 새기길 바랍니더.”

최경상이 노파심으로 말을 이었다.

“옳으신 말심입니더. 꼭 그리해야 댑니더.”

박황언이 최경상의 말에 동조한다.

“당연히 그래야지요.”

전성문이 동조에 합류한다. 모두들 서로를 바라보며 웃으면서 동조하는 표정을 짓는다.

"그러나 가장 중요한 것언 우리가 이대로 우리끼리의 심고 회럴 갖넌 것 보다 더 나아가 포덕얼 열심히 하여 도인얼 길러내넌 일입니더. 이도 무턱대고 포덕얼 하넌 것이 아니라 우선언 여러분의 일가친척이나 친한 친구덜얼 중심으로 포덕얼 하고 그덜이 그덜의 가장 친한 친구나 잘 아넌 사람에게 알려 만나넌 날짜와 시간얼 정한 후 그곳에 가서 비밀리에 포덕얼 하넌 것이 효과도 크고 또한 안전하기도 합니더. 우리넌 하나도 안전, 둘도 안전입니더."

모두들 웃으면서 고개를 끄덕인다. 그들은 지난번 대신사임과 접주, 제자들이 잡혀 들어간 사건을 머리에 떠올리면서 최경상의 말씀이 옳다고 고개를 끄덕이고 있었다.

"여기에 덧붙여 말심 드릴 것은 아직 고향에 남아 있넌 우리 열성 도인덜이 많이 기신다넌 점입니더. 영덕에 강수와 그 동생 강문, 영해에 박하선접주의 세 자제분이신 박영관. 박영수, 박영각 그리고 영해의 박춘서, 평해의 전영규 선상, 전인철 선상, 전윤환, 전종이, 황억대, 평해 전정환선상, 그리고 울진 매일리의 남두병 선상 등에게도 연락얼 취하여 지가 여기에 있다고 알려드리고 서로 연락얼 취하맨서 쉼 없이 포덕얼 해 나가야 할 것입니더. 이제 우리가 이 일얼 할 책무럴 맡았니더. 그러나 일언 항상 세밀한 계획과 실수 없넌 실행으로 해야 캅니더. 그래서 이 모든 것얼 우리의 안전을 먼저 생각허고 그 범주를 떠나지 않넌 처지에서 일얼 해 나가야 할 것입니더."

최경상이 힘주어 말한다.

심고회가 끝나고 조각 달빛을 받으며 산속을 헤집고 아랫마을로 내려가며,

"선상임의 말심이 옳은 말심이지요. 우리가 선상임의 말심대로 포덕얼 해야 댑니더. 이제 우리 도럴 일으킬 때가 된 것 같니더. 나넌 이번에 고향에 가서 친한 사람덜과 연락망을 정해야겠니더. 그래서 날짜럴 잡아 그곳에 다녀와야겠니더."

박황언이 자신 있게 말한다.

"나도 처남댁에 가야겠니더. 그곳에서 처남과 이야기를 나누고 처남의 가장 친한 친구부터 포덕을 해야겠니더."

전윤오가 말한다.

"전형, 그곳에 전씨들이 많이 살지요? 그 전씨가 다 한 본인가요?"

"예. 울진에 사는 전(全)씨는 모두 정선 전씨인데요, 오래전부터 울진으로 내려와 자리를 잡았지요. 울진에는 담양 전(田)씨도 집성촌을 이루고 살고 있는데 거기는 밭 전씨들이어서 우리와는 다르지요."

"그렇군요."

"선상임 말심이 옳언 거라요. 사실 우리가 선상임얼 못 뵈어서 이러고 있었지만 이제 우리 선상임이 기시니 마음 놓고 포덕얼 해야겠니더."

영양의 황재민이 말을 끄집어낸다.

"그럽시더. 아까정에 선상임께서 말심하신 사람들과의 연

락은 선상임께서 우리에게 말심하실 때 그에 따르기로 하고 말심이 앤 기실 경우에넌 우리 나름대로 일가친척과 친한 친구럴 중심으로 한 포덕에 힘쓰도록 하입시더.”

전성문이 말한다.

“그래야지요. 그렇게 하입시더.”

김양언이 말을 받는다.

최경상 선생의 허락을 받고 갈 일은 아니지만 그래도 말씀은 드리고 부인과 만나는 장소로 떠나야 했다. 최경상 선생의 포덕과 관련하여 무슨 특별한 당부의 말이라도 있을지 모를 일이었다. 일단 최 선상임이 계시는 용화동 위 산으로 올랐다.

“선생님 지 웃모태로 떠납니더. 지 안 사람이 그곳 처형 집에서 만나기로 캐서요.”

“오, 그래요? 잘 댕게 오시이소. 이번 길에 혹시 여유가 있으머 병풍바위 아래 박영관 선상임얼 만나 뵙고 그간의 지내온 사정 이야기를 듣고, 내가 여기에 있다는 소식을 전해주시이소.”

최경상이 당부의 말을 한다.

“예, 지가 가서 그리하도록 하겠니더.”

“웃모태가 어디에 있능교?”

“긍케네 넓언 버렁에 마을이 있지요. 그래서 이곳얼 벌영이라 했넌데 옛날에 평산 신씨(平山申氏)덜이 이 마을얼 개척해서 집단촌얼 이루고 있었고, 그 마을 옆에 갈매물언 순흥 안씨(順興安氏)가 개척해서 집단촌얼 이루어 살게 되어 우리 같언 성씨덜언 그곳에 발얼 붙일 수도 없었지요. 그래서 벌영 위쪽 마을 귀퉁이 산밑 모롱이에 붙어 산자락 자투리 밭이나 산골짝 옆으로 나 있는 더기밭을 일구어 지내온 터였지요. 그래도 그래 모은 터전이 살만하여 이제까지 처가가 그곳에 뿌리내리고 살아온다 아잉교? 그기가 바로 벌영 위에 있다 하여 웃모태라는 마을입니더. 그러니까네 지가 처갓집으로 가며 아무 탈이 없다 아잉교? 처갓집이 그래도 몰락 양반이라 누가 크게 구찬케 허지 앤 카니 그냥 그기이 눌러산다 앤 카능교?"

"아, 지가 알 만한 곳이니더. 벌영이라 하든 신씨네 집성촌이지요. 그곳도 다녀왔니더."

"지가 우리 도와 관련하여 특별히 관아의 눈초리럴 받아야 할 행동언 앤 했지만서두 혹시나 해서 아부지와 의논하여 이리로 왔다 아입니꺼? 그래요. 사실 지가 밖으로 우리 도럴 위해 행동한 것이 없씽께 그냥 멀리 떠돌이 장수가 어디 먼 데로 떠났다 라고 넘이 물으며 말하라고 혀놓고 이리로 왔다 아잉교? 그런끼네 조금언 자유스러운 몸이지요."

"김 선상언 애초에 이곳에 오지 않았어도 댈 뿐할 처지였넌데…."

"선상임, 어디 시상이 법대로 살 수 있능교? 지눔덜의 생각대로 사넌 시상인디 우째 지덜의 생각으로다 살겠능교? 그

늄덜이 무조건 잡아다가 이실직고하라고 물고럴 내머 우리가 당할 재주가 어디 있능교? 병방이란 늄과 지난번 군포 가주고 내야 한다느니 앤 낸다고 하느니 하고 입씨름하다가 불려 갈 뿐허여 아부지와 의논했드이 아부지도 지더러 떠나 있는 게 더 나을 성싶다 해서네 이리 왔다 아입니꺼?”

“듣고 보이 그렇네요. 그럼 잘 다녀오시이소. 노인과 아녀자와 아덜언 잘 보살펴 주어야 합니더. 잘 다녀오시이소.”

“그럼, 이번에 다녀오는 길에 병풍바위 밑으로 박영관 선상임얼 만나 비고 오겠니더.”

김양언이 최경상에게 인사를 드린 후 용화동을 떠나 웃모태로 향했다.

결혼한 지 칠 년이 지났다. 그러나 김영원의 처 최씨 부인은 이직 아이가 없었다. 정말 시어머니와 시아버지께 얼굴을 들 수 없었다. 항상 조용한 말씀으로 집안 분위기를 이끄시던 아버님도 어머님도 요즘은 며느리의 행동거지에 조심히 주시하고 계시는 것 같다. 요즘 들어 며느리가 말수가 적어지자 더욱 그러신 것 같다. 겉으로는 아무 티 없이 보내셔도 속으로는 며느리가 무슨 일을 저지를지도 모른다는 생각을 하고 계시지 않으실까? 며느리는 송구스런 마음이다. 며느리는 요즘 참으로 죄인처럼 날을 보내고 있다. 이 귀한 집에 시집와서 자손을 낳아주지 못하니 이 얼마나 황당한 일인가? 시아버님, 시어머님과 똑같이 며느리도 자손을 보고 싶다. 그러니 시아버님과 시어머님이 말씀은 안 하셔도 얼마나 손자가 보고 싶겠는가?

 지난번 아들을 일월산으로 보내고 난 후 나를 데리고 가서 아범을 보게 한 후 너무 멀고 아녀자가 혼자 다닐 곳이 못 된다 하여 의논 끝에 웃모태 언니 집에서 만나도록 해 주신 것도 다 그런 탓이었을 것이다. 며느리더러 만사 제쳐놓고 친정으로 남편을 보러 가라고 하신 것을 보면 정말 얼마나 손주가 보고 싶어서일까? 며느리는 자신이 죄인처럼 몸 둘 바가 없다. 최씨 부인은 시부모님이 자기 때문에 조상님들 앞에 얼굴을 내밀 수도 없을 것이라 생각이 들어 어찌할 바를 모르고 있었다.

 "우째 내게넌 아이가 생기지 않넌 것일까? 남편의 정기도 그 정도머 강한 것인데 참으로 이상하다. 아니야, 기필코 아기럴 가질 것이야. 내 정성이 부족한 것이야."

 최씨 부인은 아기를 가지는데 정성을 다하기로 마음 다짐을 한다. 최씨 부인은 시어머니가 직접 만들어 준 찰떡과 밤새도록 달인 보약이라며 남편이 오거든 보는 자리에서 먹이고 확인하라고 신신당부한 달인 약병을 석작 속에 넣어 머리에 이고 시아버지를 따라 언니네 집으로 간다.

 시아버지는 아들이 오자마자 몇 마디 말을 주고받더니 바로 집으로 가신다고 서두르신다.

 "사장 어르신, 우리가 사장 어르신을 위해 방을 하나 들였니더. 그러니 편히 쉬시고 아드님과 이야기 실컷 나누시고

난 후 주무시고 가시이소. 그라고 지금 저녁도 잡수시고 그
래야지요. 지난번에는 방이 없어 어쩔 수 없었다지만 지금은
방도 있고 하니 그래 하시이소.”

언니가 아버님이 가시는 거를 만류시킨다.

“아버님 그리하시이소. 아버님 때문에 방을 하나 들였다 앤
캅니꺼?”

아버님은 내가 한 말에 그만 그렇게 하겠다고 하시민서 아
버지 방으로 우리들을 데리고 들어가신다.

“요즘 지내기넌 좀 어떠냐?”

“그만그만 헙니더. 우리 선상임얼 찾았지요. 선상임이 우리
가 사넌 마을 위쪽에 기시더라구요. 그걸 모리고 있었다 아
잉교.”

김양언이 대답한다. 이때 아버지가 며느리에게 눈짓으로
신호를 보내 약물을 가져오도록 한다. 며느리가 약병을 내밀
자,

“내 앞에서 쭉 마시도록 해라. 니 어매가 정성 들여 달인
약물이다. 그리 알고 한 방울도 남김없이 다 마셔라.”

아버지가 재촉하신다.

“예.”

김양원이 아버지 앞에서 약물을 참 맛있다는 듯 단숨에 들
이킨다. 김양원은 아버지와 어머니의 속을 아는 터라 오히려
죄송하고 민망스러울 뿐이었다.

“아부지, 염려 마시이소. 곧 떡두꺼비 겉언 손자럴 낳아 드

릴 깁니더."

　김양원이 아버지에게 장담 어린 말을 하자 아버지는 속으로 니가 얼마나 내보기가 민망스러우면 말을 그렇게 하겠느냐 싶어 아무 말 없이 그냥 웃기만 하신다. 사실 처음에는 며느리에게 문제가 있나 싶었으나 며느리의 몸매나 건강 상태가 매우 좋아 조금이라도 의심할 구석이 보이지 않았다. 그래서 혹여 아들에게 이상이 있나 싶어 약방에 가서 약을 지어와 달인 것이다. 그 약 먹는 모습을 직접 확인하고 싶어서 약물을 아비 앞에서 먹게 한 것이다. 아버지는 대를 이을 손주 녀석이 매우 기다려졌다.

　조금 지나니 사돈 내외가 저녁상을 들고 방으로 들어온다.

　"사돈 우리 아들 내외 때문에 지까지 매번 신세럴 지게 되어 정말 무어라 말심얼 드릴 수가 없더."

　아버지가 며느리 언니와 그의 남편을 향해 말을 한다.

　"아이고 어르신 전혀 그런 말심 하지 마시이소. 절대로 그런 생각 앤 헙니더. 오히려 지덜이 그런 말심 들으며 아주 서운헙니더."

　아들 손위 동서가 말을 받는다.

　저녁을 먹으면서 김양원이 윗동서에게,

　"성임, 이제 이곳에서도 포덕을 할 수 있으며 해볼까 헙니더."

　"괜찮겠능교? 남덜이 주시하머 우짤끼는데?"

　"그래이 많은 사람보다는 아주 친한 친구나 친척덜얼 중심

으로 조용히 포덕얼 할까 헙니더. 그러니 성임 친척 중에서
가깝게 사는 분들과 성임 친구 중에서 믿얼 만한 사람얼 소
개해 주시이소.”

“도도 좋지만 권력얼 쥔 놈덜 하넌 행세럴 보머 먹었던 밥
이 게워 나오려고 해. 그래도 혹여 그러다가 잽히머 물고럴
당할 거이니 나넌 그거이 무서버서 그래넌기라. 우리 생이
얼마나 길다고 아랭이 고랭이 허고 살 것능가? 그저 눈 감고
입 닫고, 귀 닫아버리고 조금 손해 보민서 이녁 공구들과 오
순도순 살다가 가는 기 우리덜 팔자 아잉감? 나넌 누가 머래
도 그저 그래 살고 싶네. 어찌 대껀 나넌 자네에게 그런 짐을
얹어주고 싶질 않네. 더구나 사장 어르신얼 생각해서도 그렇
고, 자네 부인얼 봐서도 그렇네. 그러니 좀 매정시럽겠지만
그 일만언 몬 도와주겠네. 이기 다 자네럴 위하는 거이네. 그
리 알게.”

손윗동서가 냉정하게 말한다.

듣고 보니 다 옳은 말씀이다. 하나도 틀린 말이 없다. 아버
지는 벌써 사돈의 이 말을 듣고 기뻐서 얼굴에 웃음꽃을 활
짝 피우신다. 부인도 좋은지 빙그레 웃는다. 이걸 본 김양언
도 웃음이 절로 나온다.

“알았니더, 성임. 아버지도 마누라도 성임 말심얼 듣고 좋
으시다고 웃고 앤 기싱교? 지도 웃음이 나고요.”

“절대로 서운허게 듣지는 마이소. 다 자네를 위함이니.”

손윗동서가 다시 힘주어 말한다.

“근데 자네넌 은제꺼정 그라고 그기에 있을 끼인고?”

손윗동서가 묻는다.

“당분간은 이대로 있을 낍니더.”

김양언이 대답한다.

“내 생각에는 아무리 생각해도 자네가 그 사람들 앞에서 직접적으로 도인활동을 하지 않았기 때민에 머 뺄일 있겠나 시푼데 자네가 괜히 지레 겁을 먹고 오히려 티 나게 이러고 있는 거 아이가 싶네.”

손윗동서가 말한다.

“지난번 병방하고 좀 입씨름얼 했넌데 병방의 눈초리가 매서워서 꼭 그놈이 내게 해꼬지럴 할 것 같아 이러고 있니더. 요즘 시상에 어디 확실한 죄럴 져야만 처벌받나요? 지덜 맴이제. 그라고 한번 마을 사람덜얼 집에 모셔놓고 심고를 드리고 도에 대해 설명얼 한 적이 있는데 병방이 하수 두 명과 함께 집에 와서 이를 들어뿌렀다 아잉교? 그날은 밤이어서 그대로 돌아갔는데 아무래도 마음이 앤 놓여 아부지와 의논하여 그길로 도망 나왔니더.”

김양언이 대답한다.

“그러머 은제까지고 이렇게 살 수 없고 허니 차라리 다른 곳으로 터전을 바꾸어 버리머 우짜겠능교?”

김양언의 처형이 묻는다.

“이사를 하라고요?”

김양언 부인이 놀래 큰소리로 묻는다.

"어, 차라리 그게 나을 거 같기도 허고 부모님 묘만 기시니까 묘도 이사 간 곳으로 이장허머 좋을끼고."

손윗동서가 어렵게 말을 꺼낸다.

"조상님 이장 문제넌 쫌더 깊이 생각해 보고 정할 일인기라. 아즉언 그대로 살고 그런 문제넌 천천히 생각해 보기로 해야제….”

아버지가 말을 받는다.

자시가 넘었다. 방으로 돌아오기 전까지만 해도 밖은 선선한 바람이 불어오고 있었을 뿐이었는데 이젠 비가 오는 모양이다. 낙숫물이 초가지붕에서 떨어져 땅바닥에 닿아 퉁기는 소리가 계속 일어난다. 그러나 작달비는 아닌 모양이다. 잠비도 아닌 모양이다.

보슬비보다 좀 더 굵은 비인 모양이다. 이따금 바람이 비를 봉창 문으로 밀어 콩 볶는 소리가 나기도 한다. 김양언은 부인과 오랜만에 같이 누워 있다.

"참말로 당신에게 못 할 짓얼 하고 있니더. 상황 뵈가민서 우리가 함께 사넌 방법얼 찾아갈렵니더.”

김양언이 부인에게 귓속말로 다짐을 놓는다.

"당신이 그렇게 보란 듯이 도인 행세럴 하지 않았으이 큰 문제넌 없얼 것 같언데 당신이 그곳으로 간 것얼 지넌 이해럴 못 하겠니더.”

최씨 부인이 속엣말을 한다.

"내도 그랬니더. 그래도 병방이 아주 무지막지한 사람이라 무슨 트집이라도 잡얼 거 있으머 돈 뜯얼라꼬 잡아다 덮어 놓고 두들기넌 놈이어서 그런 것이니 시간이 조금 지나머 돈 맻 푼 집어주고 정상적인 삶얼 이어갈 생각이오. 지금언 그 사람 성질로 바서 좀 어려블끼라요. 돈도 많이 들고요.”

“어따 지발 그랬으머 을매나 좋겠능교?”

부인이 반긴다.

“그래도 그눔덜언 한번 약점얼 보이머 그걸 잡고 늘어지고 계속해서 사람을 못살게 구는 것이어서 그게 나넌 실브요. 어떻든 이대로 쫌 시간을 끌어봅시더.”

물이 오른 부인은 벌써 몸이 뜨겁다. 우선 남편의 몸이 그립다. 부인이 남편의 품으로 들어온다. 부인의 몸에서 여인의 몸 냄새가 코를 향긋하게 한다. 이 향긋한 냄새는 김양언을 고향의 양지바른 집 뜰인양 마음의 평화가 내려앉게 한다. 자신도 부인이 그리웠던 게 사실이어서 부부의 정은 깊숙이 빠져들어 가고 있었다.

“우리 이 집에서 한 달간 있기로 해요.”

부인이 말한다.

“집안일이 바쁠 텐데….”

“한 달 후엔 가실을 하지만 지금은 쫌 더 덜해서….”

“당신이 원하머 그러도록 하시오. 아침이 되머 아버지께 말심 드립시더.”

“당신 곁에 항상 있기도 싶지만, 몸엣것이 들쭉날쭉해서… 그러니까 몸엣것이 나오넌 기간만 빼고 당신의 정자럴 받으머 혹여 아이럴 가질 수 있을까 해서요.”

“그도 그럴듯한 말이오.”

“지가 아버님께 말심 드리기가 쪼매 그러니 당신이 말심얼 드리도록 하시이소.”

“그래 하리다. 그러나 이 담에 올 때 그래합시더.”

김양언이 부인의 말을 듣고 죄지은 사람인양 가슴이 멎어 온다. 사랑스런 부인에게 그저 미안할 따름이다.

그들은 한바탕 땀이 나도록 몸을 섞고 난 후였지만 금세 또 그 생각이 들어 서로의 몸을 더듬기 시작했다.

닷새 후 아버지가 다시 오셨다. 부인을 데리고 가시기 위해 서였다.

“이건 생활비다.”

아버지가 지전봉투를 내밀었다. 쌀을 주자니 먼 길에 한두 말도 아니어서 가지고 오는 자신이나 아들이 짊어지고 가기 에는 너무 벅찰 것이어서 돈으로 적당히 쳐서 주신 것이다.

이때 김양언은 다음 달엔 한 달간 부인과 함께 있고 싶다고 말씀을 드렸다. 아버지께선 같이 있을 수만 있다면 얼마든지 그러라고 하셨다. 가을 추수는 아버지가 알아서 할 것이라 하시면서 그건 걱정 마라고 하신다. 아버지는 며느리를 데리 고 집으로 떠났다.

김양언은 최경상 선생과 약속했던 영해의 박영관을 만나기 위해 형제봉 아래 병풍바위가 있는 곳을 향해 출발했다. 병풍바위 아랫마을은 조용하기만 하다. 사람들이 들락날락하고 여기저기서 웃음꽃을 피우던 그 시절의 모습은 찾아볼 수 없었다. 고원지대의 이 마을엔 햇빛은 예전처럼 포근하게 내려앉는데 어쩐지 따뜻한 맛이 사라졌다. 마을 사람들의 눈빛도 많이 달라진 모습이다. 김양언은 마을 들녘에 나와 있는 마을 사람들에게 말을 걸지 않았다. 박영관의 집을 안 때문이기도 했지만 괜히 말을 걸어 돌아올 싸늘한 말 대접을 받기 싫어서였다. 그저 묵묵히 박영관의 집으로 향했다.

박영관의 집 마당엔 여전히 그 널찍한 평상이 자신을 반기고 있었다. 밖에서 인기척이 들려오자 부엌에 있던 박영관의 부인이 고개를 부엌문 밖으로 내밀어 김양언을 보더니 반갑게 인사를 한다.

"박 선상임 기신교?"

"예, 지가 모시고 올께요."

박영관의 부인이 아래채로 내려간다. 조금 있으니 박영관이 박영수, 박영각과 함께 위채로 올라온다.

"아이구 오랜만이네? 우리 김 선상 그간 잘 지내셨능교?"

박영관이 반말 비슷하게 말한다. 박영관은 서른아홉 살로 김양언에 비해 열세 살이나 위였다.

"아니 말 듣기에 멀리 숨어버렸다 카디이 여기까지 오시고."

"예, 그간 무탈하셨능교?"

"머 무탈하고말고가 있겠능교. 아버님이 저렇게 누워 계시넌데 지눔덜이 머 더 우리럴 괴롭힐 게 있어야지… 그나저나 가족얼 떠나기시니 얼마나 괴로우싱교?"

"괘안니더. 우리 처형댁에서 한 달에 닷새간은 만나고 있니더."

"그래도 말이 그렇지 오고 가고 하맨서 얼매나 고상이 많겠능교?"

"그놈의 병방하고 싸운 탓에 그놈이 나를 동도 도인으로 몰아 죽이려고 하고 있어 어쩔 수 없이 이리 도피해 있지요."

"부모님도 부인도 모두 무탈하시고?"

"예, 염려지덕으로 무탈하십니더. 그리고 지가 오늘 여기 온 거넌 우리 최경상 선상임이 우리와 함께 일월산에 기십니더. 이 말심얼 전해드리려고 특별히 왔니더. 최 선상임께서 꼭 찾아뵙고 소식얼 드리라고 해서 오늘 찾아왔니더."

"아 언제부터 거기에 기셨능교?"

박영관이 묻는다.

"지덜언 좀 먼저 일월산으로 들어왔구 지덜이 최 선상임얼 만난 거넌 매칠 앤 댄다 아잉교. 그라고 최 선상임언 수운 대신사임의 가족덜얼 모두 모시고 있니더."

"아 그래요? 모두 살아기셨으이 얼매나 다행인교. 내 곧 선상임얼 뵈러 일월산에 간다 전해주이소. 선상임이 기신 곳이 일월산 어딩교?"

"용화동이라 헙니더. 용화동도 좀 높은 곳으로 언뜻 보기엔 집들이 안 보이넌 산골짜기에 오두막얼 짓고 지내고 기심니더. 좌우간 용화동에 오시머 골짜기가 있넌 곳으로 오시이소. 그라머 모두 박 선상임얼 알고 있으니까 곧 알아볼끼라요. 우리 최 선상임의 집언 거기에서 더 올라간 곳에 있니더. 그리고 우리 외엔 다른 사람에게 최 선상임얼 물어보지 마시이소. 그러니께 그곳에서 먼저 우리럴 만나 함께 최 선상임 집으로 가입시더.”

“알았구마. 돌아가거덜랑 내 금명간 내 동생덜허고 함께 찾아뵙넌다고 전해주시게.”

“예, 그리하겠니더.”

“지금 이곳의 우리 도인들의 행태넌 우짠교?”

“모두 다 잘 있고 행동에 조심하고 있네, 도인덜이 우리 도럴 떠날 줄로 알았넌데 오히려 더욱 적극적이란 말심이네. 비밀얼 철저히 지키고 밖으로 조금도 도인 티럴 나타내 보이지 않고 있네. 그래서 전에넌 우리 집에 모여서 심고도 드리고 강도도 했넌데 이제넌 일체 앤코 모두 자기 집에서 주문과 심고럴 부지런히 드리라 하고 있네.”

“잘하십니더. 그 뒤로 다른 마을에서 사람덜이 찾아오지는 않았능교?”

“더러 오기넌 하넌데 이곳 사정얼 말하고 돌려보내고 있네. 그들언 모양새로 보아 몰락 양반이 분명해 보이고, 학문이 어느 정도 든 사람처럼 보였네.”

“그라머 지가 영해 땅 어드메에 장소럴 정해 두고 만나넌 시간과 장소럴 알려드릴 테니 그때 그곳으로 보내 주이소.”

“그리하겠네. 나와 우리 형제에겐 주시할 것으로 생각되어
활발한 활동얼 하지 못하고 있음얼 이해해 주게.”

“그럼요, 그리하고 말고지요.”

김양언은 박영관과의 이야기를 끝내고, 최경상 선생 소식
을 전해준 다음 바로 일월산으로 향했다.

51.

김양언이 일월산 용화동에 돌아온 뒤 영해 병풍바위 밑에
사는 박영관의 소식을 들은 최경상은 적이 마음을 놓았다.
도인들의 결속된 모습까지 들으니 더욱 힘이 솟았다. 그동안
자신이 한 번도 가보지 못했는데도 도인들은 처음처럼 일관
하고 있음을 듣고 눈물이 날 뻔했다.

최경상은 그날 밤 용화동 도인들이 모인 자리에서 이 이야
기를 전해주고, 박황언에게 금명간 울진 매일리의 남두병과
평해의 전영규, 전인철, 황억대, 전정환, 김귀철, 전제옥 등
을 만나보고 근황을 알아 오라고 지시했다. 그리고 전성문에
게 영덕의 강수를 만나 자신이 지금 일월산에 있음을 알리고
일차 다녀가도록 전해주고, 경주의 아는 도인들에게도 가보
라고 일렀다.

금년 수은 대신사님의 탄신일은 어떤 일이 있어도 도인들
과 함께 봉행해야 한다고 맘먹었다. 이렇게 도인들이 처음

과 같은 마음으로 도를 받들고 있음이 확인되고 있어서 한 번 더 경주와 영덕, 영해, 평해, 매일리, 흥해, 금등골, 양양 상주 등의 도인들의 지금 도심을 파악한 후 수운 대신사님의 탄신일을 봉행함으로써 이때 모인 도인들의 열성의 정도를 보고 도(道) 활동을 재개할 생각이었다.

이때 상주의 김덕원도 처남 집에서 부인과 만나기로 약속한 날짜가 가까이 오고 있었고, 양양의 정치겸도 부인과 연락을 취하기 위해 집에 한번 다녀갈 생각이었다. 이들은 모두 최경상에게 다녀오겠다는 말을 했다. 최경상이 반가운 말을 들었다는 듯 얼굴에 홍조를 띠며 허락했다.

박황언은 우선 부인과 만나기로 약속한 날짜에 맞추어 용화동을 출발했다. 흥해는 자신이 자란 곳이고 아는 사람이 많아 자기가 얼굴을 내밀 곳이 못 되었다. 그래서 생각 끝에 일월산에서 흥해에 가까운 곳이 흥해 북쪽이었고, 또한 자신을 알아보는 사람도 없는 월포의 처남댁으로 만나는 장소를 정했다. 부인이 아침에 집을 나서면 좀 멀기는 해도 두 시진이면 당도할 거리였기 때문에 다른 사람을 붙여 가게 하지 않아도 된 점이 마음에 들었다. 동생이나 아버지가 부인을 데려다주는 수고를 하지 않아도 되었기 때문이었다.

성격이 차분한 박황언은 말수가 적은 사람이었다. 자기 속을 좀처럼 드러내 보이지 않는 박황언은 매사를 깔끔하게 처리하는 사람이었다. 박황언도 몰락 양반이었다. 서당도 나오고, 곡강서원을 다녔었다. 그러나 유생들이 현 시국에 동조하는 편이어서 이들과 함께 학문을 한다는 것이 마음에 들지 않았다. 그는 서원을 그만두고 소일하다가 동학에 입도하게 되었다.

처남도 몰락 양반이었다. 경주 최씨 집안으로 증조부 때부터 자리 잡은 월포에서 농사를 짓고 고기잡이배가 한 척이 있어서 사육제로 어부와 나눠 먹기 어업도 병행하고 있었다. 어부들이 육(六)을 가져가고 처남이 시(四)를 가져옴으로 어부들이 말썽을 부리지 않고 배도 소중히 다루면서 일을 착실히 잘하고 있었다.

박황언의 부인 최씨는 사리가 분명한 사람이었다. 맺고 끊는 것이 명확하고, 시집온 후 얼마 안 있어 시어머니로부터 곡간 열쇠를 넘겨받을 정도로 살림 잘하고 있었다. 이웃 간에도 인심을 얻을 정도로 베풀며 살아왔다. 그녀에겐 여섯 살 난 아들이 하나 있었다. 시아버지는 아들 하나만 더 낳았으면 원도 없겠다고 늘 입버릇처럼 외고 계신 터였다. 최씨 부인도 아들을 하나 더 낳고 싶었다. 이제 스물일곱이었다. 날마다 살을 맞대고 잠을 잤으면 하고 바란 지 몇 개월이 지났다. 그러나 남편이 살아있고 매달 만나고 있어 그나마 다행이라고 생각하고 있었다.

가을이어선지 막새바람이 불어오고 있었다. 한여름 늘어진 몸에 탄력이 붙게 불어오는 고마운 바람이다. 이럴 때는 혼인 초기 남편과 함께 월포 해변을 같이 걷던 옛날이 생각난다. 이미 해도 떨어지고, 저녁놀도 사라져 하늘과 땅은 잿빛으로 변해가고 있었다. 조금 있으면 서쪽 하늘에 개밥바라기가 뜰 것이다. 그러면 남편이 살금살금 집으로 돌아올 것이다. 남편이 온다는 생각에 최씨 부인은 마음마저 풍요로워졌다. 최씨 부인은 저녁을 먹지 않고 남편을 기다렸다. 조금 있으면 남편이 올 것이고 그러면 남편과 함께 저녁을 드는 게 당연한 예의였기도 하였지만 그보다 더 남편과 함께 저녁을 먹는다는 것이 큰 즐거움이었기 때문이었다.

최씨 부인이 방 안에 앉아 문밖에서 짚신 끄는 소리만을 기다려 숨죽인 채 귀 기울이고 있는데 한참 후에 드디어 남편의 목소리가 들렸다. 남편은 남동생의 방 앞에서,

"처남, 나왔구마."

소리가 나자마자 최씨 부인이 부리나케 방문을 열고 밖으로 나간다. 동생도 올케도 방문을 나온다.

"아이고 성임, 오신교?"

"어이, 그간 무탈하였능가?"

"그럼은 예. 성임께서도 무탈하셨능교?"

"어이 보다시피 이렇게 무탈하였네."

"여보!"

최씨 부인이 소리치며 달려간다. 박황언이 부인의 소리가 난 쪽으로 고개를 돌리자 최씨 부인은 벌써 남편의 가슴에 와 고개를 묻는다. 올케가 조금 민망스러워 웃으며 고개를 돌리자 그 모습을 바라본 동생이 비긋이 웃는다.

"성임, 안으로 듭시더."

처남이 방으로 안내한다.

"그러세."

그들은 모두 처남의 방으로 들어선다.

"지가 물을 데워 놓았는데 우선 몸부터 씻고 오시지요."

처남댁이 낮은 소리로 말한다.

"아이고, 물까지 데워 두셨능교? 그라머 내 씻고 들어오것구마."

남편이 밖으로 나간다. 최씨 부인이 수건을 들고 남편을 따른다.

"이번에는 며칠이나 쉬어 가려능교?"

자기들 방으로 돌아온 최씨 부인이 남편을 바라보며 묻는다. 최씨 부인의 얼굴은 촛불에 비춰 보름달처럼 환하게 밝다.

"이번에는 좀 오래 머무럴 것이오. 우선 당신과 한 닷새넌 지내야겠고, 그 후로 울진과 평해럴 다녀올 일이 있소."

"그쪽엔 와 가능교?"

"우리 도인들얼 만나러 가야겠소."

"밸일 없을랑교?"

"무슨 밸 일이 있겠능교? 벌써 삼 년이 지났고 그 새에 무슨 일도 저지르지 않아서 이젠 관아에선 잊혀진 일로 생각하고 있얼끼라요."

"또 도인들을 모으능교?"

"수운 대신사임언 환원하셨지만 도는 이어갈끼라요. 도통을 최경상 선상임이 이어받았으이 최경상 선상임이 도럴 이끌 것이라요."

"지발 무탈하게 이루어졌으며 좋겠구만요."

최씨 부인이 걱정스러운 얼굴빛으로 말한다.

"걱정 마오. 아무 일도 없을끼라요."

박황언이 부인의 마음을 다독이듯 말한다.

"그건 그렇고 아부지와 어무이넌 무탈하신지요?"

"예, 무탈하십니더. 어무이가 당신얼 보고싶어 하니더."

"그러시겠지."

박황언이 한숨을 내쉰다.

"나넌 당신 없으머 못 사넌기라요. 한 시상 태어나서 남편 없넌 시상언 꿈에도 생각 안 했으이 당신도 생각해 보시이소."

"알겠소. 나도 마찬가지요."

"나넌 사실 당신과 함께 살고 싶어 전답을 팔아 다른 지방으로 이사하고 그곳에 전답을 마련하여 함께 살까 하고 생각도 해보았소."

"당신은 그렇다면 어디쯤으로 이사하고 시푼교?"

"아즉 그기까지넌 생각얼 앤 해봤소."

"그리해도 땅얼 사고 양안에 올리고 관아에 성씨까지 올리머 우리의 근본얼 다 알려야 하기 때민에 오히려 더 불안하지요. 그냥 모른 척하고 살기넌 전답이 있어 어렵지요. 그것도 마을과 그 관아의 상황을 바 감시로 생각해 봅시더."

“그라머 당신이 울진 매일리와 평해럴 다녀와서 나럴 보고 가시이소. 내 맴이 안 놓여 무탈한 당신 모습얼 보고서야 집으로 가겠니더.”

“그래 헙시더.”

밤이 깊었다. 그러나 부부는 밤새도록 할 이야기가 있는 듯했다. 서로 간 피곤하기도 하고 잠이 올 듯도 하는데 잠은커녕 생생하기만 하다.

“운우지정이라 하더니 천지신명께선 남자와 여자를 만들어 서로 짝을 지어 살도록 하신 거 보머 참으로 신기해요. 이기 음양의 조화가 아니겠능교? 이렇게 야릇하고 즐거움이 또 어디에 있으리오.”

“당신도 원.”

박황언이 말을 받는다. 말은 그렇게 하지만 자기도 그렇다는 말투다.

“오늘 밤새도록 그간 밀려두었던 당신 정액얼 모두 다 털어내게 넣어 주시구려. 아버님께서도 어머님께서도 바라넌 바이고, 내 역시 꼭 바라넌 바인데 두 번째 아들얼 낳고 싶소. 그래서 가문이 번성하여야 하지 않겠소?”

“그건 나도 마찬가지요. 그리합시다.”

부인이 남편의 가슴으로 파고든다. 숨을 몰아쉬며 남편을 가만두지 않을 기세다. 박황언은 부인에게 미안한 생각이 든다. 지금 막 물오른 나이의 부인에게 서로 떨어져 있어 못 할 짓을 하고 있다는 생각이 들었다. 그날 밤 박황언은 부인이 하자는 대로 운우지정을 나누었다.

　달콤한 닷새가 지났다. 박황언은 부인에게 돌아와 부인을 보고 가겠다고 다짐하고 집을 나섰다. 월포에서의 닷새 동안 부인에게 쏟은 정력은 모두 소진되어 힘이 축 느려진 모습이었다. 눈까풀이 잠기려고 어른거리고 잠이 스르르 오는 것 같았다. 그래도 박황언은 집을 나섰다. 가다가 잠이 오면 어느 봉놋방에 가서 잠을 자리라 맘먹었다. 부인과 처남댁에게 이런 모습을 보이고 싶지 않았다. 우선 매일리로 향했다. 평해로 가서 여러 사람과 만나 이야기를 나누고 오는 길에 들를까 생각도 해보았지만 어쩐지 발길이 그리로 향했다.

　남두병이 집에 있었다. 남두병은 박황언을 보자마자 반가워 어쩔 줄 몰랐다. 마치 형제간에 누가 멀리 갔다가 돌아온 것처럼 반겼다. 박황언은 최경상을 따라 몇 번 남두병을 찾은 적이 있었다. 만날 때마다 그의 언변과 깊은 지식에 감탄하곤 하였다. 자신도 서원을 다녔으나 남두병의 학문엔 근접할 수 없었다.

“지금 선상임과 함께 있는가?”

남두병이 직감으로 묻고 있었다.

“예, 함께 있니더.”

박황언이 대답했다.

“내 자네를 보니 바로 선상임과 함께 있으리란 생각이 번쩍 들더라고.”

남두병이 웃으면서 말한다. 남두병이 말을 이어,

"그래, 선상임언 지금 어디에 기신교?"

"일월산에 기십니더. 선상께서 지더러 한 번 내려가 남선상임께 안부 전하라 카셨니더. 그리고 평해로 가서 여러 분에게 안부럴 전할 참입니더."

"오 살아기셨구나. 선상임 몸언 어떠신고?"

"예, 강건하십니더. 그리고 수운 대신사임의 사모님과 그의 권속덜이 모두 최 선상임에게 오셔서 함께 지내고 있니더."

"오, 그렇구나. 참 잘하셨네. 내 금명간 선상임에게 다녀와야겠네. 이 얼마나 기쁜 일인가? 이제 마음 한구석얼 푹 놓아도 되겠군."

남두병이 말한다.

"남 선상께서도 무탈하셨는지요?"

"보시다시피 이렇게 무탈하지. 머 내가 무슨 일얼 저질렀어야 무탈이고 뭐고가 있지 앤 그런가?"

"그러지요."

"선상임께선 이분 수운 대신사임의 탄신일얼 도인들과 함께 지내고 싶으신 모양입니더."

"그렇지. 그게 다시 도를 일으키겠다넌 다짐이 아니겠넌교? 내 필히 선상임얼 찾아뵈리다."

이튿날 아침 박황언은 평해로 떠났다. 낮곁은 날씨가 우중충하니 비라도 한 바가지 내리쏟을 것 같더니 이내 개어서 다시 선선한 바람이 불어오고 있었다. 먼 길이어서 하늘에 샛별이 유난히 빛나는 밤에 박황언은 월야동에 사는 전영규의 집에 도착했다. 전인철에게 가고 싶었으나 전인철은 현직 군장교였기 때문에 바로 만나기는 어려웠고, 또 그에게 해를 끼치지 않기 위해서도 그를 일부러 피했다.

"어르신 기신교?"

전영규 집에 도착한 박황언은 대청마루 앞까지 다가가서 조용히 전영규를 불렀다. 어디서 듣지 못한 목소리가 들리기에 좀 긴장한 모습으로 방문을 연 전영규가 대청마루 앞 섬돌 밑에 선 박황언을 찬찬히 바라보다가 기억하고서 반가운 낯을 내보인다.

"어서 오시게. 참 오랜만이네. 그간 가내 무탈하시고?"

"예, 어르신께서도 무탈하셨능교?"

"내사 보넌 대로 이래 강건하지."

전영규가 나이답지 않게 활짝 웃는다. 전영규는 마흔아홉이었다.

"그래 이 밤에 웬일인교? 자 방으로 드세나."

전영규의 안방에 들어선 박황언은 전영규에게 큰절을 올린 후에 정좌하고서,

"지금 최경상 선상임의 심부름을 왔니더."

"아니 최경상 선상임이 지금 어디에 기신교? 아 살아기셨구나. 몸은 무탈하신가?"

"예, 지덜두 요 지난 며칠 전에 우연히 만났니더."

"지금 어디에 기시는데?"

전영규가 재촉한다.

"지금 저희들과 함께 일월산 용화동에 기십니더. 그뿐만 아니라 대신사임 사모님과 아들딸 등 그 가족도 함께 기십니더."

"아 그래요? 잘되었네. 여기 도인덜언 모두 선상임과 사모님 가족의 소식을 몰라 아주 궁금해했는데 이제야 속 시원하게 알게 되었군. 아차, 저녁얼 먹어야지 여보 저녁상얼 차리시오."

전영규가 부인에게 부탁한다.

"아니라요, 지가 너무 늦었고 배도 고프고 해서 주막에서 국밥을 한 그릇 말아먹고 왔니더. 걱정 마시이소."

"아 그런교?"

"이곳 도인덜언 모두 무탈하신교?"

"그렇지 모두 무탈하지. 뭐 누가 도인인지나 알간? 내 일차 여기 도인덜얼 데리고 용화동이라 했지? 그리로 선상임과 대신사임 가족덜얼 뵈러 가겠네."

"최 선상임께선 돌아오넌 시월 달에 수운 대신사임 탄신일얼 도인덜과 함께 지내시고 싶어 하십니더."

"그래 하셔야지. 도통얼 이어받았으니 당연히 그래 하셔야지. 알겠네. 이 평해 도인덜언 내가 모두 연락얼 취해서 내가 직접 데리고 용화동으로 찾아가겠네. 그리 알게나."

"일월산에 오실 때넌 최선상임 이름을 묻지 마시고 마을이 나오면 무조건 그곳을 피해 위로 올라가셔야 헙니더. 그곳은 아랫대치, 윗대치 마을이 있는데 최 선상임언 윗대치입니더. 대밭 옆에 조그마한 집이 있고 지붕이 너와 지붕입니더. 그곳에서 최 선상임 집만 유일하게 너와 지붕입니더. 그곳으로 찾아오시기 바랍니더.”

“알겠네.”

“지넌 지가 도인덜얼 모두 찾아뵈려고 했넌데 오히려 그리 하시는 게 더 나을 것 같네요. 어르신께서 모다 연락얼 취해 주시넌 것이….”

“아 그렇지. 그러니 또 다른 곳에 가볼 일 있으머 그곳으로 가시게나. 자네 집이 흥해라 했지?”

“예, 흥해니더. 그러나 그곳은 지금 갈 수가 없니더. 워낙 지가 관아에 티 나게 활동을 하고 최경상 선상임얼 붙어 다녀서 관헌들이 나럴 잡아 최경상 선상임의 거처럴 알아내려고 혈안이 되어 있지요.”

“그러겠네. 젊은 사람이 앤 댔네. 가족과넌 연락얼 취하고 기시는가? 자제분이 몇 살이야?”

“여섯 살입니더. 그래도 처남댁이 월포여서 한 달에 닷새 정도넌 처와 만나고 있니더.”

“오, 다행이군. 그래야지. 자네 부인이 참 어렵겠네. 부인에게 잘해드리게.”

“예, 그래하려고 허고 있니더.”

이튿날 박황언은 부인이 있는 월포로 향했다. 뜻하지 않게 전영규 어르신 덕분에 이틀은 족히 번 셈이었다. 박황언은 처남 집에서 부인과 이삼일은 더 묵고 일월산으로 떠날 생각을 하였다.

　박황언이 용화동으로 돌아온 후 팔월 하순 무렵 전성문이 영덕의 강수를 만나러 용화동을 떠났다. 진즉 찾아가야 했으나 차일피일하다가 이제야 가게 된 것이다. 그는 부인에게도 아직 가지 않았다. 그는 아무리 급한 일이 있어도 조급히 서두르지 않는다. 그래도 부인에게는 연락을 취해야 했는데 그것도 오늘내일하다가 지금까지 미루고 있었다. 벌써 삼 개월이 다 되어간다. 그것도 최 선생님이 다녀오라고 해서 고향에 가는 것이다. 정말 성격이 무던한 사람이었다.
　그가 이처럼 무던한 사람이 되어 있는 것은 마지막 집을 떠나온 날 부인이 자기에게 하던 욕설 때문이었다. 그가 동학도로 관아의 지목을 받게 되자 부인이 자기에게,
　"보이지도 않는 구신을 한울님이라 하고, 보이지도 않는 한울님이 사람 몸속에 있다고 하민서 기도를 하라고 하드만 관에서 잡아다 죽이는 이런 도가 무슨 도란 말이어, 그런 도 소리 함시로 살라믄 차라리 내 눈에 안 빈디로 가서 천년만년 혼자 살어! 꼴도 보기 싫응께!"
　하고 내뱉은 말이 아직 가슴에서 생생히 살아 움직이고 있기 때문이었다. 그의 부인은 전라도 구례 사람이었다. 부인과 살댄 지도 오래되었기 때문에 부인이 그리울 것 같았지만 그래도 그는 아무 말 없이 집에 무관심을 보이고 있었다. 다

섯 살 난 딸이 있었으나 집에 갈 생각을 하지 않았다. 전성문도 그의 부인도 모두 평민이었다. 전답이 조금 있어서 먹고 살 만하였다.

그러나 강수에게 가는 것은 달랐다. 무엇인가 도를 되살리는 데 큰 힘이 될 것이기 때문이었다. 강수는 같은 도인이라도 좀 달랐다. 학문도 깊고 모든 일을 사려 깊게 생각하고 도에 대해 적극적이며, 사람들과 친화력이 강하여 도인들에게 존경받고 있었다. 전성문도 몇 마을 건너면 강수의 마을이 있어서 강수의 가족에 대해 잘 알고 있었다.

오십천 아래 고드내가 상직리 삿갓봉에서 발원하여 동남쪽에서 곧게 흘러 원직리에서 오십천으로 들어가는데 강수의 집은 이곳 상직천 양지마을에 있다. 양지마을은 남쪽에 음지마을을 맞바라보고 있다. 전성문(全聖文)은 아릿거무에 살고 있었다. 상직천으로 가려면 자기 집을 거쳐 가는데 전성문은 자기 집을 지나치며 상직천으로 향했다.

강수는 집 앞마당에서 동생 강문과 함께 멍석을 짜느라 정신을 한곳에 모으고 있어서 전성문이 인사를 여쭙는데도 모르고 있었다.

“성임!”

전성문이 큰소리로 강수를 불렀다.

큰소리에 귀가 번쩍 뜨여 소리 나는 쪽을 바라보니 뜻밖에 전성문이었다.

“아니 자네가 여기 웬일인고. 집에 없다민서 지금 오디에 기신가?”

강수가 일손을 놓고 손을 털면서 전성문을 대청마루로 안내한다.

“아니 그거까지 알고 기셨능교?”

“아다마다지. 자네 부인이 울상을 짓고 산다 앤카나. 집에는 댕게오능교?”

“아니라요. 우선 성임에게 말씀드리고 천천히 집으로 갈까라요.”

“그래 어디에서 우애 지냈노?”

“좀 고상했지요. 지금은 쪼매 더 낫니더. 근디 지가 여기 온 것은 최경상 선상임께서 지게 심부름얼 시켜서 지가 강 선상임에게 온깁니더.”

“아니 최 선상임과 함께 기신다구?”

“예, 그라고 대신사임 가족들도 모두 최 선상임이 모시고 기신다 아잉교”

“오, 그랬나? 야, 참 반가운 소식이구나. 지금 최 선상임이 오디 기신가?”

“일월산 용화동에 기십니더. 용화동에서도 더 높은 곳으로 산골짜기가 있는 곳이라요.”

“알았네. 내 당장 찾아뵙고 실컷 이야기럴 나눠야겠네. 선상임의 몸언 강건하시넌가? 그라고 선상임 가족언 함께 기시넌가?”

“예, 사모님과 함께 기십니더.”

“아주 잘 되었네.”

“우리도 이참에 알았다 아잉교? 우덜도 열두 명이나 그곳에 숨어 살고 있니더. 그 열두 명이 선상님과 대신사임 사모님을 찾아뵈었으니 을매나 힘이 솟겠능교?”

“그래, 그래. 그러고말고. 내 영해의 박춘서캉 함께 가겠네. 이삼일 후에 준비가 되머 곧 떠나겠네.”

강수와 이 이야기 저 이야기를 주고받은 후 전성문은 집으로 향했다.

“이놈아야, 그래도 부모님이 멀쩡히 살아기시넌데 안부도 앤 전하고 사넌 눔이 천지 어디 있다드냐? 그렇게 소식도 없이 지내고 싶더냐? 니 마누라와 자식언 앤 보고 싶더냐? 거기가 어딘디 소식 전하기가 이리도 어렵다드냐?”

어머니의 원망 섞인 말씀이 쏟아졌다.

“그래 몸은 성했느냐?”

아버지가 조용히 묻는다.

“예, 몸언 강건합니더. 아버지께서도 염려럴 많이 하셨지요? 지가 불효자입니더. 용서하소서.”

“그래 강건하다니 안심이다. 이제 발 뻗고 자겠구나.”

아버지가 한숨을 내리 쉰다.

“올해 농사넌 잘 가실 하셨능교?”

“니 없으이 눔을 사서 했지 머냐. 그래도 여물이 잘 들어 곡식언 좋다.”

“아부지 지송해요.”

“그래 너넌 지금 어디에 있었더냐?”

“일월산에 있었니더.”

“일월산이라머 그기가 어디노?”

“저기 영양현에서 지일 높은 산입니더.”

“그래 아무것도 가져가지 않았넌데 무얼 먹고 살았느냐?”

“거기에는 지처럼 도망 나온 사람이 열두 명이나 댑니더. 각자 자기 집과 연락이 닿아 돈을 대주기 때문에 그걸로 곡식을 사서 연명해 왔니더.”

“그래 너넌 언제까지 거기에서 숨어 살 것인고?”

“세상이 좀 잠잠해질 때까지는 참아야지요.”

“여기서도 니가 그 도에 들어가 있긴 해도 뭐 그 도럴 움직이는 간부도 아이고, 그렇다고 열성적으로 도럴 믿는 사람도 아이고, 그저 관아의 미운 몇 눔이 니가 동학도라고 지목하여 너럴 잡으려고 하니 그것이 문제이긴 하지만 그렇다고 언제나 진짜 무슨 죄지언 사람마냥 도망만 다닐 수도 없고, 참 난감허다.”

“지두 그런기라요. 지가 여기 올라머 그눔덜에게 논얼 팔아 좀 집어줘야지 그냥은 앤댈 기이고요, 그러니 그리넌 못 하겠고, 이럽니더.”

“니 마누라는 우째허고?”

“저눔덜이 나를 잡으머 무조건 곤장얼 치맨서 이실직고럴 하라고 하맨서 없넌 죄럴 불라고 할 기고, 그리 앤 카머 더

욱 조질 거이니 지넌 맞아 죽얼 것이 뻔헌디 어데 오겠다고
엄두를 내겠능교? 그리고 돈얼 집어주머 그것이 그것으로 끝
나는 것도 아이고 고삐 맨 소처럼 두고두고 우려먹얼 거이니
그도 감당하기 어려운 일이고 해서 기회 봐서 다른 지방으로
전답얼 옮겨 살까 생각도 해보고 있니더.”

“그래 그건 조상들의 묘가 여기 있으이 차차 생각해 보기로
허고 어데 있드래도 안부넌 훤하게 전해주고 자주 만나봐야
헐 것이야. 그러니 우리 집이 아니라도 한나절 질에 아는 사
람 집을 정해 두고 그곳에서 만나머 될 거 아이겠느냐? 그러
머 그 병방하고 호방하고 그 밑에 빌붙어 있는 관헌덜얼 바
라볼 일도 없지 않느냐? 그렇게 해봐라.”

아버지가 조심히 말씀하신다.

“어디가 그런 곳이 있을능교?”

“샘을 파면 물이 나오듯이 여기저기 알아보머 꼭 그런 곳이
있을 끼이다. 그건 염려 말아라. 내가 알아보마. 그러니 니가
우선 한 달에 한 번씩언 밤에 집으로 오도록 해라. 그래서 만
날 장소가 정해지머 그곳얼 알려줄 테니 그다음부터 그곳에
서 만나자.”

아버지가 장담하며 힘 있게 말씀하신다.

“예, 알겠니더.”

옆에서 어머니가 걱정스런 눈으로 아들을 바라본다.

“어무이 염려 마이소. 잘 델끼라요.”

“오냐오냐, 니가 이렇게 살아있넌데 내가 무신 걱정얼 하

노? 걱정 마라."

어머니가 말씀하신다. 그러나 고개를 돌린 어머니의 얼굴은 무겁다.

"인자 니 방으로 가거라."

어머니의 말씀이 떨어졌다. 어머니 옆에서 말 한 자리도 못한 마누라가 남편과 함께 일어서면서 자기 방으로 들어간다.

"근다고 당신언 이녁 여편네가 죽언 지 산 지도 모르고 그렇게 태평하게 세상얼 보내고 있소?"

"은제넌 천리만리 떨어져 혼자 실컷 살아보락 했잖소?"

"워따 그 말을 지금꺼정 안 잊아뿔고 맘속에 담아 놓았소? 지독한 사람이네, 정말."

"언제나 당신언 당신이 지일이고 나 같언 사람언 사람도 아니었잖았소?"

전성문이 핀잔을 준다. 전성문은 아내의 행동에 대해 아직 속이 풀리지 않은 모양이다.

"오메, 부부끼리 말도 못 하고 살껏네. 서로 잘되자고 그렁 것이제 그런다고 요로코롬 뺑 돌아서 버리면 뭔 맛으로 산다요?"

부인 강씨가 전라도와 경상도 사투리를 섞으며 한탄한다. 그러다가,

"워메, 내가 잘못 했소야. 그냥 속 푸쇼! 워메 그런 거를 지금꺼정 담아두었다니. 그래서 지금꺼정 아무 소식도 안 줘뿌렀다니… 자식 낳고 사는 부부가 이거 무슨 병이랑가?"

“여자가 말이 많으면 집구석이 망해! 할 말 안 할 말 가려 가며 하고 되도록 말을 삼가고 살아야지 지 하고 싶은 말얼 헐 것이나 앤 헐 것이나 죄다 하고 살아서 되겠능교?”

“알았소, 연이 아부지. 그만 싸웁시더. 짧은 시상 을매나 살다 간다고 아등바등 싸울 필요가 있겠소?”

“말이나 못 하머!”

전성문이 비긋이 웃어 보인다. 강씨 부인도 따라 웃는다.

“인자 싸우지 말고 삽시다. 부부싸움 칼로 물 베기라지만 그래도 그기 쌓이고 쌓이머 가정 파탄밖에 더 있겠소? 내가 미안허요. 인자 당신 뜻 받들어 살랑께 뭐라 허지 마쑈이?”

“아이고 저 예팬네 말이나 못함사….”

언제 토라졌냐 싶게 부부는 아주 즐거운 마음으로 잠자리를 같이한다.

“우리 만나는 장소를 어디로 정할라요?”

“자네는 그 생각인가?”

“그 생각이 뭐 어째서요? 인생 째빳게 사는 것 그 맛이라도 느끼면서 살아야제 그 맛도 없으면 뭔 맛으로 산다요?”

“자네 말은 맞네. 그렇게 하고 살라면서 왜 남편의 속을 뒤집는고?”

“아따 인자 글 안 한다 했잖소. 그랬더니 나만 손해더라고요. 멀라고 손해 볼 일 해야겠소? 인생이 을매나 길다고?”

강씨 부인이 열을 낸다.

“내 말 나온 김에 내 말 한 자리 더 해야겠소.”

“그랬쑈. 속엣말 다 토해 내뿌쑈! 그래야 속이 시원하지라이. 속엣말 냉개 두면 항상 찜찜헝께라우. 그래 뭔 말이오?”

“당신에게 부탁인데 우리 일가친척들에 대한 당신의 자세요. 내 늘 못마땅하게 생각하고 있었으나 말하지 않고 있었소. 당신은 나와 우리 자식과 아버지 어머니만 최우선이고 형제 가족이나 가까운 친척들은 넘보듯이 하고 지내는 것 같소. 이기 내가 도저히 이해가 가지 않고. 우리 조부 때 큰아버지, 아부지, 작은아부지, 고모들을 낳고 한 아버지 아래 형제간으로 살아오시다가 큰아버지, 작은아버지, 고모님들이 혼인하여 자식을 낳았는데 그 자식인 우리가 사촌들을 넘보듯이 해야겠소? 우리가 눈 뜨고 보고 있는 할아버지의 자식들이 아니오? 우리가 보지 못한 증조나 고조라면 몰라도 우리가 보고 있는 할아버지 자손들이 아니오? 그러니 우리가 직접 볼 수 있는 증조부 조부 부, 자식 손자 증손자 대까지는 우리가 챙겨야 할 가장 가까운 친척이오. 이를 무시하며 사람도 아니오. 당신에겐 그 점이 좀 부족하다고 느끼고 있소.”

전성문이 속엣말을 토해낸다. 강씨 부인은 사실 그랬다. 그러나 그녀는 먹고살려고 하니 여러모로 어려움이 있어서 그러지 마음까지 그런 거는 아니라고 말하려다가 입을 꼭 다물고,

“내 그래부렀소. 미안허요. 앞으로는 깍듯이 모실께라.”

라고 대답한다.

마누라가 시원시원하게 대답하자 전성문이 이게 다 말로

하면 풀어지는 것이구나 하고 자신이 왜 이렇게 이제까지 말을 하지 않고 속으로 꿍꿍 앓고 있었던가 하고 후회한다. 그리고는 전라도와 경상도는 이점이 좀 다르오 라고 말하려다가 입을 꼭 다물어 버린다. 이 정도만 지켜줘도 흠잡을 데가 없는 부인이다. 잘 생기지도 못했지만 그렇다고 못생긴 것도 없는 마누라다. 오동포동하니 여자로서 남편의 사랑을 받을 만하고, 그래도 눈가에 웃음은 마음을 빼앗는 때가 있다. 전성문은 마누라가 예뻐 보이기 시작했다.

"그라면 당신은 어디로 우리들 만나는 장소로 정할라요?"

강씨 부인이 전성문의 가슴을 파고들며 묻는다.

"글쎄 말이오. 그건 아버지께서 어련히 알아서 정해주실라구요? 너무 걱정 마이소. 그래도 여자가 다니는 질이라 반나절에 걸어갈 수 있는 장소를 택할 것이오. 그라머 여기 강구면은 벗어날 것 아니오? 그라머 그눔덜 얼굴은 안 보게 댈기요. 아버지가 정해준 대로 바라꼬 봅시더. 그 이전에는 내가 밤에 여기로 와서 당신과 만날 테니 그리 아시오. 당신 달거리를 피해서 내 찾아오겠소."

강씨 부인이 마음이 확 트인다. 남편이 자기 속을 훤히 알고 말해주니 이보다 더 기분 좋을 일이 없어 보인다. 강씨 부인이 말없이 남편의 가슴으로 파고든다. 여인의 살결 내음이 와 닿는다. 전성문의 손이 부인의 엉덩이를 더듬고 있었다.

52.

 '최경상 선상임이 산속에서 도피 생활을 하고 계신다 했다. 얼마나 고생이 많겠는가? 생활도 어려울 것이다. 사용해야 할 물건도 많을 것이다. 이걸 다 준비해 줄 수도 없어 마음이 답답하다.'

 강수는 우선 최 선생을 만나야 했다. 그는 얼마간 돈을 준비했다. 그리고는 행장을 꾸려 영해로 박춘서를 만나러 갔다. 남쪽에서 창수면 인량리를 거쳐 원하동으로 향했다. 이곳은 원상동, 원중동, 원하동으로 나뉘어 있었는데 이곳과 옥녀가 거문고를 타는 형국을 하고 있다는 옥금을 합하여 이곳에 영양 남씨, 무안 박씨 대흥 백씨가 터를 닦아 서로 오순도순 협조하며 살아온 곳이라고 주민들의 수없는 자랑을 들어온 터다. 야산이 많이 벗겨져서 황토의 속살을 드러내 보이기도 했지만 그래도 다른 지방에 비하여 소나무나 상수리나무 갈참나무 졸참나무 등 낙엽수가 적잖이 있었고, 마을 어귀에는 큰 당산나무가 마을을 지키고 있었다.

 오늘따라 싸늘한 바람이 불어오고 있었다. 구월 하늘은 높기만 했다. 이제 하늬바람도 지나가고 막새바람도 지나간 듯싶다. 마칼바람이 부는지 제법 쌀쌀하다. 그래도 여름의 습기 차고 무더운 된마나 샛바람보다는 훨씬 낫다, 조금 있으면 차렵 옷을 입을 때가 된 듯하다.

 새벽밥을 먹고 집을 나온 탓인지 박춘서의 집에 도착할 때는 신시가 다 되어서였다. 해는 서쪽으로 많이 기울어졌고 좀 쌀쌀한 바람이 불어오고 있었다. 추수가 끝난 들판은 회색으로 변해버린 벼 밑동이 논에서 거무죽죽 논흙 속으로 빨려 들어가는 것처럼 보였다. 참새도 논바닥에 먹을 게 없는 걸 잘 아는 모양이다. 한 마리도 보이지 않았다. 논바닥은 벌써 깊은 가을을 보이고 있었다.

박춘서는 집 서재에서 책을 읽고 있었다. 갑자기 들려온 강 선생의 목소리에 서재에서 벌떡 일어나 방문을 열고 허겁지겁 튀어나온 박춘서가 갑자기 나타난 강수를 바라보고 깜짝 놀라 입을 벌리고 반가운 사람을 한참이나 멍하니 쳐다보고 있었다.

"아니 강 선상임 이게 웬일잉교? 아니 이 얼마만잉교? 그래 무슨 좋은 일이라도 있었능교? 우리 집까지 직접 찾아와 주시고….“

"예, 박 선생 집까지 직접 찾아올 일이 생겼니더. 좋은 소식 가지고 왔니더.“

"좋은 소식이라니요? 자 안으로 드십시다.“

박춘서가 건넌방인 자기 서재로 안내한다. 강수가 뒤따라 방으로 들어간다.

방에 앉아 인사를 나눈 뒤 강수가 입을 열었다.

"최경상 선상임 계신 곳을 알았니더.“

"그래요? 몸은 강건하시고 신변언 안전하싱교?“

"그렇다네요.“

"그래 지금 오디에 기신교?"

"저기 영양의 일월산이라 하네요."

"누가 전해주었능교?"

"전성문 선상이 전해왔니더."

"아 그 젊은 분! 그분도 최 선상과 함께 일월산에 기신가
요?"

"그렇니더. 최 선상임께서 그 사람얼 저에게 보내 안부럴
전했니더. 일차 그곳에 저더러 오라고 하셨다구 하맨서요."

"그래요? 그라머 지랑 함께 갑시더. 아이 사람덜얼 더 마이
모아가실까요?"

"그리 생각도 해보았니더만, 지금은 박 선상과 저와 둘이만
다녀오고, 그리고 난 후에 우리 둘이 사람덜얼 만나넌 것이
좋을 듯싶니더. 왜냐하머 최 선상임께서 이번 대신사임 탄신
일얼 도인덜과 함께 성대하게 지내고픈 마음 같아 보입니더.
그래야 우리 도를 재기할 수 있다고 보기 때민이 아닌가 싶
니더. 그러니 일단 댕게와서 최 선상임의 뜻에 맞추어 우리
가 행동하는 게 옳을 듯싶니더."

"그럼 그렇게 하지요. 그래도 먼가 준비해 가야 하기 때민
에 여기서 하루만 더 묵어 가십시더."

박춘서가 말한다.

"준비할 것이 머 밸 거 있겠능교? 생활비에 보태쓰라고 돈
이나 드리고 오는 수밖에요. 수운 대신사임 가족덜두 모두
함께 기신답니더. 그러니 그걸 우리가 생각해서 쓰실 만한

돈을 챙겨 가야 할 것입니더.”

“오, 그래요? 수운 대신사임 사모님이랑 자제분들 모두 함께 그곳에 계싱교?”

“그렇데요.”

“알겠니더.”

이튿날 아침 박춘서는 얼마간의 돈을 준비해서 강수를 따라 일월산 용화동으로 향했다.

일월산이 어디쯤 있다는 것은 알고 있었지만 처음 가는 길이었다. 영해에서 서쪽으로 가서 송천교 섶다리를 건너 서북쪽으로 향했다. 그래도 이곳은 인적이 드문 곳이어서 나무꾼들의 발길이 잘 닿지 않는 곳인 듯 숲이 울창했다. 가을이어서 떨어진 낙엽들이 산에 수북이 쌓여 있었다.

“전국의 산이 이렇게 울창해야 하는데….”

강수가 혼잣말처럼 되뇐다.

“그러구말구요.”

박춘서가 맞장구친다.

“아주 깊이 들어가셨네요?”

“그래야 대지 앤겄능교?”

“일월산도 북쪽으로 가넌 길이래요. 그래도 남쪽이머 사람덜 발길이 조금 닿넌데 북쪽이라 아예 닿지 않넌 곳이구먼요.”

“그럴 것 같은디 가봅시더. 거기도 사람덜들이 모여 산다넌디….”

그들은 창수읍내 좌측으로 돌아 감나무골로 갔다. 다리도 아프고 물도 마셔야 했다. 물을 찾으니 마땅한 곳이 없었다. 그들은 물을 찾아 한 시진 정도 서쪽으로 걸어서 뜻하지 않은 마당두들 약수터에 당도했다. 여기가 약수터가 있으리라고는 생각도 못 했었다. 목마른 참이어서 물을 실컷 마셨다. 배가 불러 숨이 차도록 물을 마셨다. 물맛이 좋아 마셔도 마셔도 한없이 배속으로 들어갔다. 그래도 그대로 이 약수터를 지나칠 수 없었다. 그들은 인근 주막으로 가서 막걸리를 시켜놓고 주모에게 멀리 가는 사람인데 물병 할 것 있으면 팔아달라고 요구했다. 주모가 술병인 빈 호리병 두 개를 들고 와서 이거면 되겠느냐고 물었다. 아쉬운 대로 쓸 만하여 그걸 엽전 몇 개 주고 샀다. 그들은 약수터로 가서 호리병에 물을 가득 담아 뚜껑을 닫고 괴나리봇짐에 넣어 그곳을 떠났다.

그들은 다시 걸었다. 가다가 창수저수지에 닿아 그곳에서 피곤한 발을 씻었다. 이제 독경산 허리를 감돌아 서북쪽으로 내려가야 했다. 그러나 그들은 길을 잘못 들었다. 서남쪽으로 마을이 있는 곳으로 돌아가야 했는데 일월산이 서북쪽에 있다 하여 더 빨리 갈까 싶어 독경산 허리를 돌아 밤나무골 왼쪽 높은 산으로 들어가 버렸다. 숨을 헐떡거리며 너덜겅이 있는 산등성이를 한참 걸어 올라가 거기에서 다시 서북쪽으로 돌아가서 또 산허리를 돌고 돌아 기진맥진한 몸으로 장풍에 닿았다. 더 가다가는 주막도 없을 것 같았고 이미 해가 져서 세상이 온통 잿빛으로 물들여진 때였다. 강수와 박춘서는 그곳 주막에서 국밥을 시켜 먹고 그곳 봉놋방에서 하룻밤 신세를 졌다.

이튿날 눈을 뜨니 진시(辰時)쯤 되어 있었다. 다리가 퍽퍽하였다. 먼 길을 떠난 지 까마득한 그들이어서 갑자기 산을 기어오르고 먼 길을 걸어서 몸이 얼얼한 상태가 되어 있었다. 그들은 국밥을 다시 시켜 먹고 장풍을 떠나 산자락길을 따라 내려갔다. 내려가는 길이어서 그래도 갈만하였다. 길이 서남쪽으로 산자락을 돌아 내려가더니 다시 서북쪽으로 틀어져 있었다. 길을 따라 몇 시진 지나서 천이 나왔는데 그곳에 있는 사람에게 물어보니 그 하천이 영양의 화원천이라고 알려준다. 마을이 열리고 논밭이 펼쳐져 아늑한 산 밑 양지바른 마을이었다. 강수와 박춘서는 화원천을 따라 큰 반변천이 흐르는 곳을 밑으로 하고 북쪽으로 마을이 있는 곳으로 들어갔다. 그들은 또 주막에 들렀다. 주모에게 물어보니 그곳 마을이 있는 곳을 상원리라 하였다. 그러니까 아까 올라온 곳이 하원리이고 이곳은 상원리라는 것이었다. 다시 좌측으로 돌아 올라가니 회천이란 곳에 닿았는데 그곳엔 삼층석탑이 있는데 고색이 짙어 보였다. 아마도 신라시대에 세운 돌탑인 듯 보였다. 거기에 다시 길을 따라 돌아가니 산골짜기에 마을이 있었는데 그곳 사람들이 그 고을이 고드래골이라고 가르쳐 주었다. 마을이 이상 큰 마을이었다. 우선 논밭이 그런대로 넓어 보였다. 그곳을 조금 지나니 큰 기와집이 보였다.

아마도 양반이 사는 집인 듯 보였다. 그 집이 뉘 집인지는 알 필요가 없어서 마을 사람에게 물어보지 않았다. 그곳에서 한참 걸어 나오니 삼지동이라는 곳에 닿았다. 그곳에도 석탑이 세워져 있었다. 그러니 옛날에는 이곳이 명당이었고 권세 꽤나 부리던 사람이 살던 곳이었나 생각이 들었다. 다시 그 마을을 빠져나와 큰 골이라는 마을에 도착했다. 해가 지려면 아직은 이르지만 그래도 해진 뒤에 저 높은 산으로 올라가기에는 역부족이어서 그들은 그곳 주막에서 자기로 했다. 주막에 들러 봉놋방을 하나 마련하고 국밥을 시켜 먹었다. 피곤한 다리도 풀리라고 탁주 한 도가니와 돼지머리 삶아서 눌러 놓은 고기 한 접시를 시켜 다시 마시고 먹었다. 배가 찼는지 몸을 움직거리기가 싫었다. 그대로 봉놋방에 드러누워 버렸다.

이튿날도 늦게 일어났다. 몸이 천근이나 되는 성싶었다. 그래도 그들은 행장을 꾸려 길을 나섰다. 이제 일월산으로 올라가는 길이었다. 도룡골을 지나 장대봉골, 어부등골 등 산중마을을 지나느라 헐떡이는 숨을 고르지 못해서 피곤해진 그들은 잠시 길가 바위에 앉았다. 산속인 데다가 높은 곳이어서 바람이 매우 찼다. 벌써 낮후가 되어 있었다. 높은 곳에도 산골짜기가 있었다. 그곳에도 가꾸는 전답이 있고 사람이 사는 집들이 옹기종기 모여 있었다. 아직 해질 참은 아니었지만 산이 높아 일자봉 월자봉 뒤로 해가 숨어버리자 용화동은 벌써 희붐한 저녁이 되어 있었다. 그들은 용화동 삼층석

탑 앞에 다가갔다. 그리고는 전성문이 가르쳐준 산골짜기를 따라 올라가 드디어 최경상이 사는 집을 찾아냈다.

"선상임!"

집 마당에서 멍석을 짜다가 해가 져서 일을 마감하고 있어 보이는 최경상의 등을 바라보며 강수가,

"최 선상임!"

하고 불렀다.

귀에 익은 소리를 들은 최경상이 고개를 돌려 강수와 박춘서를 보고 깜짝 놀랐다. 하던 일을 멈추고 일어선 최경상은 두 사람과 포옹하며 한동안 말이 없었다.

"그래 무사했능교?"

"예, 선상임언 얼매나 고상이 많으셨능교? 말심 앤 하셔도 지들언 알 것 같니더. 아 여기 수운 대신사임 사모님과 그 가족덜이 기신다맨서요?"

"예, 저기에 기시지요."

최경상이 옆집을 가리킨다.

"선상임, 그라머 우선 수운 대신사임의 사모님부터 뵙지요."

"그럽시더."

일행은 옆집으로 자리를 옮긴다. 옆집에서는 젊은 사람들이 망태기를 둘러메고 산에서 집으로 들어온 모양이었다.

"아이고 강 선생임 오셨능교?"

강수를 먼저 본 대신사님의 장남 세정이 먼저 강수를 알아

보고 인사를 한다.

"아이구 이게 누구신고? 우리 세정이 아닌교? 그래 무탈하게 지냈능교? 어머님언 어디 기신교?"

"어머니넌 방에 기십니더. 자 인사드리시오. 이분언 영덕의 강수 선생님이시고 이분은 영해의 박춘서 님이십니더."

세정이 동생 세청과 부인, 누이들에게 손님을 소개시켜 준다. 모두들 멀끔히 쳐다보며 고개를 숙여 인사를 올린다. 조금은 낯선 모양이다. 세청이 먼저 방으로 달려가 봉창 문을 열어젖힌다. 어머니가 눈을 깜박거리며 밖을 내다본다.

"어무이. 손님 오셨는기라."

세청이 소리친다. 뒤따라 강수와 박춘서가 열린 방으로 들어가 정중히 큰절을 올린다.

"사모님 그간 옥체 강건하셨능교?"

강수가 인사를 올렸다.

"사모님 그간 얼매나 고상이 많으셨나요?"

박춘서가 큰절을 하면서 인사말을 올렸다.

"바쁘실 텐디 여그꺼정 찾아와 주시고…."

사모님이 인사를 받으며 말씀하신다.

"이제 마음 놓으시고 자제분들과 함께 우리 최 선상임얼 믿고 함께 기시이소. 저희덜두 도인덜얼 모아 사모님과 최 선상임얼 돕겠니더."

"우리덜언 모두 최 선상임 덕분으로 무탈하게 잘 지내고 있니더. 너무 걱정 마시이소."

사모님이 말씀하신다.

"그럼, 지덜언 우리 집으로 가보렵니더."

최경상이 사모님께 인사를 드리고 강수와 박춘서를 데리고 방문을 빠져나와 최경상 집으로 향한다.

"선상임, 그간 얼매나 고상이 많으셨능교?"

박춘서가 최경상을 보며 거의 눈물이 나올 듯한 얼굴로 묻는다. 박춘서는 최경상이 동학에 입도하게 해준 당사자로서 영해에서 농사를 지으면서 조그마하게 지필목점을 열고 있었다.

"그래도 우리 대신사임언 갖언 고생 끝에 환원하셨넌데, 나 같언 사람이 이만한 역경도 없이 우째 도럴 이끈다 하겄능교? 내 걱정언 마시이소."

최경상이 말한다.

"선상임 이젠 마음얼 굳게 잡수시이소. 우째하건 간에 우리 도럴 다시 일으켜 세워야 헙니더."

강수가 힘주어 말한다.

"그래 말인데 이번 시월 스무엿새넌 우리 대신사임의 탄신일이어서 이분부턴 우리 도인덜이 힘얼 합해 대신사님의 탄신기념일얼 봉행하고자 합니더. 그래서 강 선상얼 오시라 했니더."

"잘하셨니더. 그 말을 전성문에게 전해 듣고 영해로 우리 박춘서 님얼 만나 함께 온 것입니더."

"바쁘씰 텐디 여기까지 찾아와 주셔서 그 고마움얼 무어라 말할 수 없니더."

"선상임 무슨 말심얼… 이렇게 선상임얼 만나 뵌 것만으로
도 지털언 영광입니더."

"우리 도인이라 하더라도 이렇게 어려운 시기에 찾아와 주
셔서 참으로 고맙니더. 이제 우리도 다시 우리 도럴 일으켜
세워봅시더."

최경상이 강수와 박춘서를 바라보며 말을 한다.

"최 선상임, 이제 마음얼 놓으시고 지털얼 마음대로 부리시
이소. 고맙다 미안하다 이런 말심언 하지 마시고요, 이리해
라 저리해라 하고 마구 일을 시키시이소. 지털언 즐거운 마
음으로 선상임의 뜻얼 받들겠니더."

박춘서가 강수를 앞질러 먼저 말해버린다. 강수가 웃는다.

"그리하시이소. 우리 사이에 무엇얼 같이 못 할 것이 있겠
능교?"

"그런데 지난 팔월에 불란서 함대가 강화도를 침략허고, 많
언 백성얼 죽이고, 사고(史庫)의 사서까지 죄다 가지고 가버
려서 서학언 물론 우리 동학도 서학이나 마찬가지라 하여 탄
압이 심해지고 있다넌 소문이 들리넌디, 이런 소문 들어 봤
능교?"

최경상이 묻는다.

"아즉은 안 들어 봤니더."

강수가 대답한다.

"당연히 정부에서는 그러게 하지 않겠능교? 우리덜 몸에

한울임이 기신다 하고 그 한울임얼 믿넌다 하넌데 그러지 않겠능교?"

강수가 덧붙인다.

"이럴수록 우리가 행동에 조심얼 기해야 할 것이오."

최경상이 말한다.

"요즘 이곳에서 우리 도인 열두 명을 만나구, 상주에서 도인 네 명을 만나구 강 선생과 박 선생까지 만나니 정말 힘이 절로 솟넌 것 같니더. 거기에 대신사임 가족꺼정 모시구 있으이 참으로 마음이 든든헙니더."

"또 다른 데두 연락을 취했지요?"

강수가 묻는다.

"그럼은요. 울진 매일리의 남선상과 평해의 전씨 집안에 연락을 취했니더. 그분들도 매우 열성적이어서 금방 찾아올 겁니더."

"아, 남두병 선상임과 전인철 선상임 말인가요?"

"그렇니더. 전인철 선상임언 현직 군관이므로 여기 오기가 어려울 겝니더. 그의 사촌 형인 전영규 씨가 그의 집안사람덜얼 모시고 오실 것 같은 기분입니더."

"참으로 대단하신 분들이지요. 경주 쪽도 연락을 취했능교?"

"아직 거기는 연락을 취하지 몬 했니더. 모다 먼 데로 유배럴 가시고 도인덜이 있다 캐도 어딘가 관아의 감시럴 받고 있얼 것이고 또 특별히 부탁할 만한 도인덜이 생각나지 않아서….”

“아입니더. 아직도 열렬한 도인덜이 있니더. 지가 알아서 연락을 취하겠니더.”

“그럼, 그래 주이소.”

최경상이 경주 쪽 도인들에 대해서 강수에게 연락을 취하도록 맡겨둔다.

“그러머 지가 경주와 영덕, 그리고 영해와 평해 등 울진지역얼 책임지고 연락얼 취하겠니더.”

“그리해 주이소.”

최경상이 말한다.

“선생임 얼매 앤 대넌 돈입니더. 생활비에 보태 쓰시이소.”

강수가 창호지에 돌돌 말아진 돈 지전 뭉치를 풀지 않고 최경상에게 내민다.

“지두 쪼매 가져왔니더.”

박춘서가 봉투에 담아온 지전 뭉치를 최경상에게 내민다.

“모두 어려불 텐디….”

최경상이 고맙다는 인사를 하고 돈을 받는다.

최경상을 만나 고집으로 돌아온 강수는 아버지 강정(姜錠)에게 소상히 알려드렸다. 아버지도 천도에 매우 관심이 많으셨다.

“아부지, 이번 시월 스무여드렛날언 대신사님의 탄신일이라서 최 선상임께서 이번에넌 도인덜얼 모아놓고 탄신기념일얼 봉행하려고 하십니더. 그 이야기가 우리 천도럴 다시 일으켜 세우겠다는 의지가 아니겠능교? 지넌 그렇게 생각합니더. 그래서 지가 이번을 계기로 최 선상임얼 적극 도와 우리 천도가 다시 일어설 수 있도록 해보렵니더. 그래서 내일부터 아는 도인덜얼 찾아다닐까 합니더."

"그리하도록 해라. 잘 되었으면 헌다. 그러나 우리가 매사에 조심하고 깊이 생각하며 행동 하나하나럴 신중히 하자."

아버지가 말씀하셨다.

"꼭 그리해야지요. 그리하겠니더. 지럴 믿어주시이소."

이튿날부터 강수는 아는 도인을 찾아다니기 시작했다. 그는 괴나리봇짐에 미투리 몇 켤레를 달랑달랑 메 달고 노자를 돈 띠에 넣어 허리에 감았다. 그리고는 홀가분하게 집을 나섰다. 부인에게 다녀오마고 말했지만, 부인은 사립문 밖까지 따라 나와 무사하길 바라는 마음으로 남편의 걸어가는 뒷모습이 보이지 않을 때까지 바라보고 있었다.

그래도 운이 좋은 김경화(金慶化), 김사현(金士賢), 이원팔(李元八)이었다. 그들도 매일 용담정에 모여 최제우의 강도를 들어왔던 참이었다. 그러다가 관헌들이 쳐들어온 날 묘하게도 각자 사정이 있어 용담정에 가지 않은 것이 천만다행이 되었다. 잡혀가지도 않았고, 누가 일러바치지도 않아서 그들을 의심할 사람도 없었다. 대신사님이 환원하신 뒤 마음이야 찢어질 듯하였지만, 그들은 그 아픔을 참고 그들의 집에서 칩

거하고 있었다.

선산재의 잿길은 길기도 하였으나 가다가 조금 된비알 진 곳도 있었다. 반비알진 산에는 이따금 잡초들이 모도록 자라고 있어서 말이 뜯기에 좋아 보였으나 나무 잿길 산은 거의 베어져 버려 황토 흙이 속살을 드러내 보이고 있었다. 뜻하지 않은 강쇠바람이 동쪽에서 불어오고 있었다. 강쇠바람은 산의 황토 흙을 핥고 지나갔다 황토 흙이 엷게 그 살을 벗겨 서쪽 마을을 향해 날아갔다. 김경화의 집이 그곳 성산재 위편 오른쪽 산모롱이에 있었다. 집이라곤 너더댓 채 정도 있어 보였다.

김경화의 집은 그래도 튼실한 초가집이었다. 안방, 대청마루며 두 칸 자리 건넌방, 부엌 앞으로 아이들 방이며 각 방과 마루가 통하도록 쪽마루가 놓여 있었다. 한눈에 선비의 집이 분명해 보였다. 김경화도 몰락 양반이었다. 그는 건넌방에서 책을 읽고 있었다. 어느새 그의 집 마루 앞 섬돌 앞에 다가선 강수가 김경화의 낙낙하게 책 읽는 소리를 들으며,

"김 선상 책 읽넌 소리가 옥구슬 굴리넌 소리와 같소이다."

하고 자기가 왔음을 알렸다. 갑자기 책을 읽다 말고 김경화가 방문을 열고 나온다.

"아이고, 강 선상! 이게 웬일인교?"

김경화가 반긴다.

"그간 강건하셨능교? 모두 무탈하시고?"

"염려지덕으로 이렇게 무탈합니더."

김경화가 활짝 웃어 보였다.

"근데 강 선생임이 여기에 웬일로?"

"그럴 일이 있니더."

"좋은 소식이라도 있능교?"

"그럼은요."

"그래요? 어서 안으로 듭시더."

강수가 김경화의 안내로 서재인 건넌방으로 들어선다.

"김 선상언 여전하시구면요."

"가실해 놓고 별로 할 일도 없으이 선비가 책이나 읽어야지요."

"아 그러구 말구요. 오늘 좋은 소식이라는 것은 지가 며칠 전 최경상 선상임얼 만나 뵙고 오는 길이오. 이 소식을 전하러 여기에 왔니더."

"오, 그래요? 최 선상임께선 무탈하싱교?"

"예, 무탈허십니더. 그리고 대신사님 가족들도 모두 함께 기십니더."

"오, 그래요?"

김경화의 목소리가 밝게 커진다.

"그래 지금 최 선상임이 어디에 기신교? 내 당장 찾아가 뵈리다."

김경화가 다급히 묻는다.

"지넌 우리 최 선생임에게 무슨 변이라도 생겼으며 우째하나 허고 항상 노심초사했지요. 정말 다행이니더."

“최 선상임께선 다음 달 스무여드렛날 대신사님 탄신일기념 행사럴 우리 도인덜과 함께 봉행하려고 하십니더. 그러니 그때 시간을 내어 저랑 함께 최 선상임에게 가시머 대겠니더.”

“그라머 아즉 한 달이 좀 더 남았네요. 최 선상임과 대신사임 가족덜언 지금 오디에 기신교?”

“지금 일월산 용화동에 기십니더. 높은 곳에 사람덜이 하나둘 숨어 들어와 마을을 이루고 있니더. 우리 도인과는 다른 사람덜이 타지방에서 모여들기도 했지만 우리 도인덜두 최 선상임과 사모님 가족얼 제하고도 열두 명이나 그곳에 숨어 들어 가 기십니더.”

“아 그렇군요.”

“그럼 은제 가볼까요?”

“김 선상임이 그곳에 가시려고 해도 왔다 갔다 하려면 빨라도 열흘은 걸릴 것이니 지금 가지 마시고 저와 함께 아주 믿을 수 있는 사람을 찾아 이 소식을 전하고 가는 날을 잡아 함께 갔으머 해서요.”

“강 선상임 말심이 옳언 듯싶네요. 그럼 그리하리다. 그라머 경주에넌 다덜 유배되고 또 믿을 만한 사람얼 확신하지 못하고 있어 우선 확신이 선 김사현 선상과 이팔원 선상얼 지가 직접 만나 뵙고 소식얼 전하여 가는 날 같이 가도록 하겠니더.”

“고맙니더. 그라머 지넌 영덕으로 가서 영덕 도인덜얼 만나보겠니더. 이번 팔월에 강화도에 양요가 있어서 정부에선 서학과 우리 도에 대해 탄압이 심해질 것으로 보이넌데 최 선상임 계신 곳얼 사람덜에게 알려줘서도 아니 될 것이오. 또한 알려드리더라도 남에게 함부로 알려주지 말라고 당부해야 할 것이오.”

강수가 노파심으로 말한다.

“아, 그래야지요.”

김경화가 대답한다.

“그럼 반주골 김사현 선상과 금곡산골 이팔원 선상의 집은 김 선상임에게 맡기고 지넌 이만 영덕으로 돌아가겠니더.”

강수가 일어서려니까

“아니 번갯불에 콩 볶아먹는다더니 강 선상임이 그 모양이오. 아무리 세상인심이 박하기로서니 이런 법이 어디 있능교? 오늘은 이미 해도 졌으니 우리 집에서 유하시고 밥이라도 한 끼 든든하게 잡수시고 떠나셔야지요? 어데 어느 선상임이 이리 박절하라 가르쳤능교?”

김경화가 한 소리 한다. 강수가 듣고 보니 그 말이 옳았다. 강수가 지긋이 웃으며 자신의 모습을 뉘우치는 표정을 지우며 슬그머니 자리에 앉는다.

“그리하리다. 바쁜 마음이 앞서 그리 한 모양입니더. 이해하시이소.”

그날 밤 강수와 김경화는 지나간 일들을 되새기면서 길게 이야기를 나누었다.

이튿날 강수는 영덕으로, 김경화는 반수골 김사현의 집으로 가기 위해 동시에 집을 떠났다.

 강수는 영덕으로 가서 먼저 상직천 양지마을의 자기 집으로 향했다. 하루라도 집에서 쉬었다가 갈 곳을 정해 가기 위해서였다. 며칠 걸려 올 것으로 생각했던 부인은 남편이 예상보다 빠르게 집에 돌아오자 우선 즐거웠다. 좀처럼 실수가 없는 남편이었기 때문에 이번에도 실속 있게 일 처리를 하고 돌아왔으리라 짐작하는 것은 당연하였다.

 도인 유성원(劉聖元)이 아릿고드내에서 산다. 이쪽 윗고드내 아릿고드내 다 합쳐서 가장 넓은 들이 펼쳐져 있고, 이 근방에선 가장 많은 사람이 살고 있는 곳이었다. 여기에 사는 유성원은 한때 과거에 응시하기 위해 열심히 공부한 적이 있었다. 그러나 과거제도의 문란으로 과거를 포기하고 농사와 학문에 집념하였다. 그런 그가 강수를 만나 그의 소개로 최제우 선생을 만난 후로 백성을 살리는 길은 동학에 입도하는 것뿐이라는 생각을 하게 되었다. 그러다가 최제우 대신사가 효수를 당하자 그 울분을 참지 못하고 있을 때 강수, 김용여 등이 그를 진정시키느라 애를 먹었던 일이 있었다. 강수는 최경상 선생의 소식과 대신사님의 가족 소식을 가지고 가면 유성원이 얼마나 놀라고 기뻐할까 하고 생각하니 호탕한 유성원의 얼굴이 벌써부터 그려지기 시작했다.

 아릿고드내를 가기 위해서는 장고개 마을을 건너 진등이재를 넘어야 한다. 그러나 강수의 발걸음이 가벼웠다. 조금은 싸늘한 바람이 불어오고 있어서 걷는데 땀도 나지 않고 마음도 유쾌하여 조금도 힘들지 않은 느낌이었다. 가을걷이가 끝난 들판은 야산의 붉은 황토 흙과 이곳저곳의 잿빛 밭이며 논들이 오히려 풍요와는 달리 황량한 모습이었다.

유성원이 마침 집에 있었다. 행랑채 천 서방이 마당에서 멍석을 짜느라 열심이었다.

"유 선상임 기싱교?"

강수가 천 서방에게 나직이 묻는다. 천 서방이 뒤를 돌아보더니 벌떡 일어선다.

"예, 서재에 기시구만요. 지가 다녀오겠니더. 잠간만 기시이소."

천 서방이 서재로 달려간다.

"어르신, 저기 윗고드내 강수 선생님이 오셨니더."

하고 유성원에게 알려드린다. 유성원이 천 서방의 소리를 듣고 벌떡 일어나 방문을 연다.

"아이고, 이게 얼마 만이오. 어서 오시이소."

유성원이 호탕하게 웃고 강수를 맞이한다.

"그간 무탈하셨능교?"

강수가 안부를 묻는다.

"보시다시피 이렇게 무탈합니더. 어르신께서도 무탈하시지요?"

"예, 부친께서도 아주 강건하십니더. 가실은 잘 대셨능교?"

“예, 금년 가실은 그런대로 평작은 되었으니까요.”

유성원이 대답하고 바로 순례를 부른다. 순례는 이 집 찬모다. 순례가 유성원 앞에 오자,

“여기 식혜를 가져오고, 그리고 닭 한 마리 잡아 백숙을 해 온니라.”

하고 시킨다.

“예.”

순례가 고개를 끄덕이고 물러간다.

“오늘 내가 온 것은 좋은 소식을 전해드리려고 왔니더.”

“그래 무슨 좋은 소식잉교?”

“대신사님 사모임과 그 가족분덜허구 우리 최경상 선상임과 사모임 소식을 가지고 왔니더.”

“아 그래요? 어여 말심 하시이소. 지금 오디 기신교? 모다 무탈하신교?”

유성원이 다급히 묻는다.

“예, 지금 일월산 용화동에 기시니더. 수운 대신사임 가족분덜 모다 최경상 선상임이 모시고 기십니더.”

“아, 그렇군요. 우리 최경상 선상임이 고상이 말이 아니겠네요?”

“지가 다녀왔넌데 참으로 고상이 많으신 것 같아 보였니더.”

“글쎄요, 그간 생활비도 없었얼 텐디 어떻게 그 많언 사람들얼 거느리고 지내셨넌지 궁금하네요.”

“그간 수운 대신사임 사모님과 그의 가족덜언 처음에넌 단양의 민사엽 접주의 배려로 정선의 문두재에 기거하고 기시다가 민사엽 접주가 환원하시자 상주의 동관음으로 피신하여 어렵게 생활하셨넌디 최경상 선상임이 일월산 용화동에 기신다넌 말을 듣고 가족과 함께 그곳으로 찾아와 지금언 함께 기신다 캅니더.”

“우짜든 잘댄 일입니더. 앞으로넌 우리가 서로 십시일반으로 모아서 생활이 되도록 해드립시더.”

유성원이 이때까지 최 선생님과 수운 대신사님 가족의 안부를 몰랐던 자신을 부끄러워하는 모습으로 무겁게 입을 연다.

“그리고 그곳에 우리 열성적 도인 열두 명이나 함께 기십니더. 최 선상임께서도 최근에야 그분덜얼 만나 뵈었다고 헙니더. 그래서 최 선상임께선 힘이 솟아 다음 달 스무여드렛날이 수운 대신사임의 탄신일이어서 이번에넌 모든 도인덜얼 불러 모아놓고 수운 대신사임의 탄신일 기념행사럴 봉행하시려고 헙니더. 그래서 지가 유 선상임얼 찾아왔니더.”

“잘하셨니더. 당연히 지가 최 선상임얼 찾아뵈야지요. 탄신일얼 준비하시려머 경비도 좀 들 것이고, 거기 모이넌 도인덜의 식사 문제나 잠자리 문제도 해결해야 하고, 또 최 선상임과 사모임 가족얼 위해 생활비도 드려야 하고 하니 미리서 계획얼 세우시고 준비할 사항얼 저에게 말심해 주시이소.”

“알겠니더. 이번에넌 모두 자기 성의대로 준비하도록 하겠니더.”

“그러머 신성우 님언 여기에서 가깝고 우리 유 선생과 가깝게 지내시니 유 선생임이 신 선생에게 소식얼 전해주셔서 수운 대신사임 탄신기념일에 함께 가시도록 하시지요.”

“예, 지가 소식을 전해드리겠니더. 염려 놓으시이소.”

이때 순례가 식혜를 쟁반에 얹어 사뿐히 가져와 내려놓는다. 강수는 닭백숙까지 대접받고 해질녘에 집으로 돌아왔다.

53.

“오늘언 어디로 가실 참인교?”

부인이 묻는다. 그 말에는 어제처럼 오늘 갔다가 오늘 오시라는 바람이 섞여 있었다.

“오늘도 오늘 저녁때 돌아올 것이오. 저기 선병들에 기시는 김용여(金用汝) 님에게 다녀올 참이오.”

“그라머 가참네요? 장고개 넘얼 필요 없이 바로 마파람 불어오넌 선병산 쪽으로 가머 되겠네요? 거기가 옛날에 수군만호가 있다가 오포리로 이전했다는 곳이지요.”

“맞능기라. 바다가 앤 비니까 바닷가 오포리로 이전한 것이지.”

“거기 들이 넓지요.”

“그래서 옛날에 수군만호가 있었겠지.”

“오늘도 저녁얼 잡수시고 오실 껍니꺼?”

“그건 가봐야 알지요. 그래도 김용여 그 선상이 나럴 그대로 보내지넌 않얼 것이오.”

“나넌 언제 신랑하고 함께 밥숟갈 떠보나?”

부인이 뾰로통한 입술을 한다. 강수가 그 모습을 보니 부인이 참으로 귀엽다.

“그럼 내 댕게오리다.”

강수는 아버지가 아직 잠들어 계셔서 아버지께 말씀을 드리지 못하고 부인에게만 말하고 집을 떠났다.

바람은 조금 찼으나 하늘은 높았고 햇빛이 찬란히 비추고 있어서 걸어가기 알맞았다. 강수는 요즘은 살맛이 났다. 최경상 선상임도 만나고, 수운 대신사임 가족도 만나고, 유성원 선상도 만나고, 그리고 오늘은 김용여를 만나니 그야말로 기분 좋은 날들로만 이어져 있는 성싶었다.

김용여도 집에 있었다. 그는 평민이었으나 부친 때부터 고깃배를 장만하여 동해 바다에서 명태와 오징어와 대게를 잡아 돈을 모으기 시작하여 선병들의 논밭을 사들이기 시작하였다. 그래서 요즘은 여느 양반 못지않게 좀 부유하게 지내는 편이었다. 논밭을 배메기로 주어 경작인들에게 섭섭지 않게 해 주니 경작인들이 열심히 경작하여 매년 논 한 두락은 장만하여 왔다. 그런 그가 지방 권세가나 향토 세력에 미움을 산 일도 없었는데 동학에 입도한 것은 사람은 모두 다 똑같아 귀천이 없다고 가르친 것 때문이었다. 그러니 그도 평민으로 있으면서 속으로는 여러 가지로 신분제도에 불편한 점이 있었던 모양이다.

"김 선상, 집에 기셨구먼요?"

"아니, 강 선상임, 어서 오시이소."

"그간 강녕하셨능교?"

"예, 염려지덕으로 무탈합니더. 강 선상임도 무탈하시지요?"

"예, 지도 무탈합니더."

김용여가 강수의 얼굴을 빤히 쳐다보면서,

"강 선상임 용안에서 기쁜 일이 있는 듯 보입니더."

하고 먼저 말을 한다.

"예, 기쁜 소식을 가지고 왔니더."

"그래요? 어서 말심하시이소."

김용여가 마당에서 대청마루로 강수를 안내하면서 재촉한다.

"우리 최 선상임을 뵙고 왔니더."

"오 그래셨능교? 참 잘하신기라요. 그래 지금 어데 기신교? 최 선상임언 무탈하싱교? 그라고 그 가족분언 함께 기시던가요?"

"예, 가족분과 함께 기십니더. 그뿐만이 아입니더. 대신사임 가족분덜도 모두 최 선상임과 함께 기십니더."

"아이구 한시름 놓았니더. 그래 어데 기신교?"

"일월산 용화동인데 평지가 아이오. 산 중턱에 있는 마을이

오.”

“아주 깊숙이 가셨군요?”

“그래야 허지 앤켔능교?”

“우리 최 선상임 고상이 많으시겠네요? 언능 한번 다녀와야겠니더.”

김용여가 말한다.

“그래 하실래요? 근데 내달 스무여드렛날이 대신사임의 탄신일이라 이번에넌 우리 도인덜얼 모아 함께 수운 대신사임의 탄신기념일얼 봉행하시려고 하고 있니더. 그래서 모일 수 있넌 사람덜에게 이 소식을 알려주려고 왔니더.”

“잘하셨니더. 그 많언 공구덜얼 먹여 살리라머 생활비가 적잖이 들어갈 것인디 생활비넌 어데서 나서 생활하시능교?”

“그러니까 참 고상얼 많이 하십니더. 그래도 처음에넌 수운 대신사임 사모님언 단양의 민사엽 접주의 도움으로 정선 문두재에 숨어서 지내시다가 민사엽 접주께서 환원하시자 상주의 동관음으로 숨어 들어가 극심한 생활고를 젂으시다가 최 선상임이 일월산에 기신다넌 소식얼 들으시고 공구들얼 이끌고 일월산으로 와 최 선상과 합쳤지요. 그러다가 상주 접주 황문규 선상임 등이 이 사실얼 알고 찾아와 도인 등에게 생활비럴 염출하여 조금씩 드리고 있넌 것 같니더.”

“아즉 한 달 이상 남았으이 그 안에 한번 가서 뵙고 오넌 기이 예의가 아일까 헙니더. 이제 우리 최 선상임이 도통얼 이어받았으이 당연히 우리가 그리해야지요.”

별로 말수가 없고 차분한 김용여가 오늘 강수를 만나 또박 또박 말을 한다.

"내가 다녀왔넌데 빨라야 왕복 여드레나 걸렸소. 가시넌 것도 좋지만 지 생각에넌 우선 집안일얼 보시고 내달 탄신일 전에 저랑 함께 올라가시넌 게 더 나얼 성싶기도 하네요. 그러니 그동안 김 선상임도 저와 같이 인근 믿을 만한 사람들에게 연락을 취하여 함께 가셨으머 헙니더."

"강 선상님 말심 들으니 그럴 만도 헙니더. 그럼 그렇게 하겠니더. 그라머 지가 아릿거무에 사넌 임만조, 임영조 형제에게 전하리다."

"그리 해주이소. 그럼 지넌 이만 또 다른 곳으로 가볼랍니더."

"원 시상에 이런 법이 어디 있능교? 일단 지 집에 오셨으이 점심이나 잡수시고 가시이소. 내 서운해서 우애 보낸단 말이오?"

김용여가 목소리를 높인다. 강수가 어설프게 웃는 표정을 지으며

"그래합시더. 지가 빨리 이 소식을 다른 사람에게 전해주고 싶어서 결례럴 할 뻔하였니더."

강수가 미안한 눈치를 보인다.

강수는 김용여와 함께 점심을 들고 김용여의 집에서 나왔다.

강수는 내친김에 곧바로 장골에 사는 구일선(具一善)에게 갔

다. 구일선은 서자였다. 아버지의 지극한 사랑을 받았지만, 서자로서 중인이 되었다. 아버지는 구일선이 열다섯 살에 터골에 사는 중인 박승연의 딸과 혼인을 시켰다. 구일선을 일찍 혼인시킨 이유는 미리서 재산을 구일선 앞으로 떼어주기 위해서였다. 자신의 몸이 어딘가 건강하다고는 생각이 들지 않아서 일찍 작은 부인과 함께 분가하여 자식과 함께 살도록 해주었다. 자기 논밭 일부를 팔아 자기 집에서 좀 멀리 떨어진 장골에 논밭을 사들여 양안에 구일선 앞으로 올리고 문기를 만들어 명실공히 구일선 재산으로 권리를 이전해 주었다. 그리고 가끔 구일선 집으로 와서 며칠씩 쉬고 돌아가기도 하였다.

　구일선의 어머니는 평민이었다. 재색이 뛰어난 여인이었다. 열여덟에 시집을 갔으나 시집간 지 두 달 만에 남편이 이름 모를 병으로 급사했다. 그래서 바로 친정으로 가서 오 년째 살고 있었다. 가난한 친정에 얹어 살기도 어렵게 된 처지에 매파가 와서 구자연과의 인연을 맺도록 다리를 놔주었다. 한번 시집간 몸이고 친정이 넉넉지 못하여 송구한 마음이던 차에 소실로 들어가게 된 것마저도 다행이라고 생각한 그녀는 쾌히 승낙했다. 구자연은 그 대가로 논 세 두락을 팔아 그녀의 친정이 있는 배태골에 새로운 논을 사들여서 친정아버지 앞으로 양안에 올리고 문기를 만들어 주었다.

　구일선은 어머니와 아버지의 융기를 받아 매우 명석하고 몸가짐이 바르지만, 중인이라는 신분 때문에 여러 가지 제약을 받아왔다. 그가 가장 싫어하는 신분제도에 대한 적개심이 동학으로 입도한 가장 큰 이유였다. 구일선에게 포덕한 사람이 강수였다. 구일선은 평소에도 강수를 잘 따랐다.

벌써 해가 그 기력을 잃어가고 있었다. 아침 햇살과는 달리 붉은 노을이 지려는 순간에 구름에 끼인 햇빛은 이제 서서히 사라지려는지 빛이 바래고 있었다. 구일선은 행랑채 장 서방이 짠 멍석을 바라보며 잘 짰다고 칭찬해 주고 있었다.

강수가 마당에 들어서자 구일선이 깜짝 놀라 강수 앞으로 달려온다.

"아니 연락도 없이 강 선상임이….”

하고 반긴다.

"그간 무탈하게 잘 지내셨능교?”

"예, 잘 지냈니더. 강 선상임께서도요?”

"예, 무탈하게 잘 지냈니더.”

"안으로 드시지요.”

구일선이 대청으로 안내한다. 구일선의 안내를 받아 대청마루에 앉은 강수가,

"오늘 지가 온 이유넌 지가 요 매칠 전에 우리 최경상 선상임얼 만나 뵙고 오넌 질이어서 그걸 알려드릴려고 왔니더.”

"오, 잘하셨니더. 그래 최경상 선상임께선 강건하시고 무탈하싱교?”

"예, 무탈하시고 강건하심니더.”

"걱정 많이 했넌데 다행입니더.”

"지금 일월산 용화동에 기십니더. 그리고 수운 대신사임 가

족과 함께 기십니더."

"고상이 많으실텐데…. 생활언 어떻게 하고 기싱교? 애루붐이 많으실텐데…."

"예, 그간 아주 애루분 고비를 수차례 넘기시맨서 생활을 해온 것 같니더. 그래도 요 근래에 와서 몇몇 도인덜이 찾아뵙고 십시일반으로 도와주시고 해서 지금언 쪼끔 나언 팬입니더."

"다행입니더."

"그런데 최경상 선상께서 다음 달 스무여드렛날 우리 수운 대신사님 탄신기념일얼 우리 도인덜과 함께 봉행하려고 허십니더. 그래서 가장 진실한 도인덜만 골라 오도록 말심이 기시어 지가 이리 찾어왔니더."

"그래야지요. 가고말고요. 그럼 매칠 날 사람을 우에 모애다 우애 갈 것인지요?"

"지가 다시 한번 더 오겠니더. 일정이 정하지 앤 했시이 그 때쯤이머 이곳저곳 의견얼 수합하여 결정되머 그 결정에 따를렵니더."

"그리해야겠네요. 그러머 지넌 그 결과의 통보럴 기다리고 있겠니더."

"그래요, 그때 지캉 같이 일월산에 가시도록 하입시더."

"그럼 오늘언 이만 집으로 돌아가보겠니더."

"아니 오랜만에 오셨는데 이럴 수가 있능교?"

"아 오늘언 저 처와 약속시간이 있어서 그러니 오해 마시이

소. 지도 여기서 저녁도 먹고 가고 싶으나 부득이하니 그리
아시머 고맙겠니더.”

　강수가 인사한다.

　구일선도 더 이상 붙잡을 수 없었다.

　용화동 한쪽 깊숙한 산골짜기에 사람들이 웅성웅성 모여
있어서 울창한 나무 숲속에서도 희끗희끗 사람들의 모습이
보였다. 강수는 벌써 사람들이 모여 있다는 것에 아주 마음
이 흡족했다. 외부에서 도인들이 많이 온 모양이었다. 자신
이 데리고 간 사람들과 합치면 그런대로 수운 대신사의 탄신
기념행사는 무난히 치러질 것 같아 보였다. 그리고 그 숫자
이면 도를 재건할 만하다 생각이 들었다. 그는 자신도 모르
게 얼굴에 미소를 띠며 산골짜기를 향해 함께 온 사람들을
인솔하여 지나고 있었다. 소나무 보굿과 상수리나무 보굿 사
이로 희끗희끗한 것이 보이는데 찬찬히 들여다보니 상주의
황문규와 영해의 박영관이 서로 마주 보며 무어라 이야기를
나누는 모습이었다.

　“참으로 산골짜기네요? 얼마나 시상이 시상 같으머 이렇게
깊언 산골에서도 더 깊언 산골로 오셔서 지내실까요?”

　김용여가 입을 연다.

　“그래 말입니더.”

　유성원이 맞장구친다.

　“그래도 한울임이 우리 최 선상임얼 지키고 기시니까 지금
꺼정 이렇게라도 기신 것 아니겠능교?”

구일선이 속말을 한다.

"그렇구말구요, 한울임이 그러시고 말구요."

임만조가 덧붙인다.

강수는 속으로 평해의 전영규 어른이 오셨으면 하고 바랐다. 그렇게만 된다면 영덕·영해·평해·상주는 우리 도가 건재할 것이란 생각이 들었고 이로 인해 앞으로 도의 재건은 시간문제라고 생각이 들었다.

좁은 계곡 산모롱이를 돌아 오솔길로 접어드니 사람 소리가 들리기 시작했다, 이쪽을 바라보고 있던 황문규가 허겁지겁 달려온다. 그는 가능한 소리를 내지 않기 위해 몸으로 행동하는 눈치다.

"어서 오시이소."

속으로 소리를 삼키며 그가 반겼다. 강수가 얼른 알아듣고 손가락을 들어 자기 입에 대고 함께 온 사람들에게 보인다. 모두들 강수를 쳐다본다.

"여기서는 가능한 한 소리를 낮추어야 헙니다."

강수가 말했다. 모두들 고개를 끄덕였다.

"황 선상임 오셨군요? 오랜만입니더. 그리고 전문여 선상임, 황여장 선상임, 한진립 선상임도 오시구요, 참으로 반갑고 싶이 솟니더."

"우리도 마찬가집니더."

이때 박영관이 뚜벅뚜벅 걸어온다.

"아이고 박 선상임도 오셨군요? 반갑니더."

강수가 반긴다.

"평해에서 또 반가운 선상임덜이 오셨니더."

이때 박영관이 안으로 들어간다. 조금 있으니 평해의 전영규가 황억대, 그리고 매일리의 남두병과 함께 걸어 나온다. 전영규가 덥석 강수의 손을 잡는다.

"그간 강녕하셨능교?"

나이 많은 전영규가 먼저 인사말을 전한다.

"예, 무탈합니다. 전 선상임께서도 무탈하셨군요."

강수는 옆에 다가와 선 남두병의 손을 잡고 흔든다.

"남 선상임, 참으로 반갑니더. 이게 얼마만입니꺼? 그간 무탈하셨능교?"

"예, 무탈했니더. 강 선상임께서도 무탈하시고요?"

"예, 보시다시피 무탈헙니더."

경주에서 온 사람들, 영덕에서 온 사람들이 모두 인사를 나눈다. 산골짜기는 금세 많은 사람들로 붐비는 장소로 변해 있었다. 그들은 모두 최경상 선생에게 갔다. 그들을 만난 최경상은 그들의 인사를 받기 전에 먼저 수운 대신사님 사모님께 데리고 가서 인사하도록 했다. 사모님과 그의 가족들이 집 밖 평상 옆으로 나와 새로 찾아온 사람들에게 정중히 인사를 한다.

"어무이넌 어디에 기싱교?"

"어무이넌 방에 기십니더."

세정이 대답한다.

모두들 방으로 비좁게 들어가 사모님께 큰절을 올린다.

"사모임, 그간 얼매나 고상이 많으셨능교? 지덜이 사모임 볼 면목이 없니더."

"그래도 지금언 편히 있니더. 이 먼 데럴 다 찾아와 주시고 참으로 고맙니더."

"지덜이 당연히 찾아와 뵈어야지요. 참으로 죄송헙니더. 이 때꺼정 지덜언 사모님이나 최 선상임의 행방얼 몰라서 못 왔니더. 지덜의 불찰얼 용서하소서."

"밸 말심얼요."

"모레 우리 수운 대신사임 탄신일기념식얼 봉행하신다넌 최 선상임의 말심얼 전해 듣고 이래 찾아왔니더. 이제부터넌 수운 대신사임의 탄신일과 순도일얼 꼭 지킬 겁니더."

"고맙니더."

"그럼 사모임 마음 편히 앉아기시이소. 지덜언 일단 최 선상임 집으로 돌아가 최 선상임 가족과 인사를 나누고 행사 준비에 대해 의논을 할까 헙니더."

"그래하이소."

그들은 사모님 방에서 물러나 최경상과 함께 옆에 있는 그의 집으로 간다.

그래도 최 선상임의 집 방은 두 칸짜리여서 다행히 모두들 들어가 비좁게 앉을 수 있었다. 모두들 일어나 최 선생님께 큰절을 올리려는데 최경상이 손을 들어 한 번 젓고는

"우리 모두 이 기쁜 날에 먼저 한울임께 고천하고 주문얼

스무 번 송주합시더."

라고 말한다. 모두들 고천을 잊고 있었다. 부끄러운 마음으로 다시 마음을 가다듬은 다음 묵상하듯 마음을 차분하게 다스리던 사람들은 최경상의 고천 소리를 듣기 시작했다.

"한울임, 오늘 우리 도인덜이 많이 오셨니더. 경주에서 김경화 임, 김사현 임, 그리고 이원팔 임이 오셨니더. 그리고 영덕에서 유성원 임, 김용여 임, 임만조 임, 구일선 임, 신성우 임, 정진국 임, 정창국 임, 그리고 배 선상 임이 오셨니더. 또한 영해에서 박영관 임, 박영수 임, 박영각 임 등 삼형제가 오셨니더. 평해에서 전영규 임, 황억대 임이 오셨니더. 울진 매일리의 남두병 임이 오셨니더. 모두들 무사히 오시게 하심을 감사드립니더. 지덜언 모레 우리 대신사임의 탄신일을 기념하려고 모였니더. 이를 계기로 우리 도가 다시 일어나 한울임얼 기쁘게 해 드리도록 노력하겠니더. 기쁜 마음으로 지덜의 기도에 감응하옵소서."

최경상의 고천이 끝났다. 모두들 주문을 스무 번 송주했다.

"먼 길 오시느라 참으로 욕보셨니더. 그리고 참으로 오랜만입니더. 그간 모두 무탈하셨능교? 이렇게 강건한 얼굴덜얼 보니 참으로 기쁩니더."

최경상이 먼저 인사말을 건넨다.

"선상임, 지덜이 그간 선상임의 행방을 알지 못해 이리 결례가 많니더. 그간 얼마나 고상이 많으셨능교? 가슴이 메입니더."

김용여가 눈물을 글썽이며 말한다. 동글납작한 얼굴에 오뚝한 코에 동안이 호인다운 모습을 그대로 보여준다.

"선상임 정말 죄송헙니더. 지덜의 불찰이 많았니더."

강수가 고개를 숙인다.

"지금꺼정 피난살이 하느라 있넌 곳얼 가르쳐 드릴 수 없었고, 그리고 또 자주 이곳저곳으로 옮기맨서 정착하지 못해서도 연락얼 취할 수가 없었니더. 오히려 저의 불찰이었니더. 이제 과거넌 이자뿌립시더. 사모임과 그 가족분덜이 모두 살아기시고 지두 지와 지 부인이 모두 살아있으이 이보다 더한 한울임의 덕이 끼칠 수 있겠능교? 이제 앞으로의 일얼 논의해서 우리 도가 다시 일어나 무극대도의 세상얼 열어나가도록 합시더."

최경상이 말을 한다.

"우리 평해에서도 여러 분들이 선상임과 대신사님 가족의 행방에 대해 노심초사 걱정하여 왔니더. 이제 대신사임 가족과 최 선상임 가족이 무탈하시니 한시름 놓았니더."

평해의 전영규가 말한다.

"아이구 어르신 길도 멀고 험한데 여기까지 오셔서 지가 무슨 말얼 해야 헐지 모르겠니더. 참으로 고맙니더."

"이제 선상님 기시고 우리덜 모두 건재하니 앞으로 이대로 지내지 말고 무엇인가 우리 도럴 일으켜 세우넌 일에 앞장서서 나가도록 헙시더. 앞으로 포덕언 절대로 비밀리에 전개하되 이녁 친척이나 친척과 같은 그런 친구에게 은밀히 하여야 할 깁니더. 그리고 혹여 모럴 일이니 우리 선상임의 거처와 수운 대신사님 가족의 거처넌 일단 알리지 않는 쪽으로 포덕을 해나가기로 합시더. 더 중요한 것언 바쁜 일정얼 재껴 두시고 이리 모이셨는데 이참에 앞으로 우리가 치러야 할 대신사임의 탄신기념일이나 순도 일을 정기적으로 봉행도 하고, 또 선상임과 대신사임 가족의 생계럴 보장하기 위해 우리가 할 일이 있얼 것 같고, 또한 앞으로 우리의 도럴 다시 세우넌 일도 시급한 것 같니더. 그러니 이럴 다 만족스럽게 이루기 위해서넌 연락망도 필요하고 다소간 경비도 필요하니 이러한 일얼 신속히 처리하기 위해 조직얼 만들고, 경비로 다소간 얼마씩이라도 돈얼 걷도록 하고, 조직얼 통해 포덕도 해 나가야 하리라 봅니더.”

평해의 전영규가 자기 생각을 말한다. 그가 한 말은 항상 바르고 무게가 있어 그의 말을 들은 사람들은 그를 따르고 있었다.

“사실은 내가 하고 싶은 말이었니더.”

강수가 말을 붙였다.

“그 문제넌 좀더 전국 각지에 있넌 우리 도인들에게 연락얼 취한 뒤에 그런 조직얼 만들도록 합시다. 그 대신 선상임과 대신사님 가족얼 위해서넌 뜻있넌 분덜이 각자 성의대로 도와주시고, 또 지역별로 뜻있넌 분덜이 서로 협의하여 도우시면 될 것입니더. 우리 상주넌 그리하고 있니더. 도우는 것은 남이 모르게 하라고 하였니더. 특히나 우리럴 서학이라 하여 감시의 눈이 조금 느슨해지긴 하였으나 이번 서양 놈덜의 강화도 침략으로 서학과 우리 도에 대한 감시가 심해지고 있는 터이니 서로 간 조심하는 것이 더 나을 듯합니더. 좀 시일이 지난 뒤에 관아의 느슨한 태도가 보이머 그때 가서 조직합시더. 어설프게 조직하고 행동하다가 모두 잽히는 경우가 발생헌다머 그보다 더 불행한 일언 없얼 깁니더. 조직하고 활동하려머 좀 더 신중얼 기해 완벽하게 활동하자넌 겁니더.”

상주의 황문규가 말한다. 듣고 보니 그 말도 일리가 있어 보인다.

“지금언 몸얼 숨기고 밖으로 활동얼 내보일 때가 아닌 듯 싶니더.”

황문규가 말한다.

모두덜 고개럴 끄덕인다. 그러나 그 문제럴 내놓고 적극 밀어붙이려던 강수가 기가 꺾여 하고 싶언 말을 모두 목구멍 속으로 집어넣어 버렸다. 돌아가서 경주와 자기 영덕사람들로부터 호응을 받아 확실한 사람들로 조직을 만들기로 하고 그 후 자기 조직에 오고자 하는 사람을 받아주는 형식으로 조직을 키워나가도 된다고 생각이 들었다.

강수가 최경상에게 생활비로 쓰시라고 지전 봉투를 내밀었다. 그러자 다른 사람들도 모두 각자가 준비해 온 돈 봉투를 최경상에게 내밀었다.

이튿날 진시에 사모님 집 앞 마당에서 대신사님의 탄신기념행사가 봉행되었다.

“우리 최제우 대신사임의 탄신기도식을 가지겠니더.”

최경상이 개식을 선언했다.

“다음은 청수봉정이 있겠니더.”

최경상의 말이 끝나자 대신사의 며느리가 흰 보시기에 청수를 담아 사뿐히 걸어 최시형에게 바친다. 최경상이 그 청수를 받아 평상에 놓인 소반 위에 올려놓는다.

“다음은 심고를 하겠니더. 오늘은 처음이니 지가 먼저 심고를 한 다음 모두 각자의 심고를 소리 내어 하시기 바랍니더.”

“한울임, 우리 수운 대신사에게 무극대도의 천도를 내려주심얼 감읍하옵니더. 이로 인해 이 땅에넌 한울임과 일치하넌 참 삶이 이어지고 무극대도의 실현얼 위한 우리 도인덜의 도지가 섰니더. 그러나 무지한 이 나라의 위정자덜언 우리 대신사임얼 좌도난정으로 몰아 무자비하게 환원시켰니더. 우리 도인덜이 절도나 원도로 유배되고 원지로 유배되넌 등 도 지도부가 와해되고 감시되어 활동을 하지 못하던 중 남은 도인덜이 이만큼이나마 모여 대신사의 탄신일얼 기념하게 되었니더. 이를 시작으로 우리 도인들이 힘을 모아 도세를 키우고 시천주를 실현하고 무극대도의 세상을 열도록 우리도 조직에 감응하옵소서. 언젠가넌 우리 대신사임의 신원이 되도록 감응하옵시고 이 땅에 우리 도가 포덕천하가 되어 위정자나 우리 도인이나 희생되넌 자 없이 무극대도가 이루어지도록 감응하옵소서. 앞으로 이 날언 우리 도인덜이 마음 놓고 편히 기념할 수 있도록 감응하옵소서.”

최경상이 심고한다. 최경상의 심고가 끝나자 그 뒤를 이어 모두들 각자의 심고를 소리 내어 한다. 도인들의 각자 심고가 끝났다.

"이제 주문 스무 번 송주하시기 바랍니더."

최경상의 목소리가 낙낙하게 들려왔다. 모두들 강령부문과 본주문을 소리 내어 송주했다.

"다음은 기념사를 하겠니더. 우리 도에 아직 의절이 없어 엉성한 생각이 듭니더. 앞으로 개선해 나가기로 하고 기념사 겸 앞으로의 우리의 다짐얼 말심드리겠니더. 오늘 이 자리가 숙연한 것언 우리 대신사임이 억울하고 불행하게 무지한 이 땅의 위정자들에게 참혹한 형벌을 받아 환원하신 때문입니더. 한울임으로부터 도럴 받아 이 땅에 시천주럴 실행하시고자 하신 대신사임의 창도와 가르침언 우리에게 큰 기쁨과 소망과 희망얼 안겨 주었으나 오래가지 않았니더. 포덕천하 지상천국언 우리에게서 멀어진 것처럼 보였니더. 그러나 이제 대신사임의 그 희생얼 거울삼아 우리넌 이 땅에 반드시 포덕천하럴 이루고 지상천국얼 이룩할 것입니더. 그러기 위해서넌 우리덜의 마음에 미워하넌 사람이 있어 적개심얼 가지지 말도록 각별히 심고하시기 바랍니더. 우리넌 한울임만얼 생각하고 한울임과 일치되어 한울임과 불이의 삶을 살아가는 데에 우리의 온 정신얼 쏟아야 헙니더. 모든 사람언 모두 각자 자기 몸에 한울임얼 모시고 있니더. 이럴 모르넌 자넌 마음에 각자위심이 있어서입니더. 우리 도인에게넌 이들에게 각자위심에서 벗어나 한울임과 불이의 삶이 대도록 포덕하넌 책임이 있니더. 이점얼 명심하시기 바랍니더. 포덕천하가 댈 때까지 우리의 희생이 있어서넌 앤 댑니더. 따라서 포덕의 방해가 대넌 것언 우리가 피해가야 헙니더. 양반덜이나 유림덜, 양반의 논밭얼 배메기로 경작하넌 사람덜, 양반에 솔거하는 노비덜, 양반에 빌붙어 사넌 들때밑덜, 입이 싼 사람덜얼 조심하시고 특히 어린 아덜이 있는 분은 아덜 앞에서 도에 대해 일체 말을 꺼내지 마시기 바랍니더. 청수봉정도 하지 마시기 바랍니더. 이제 새롭게 우리가 거듭나야겠니더. 여러분의 가정의 강건과 안녕에 한울임의 감응이 내리시길 기원합니더."

식이 제사와 같이 신위를 모시지도 아니하고, 그렇다고 제상을 차리지도 아니하고 그냥 기도회로 시작하여 금방 끝나버리니 참으로 민망하기도 하고 멋쩍어 보이기도 했다.

"이제 우리넌 관이 우리럴 주시한다 해서 그냥 숨어있지만 말고 그에 대비하여 좀 더 체계적이고 안전 위주로 우리와 가까운 사람들로부터 차분하게 비밀리에 포덕을 해나가야 할 것입니더. 이점을 잊지 마시고, 첫째도 안전, 둘째도 안전얼 생각하시머 포덕에 임해주시길 바랍니더. 그리고 수운 대신사임의 순도일과 탄신일기념행사럴 봉행하기 위한 계(契)모임얼 가지고자 합니더. 여기에 우리 최 선상임께서 직접 참여하여 주시고 그 결과를 전국 각지에 통보해 주시머 헙니더."

강수가 말한다.

“그래해 주시머 지덜이 따르겠니더.”

상주 황문규가 동조한다.

“그래해 주시이소. 우리도 그대로 따르리더.”

남두병이 말했다.

“그라머 우리 평해도 무조건 그렇게 따를 기니 통보만 해주시이소.”

전영구가 말한다.

최경상이 박영관에게 다가와서 부친의 병구완에 정신없는 그들 삼형제에게,

“부친의 몸이 차도럴 보이지 않아 걱정이 큽니더. 자제분덜이 마음고생이 많겠니더. 지가 한번 찾아뵙겠니더.”

하고 위로의 말씀을 드린다.

이튿날 상주사람들이 떠나고 평해 사람들이 떠나고 매일리 남두병도 떠났다. 영해의 박영관 형제도 떠났다. 경주 사람과 영덕 사람, 그리고 영해 사람 박춘서만 남았다. 박춘서는 강수와 바늘과 실의 관계처럼 지내기 때문에 강수와 함께 내려가려고 남은 것이었다.

강수가 최경상 선생을 다시 만났다.

“선상임 아무리 생각해 봐도 이것만언 만들어 놓고 내려가야 할 것 같니더.”

“무엇을요?”

“계 말입니더.”

“계는 다음에 하자 하지 않았능교?”

"그래도요, 수운 대신사님 순도일이 내년 삼월 초순입니더. 그리고 금방 겨울이 댑니더. 언제 조직을 만들고 언제 순도일얼 만나 제사럴 치럴 것입니꺼?"

"그러기넌 헙니더만."

"그러지 말고 우선 여기 있는 경주사람과 우리 영덕사람들과 계를 일단 조직해서 이를 바탕으로 계원을 늘려나가는 방법을 취해야 할 것 같니더."

"그럼 계안얼 만들어 보시이소. 그리고 계돈언 행사가 있얼 때에만 일인당 사전(四錢)으로 정하세요. 많언 돈언 바람직하지 않니더."

"아니 사전이라니요? 그 돈 가지고 머 하시겠다넌 말심잉교? 오신 분덜 가실 때까지 먹넌 쌀얼 생각해 보십시오. 사전언 아무래도 모자랄 것 같니더."

"그래도 사전 이상은 앤 댑니더."

최경상이 사전으로 못을 박았다.

"알겠니더. 그리하겠니다."

강수는 계안을 대충 만들었다. 어차피 계안은 최경상 선생이 면밀히 검토하여 만들 것이기 때문이었다. 강수는 계장 자리를 비워 두었다. 혹시 최경상 선생께서 점지한 사람이 있나 해서였다. 자신이 생각하기는 자기 부친을 모시는 것이 가장 좋을 듯싶었다. 가장 연장자였고 그래야 자신이 계를 실질적으로 운영하여 최 선생을 보필할 수 있기 때문이었다. 강수가 계안을 최경상에게 바쳤다. 최경상이 계안을 받았다.

“이 계안언 내가 두고 생각하여 수정하겠니더. 그러니 며칠
언 걸릴 것 같니더. 그리 아시고 편히 내려가시이소. 그리고
이 계안으로 등록해 주신 여러분께 참으로 고맙다는 말씀얼
드립니더. 여러 사람이 한꺼번에 만나서 서로의 그간에 쌓은
정을 다 풀지도 못하고 떠나시게 되었니더. 가시더라도 생업
에 충실하시고 무탈하시기 바랍니더. 언젠가넌 무극대도의
날이 올 것입니더.”

그들도 최경상 선생과 작별인사를 하고 고향으로 돌아갔
다. 그리고 보름 후 용화동에서 전성문이 다시 강수의 집에
찾아왔다. 완성된 계안을 가지고 온 것이었다. 계안에는 계
장이 자기 부친 강정(姜鋌)으로 되어 있었다. 강수는 그 뜻을
단번에 알아차렸다. 그가 할 일이 있다는 것을 일깨워 주신
것이었다.

“선상께선 어쩌면 당분간 용화동을 떠나 기실 것 같습니더.”
전성문이 말한다.
“왜요? 우리가 갔을 때는 그런 말씀이 없으셨는데요?”
“지금 시국이 좀 이상하다 하시면서 그런 생각을 가지신 눈
치입니더.”
“어디로 가신다는 말심언 없었능교?”
“우리는 그런 이야기하지 않기로 되어 있지 않능교?”
“아 그렇지요. 오데럴 가시든지 무탈하셔야 될 터인데요.”
“한울임께서 다 점지해 주시니까 무탈하실 겁니더.”
“그럼은요.”

54.

　최경상은 남은 남자들, 그러니까 세정과 세청 그리고 자신 셋이서 날마다 산으로 나무를 하러 나갔다.

　"우선 삭정이와 쓰러져서 죽언 나무덜만 베거나 꺾어서 가지고 가세. 알겠능가?"

　"예."

　세정이 대답한다. 일월산에는 그래도 죽은 나무들이 자빠져서 썩어가고 있기도 했다. 마을에서 가까운 산이라면 어림도 없는 일이었다. 고목이 된 가문비나무 한 그루가 길게 나무 틈새를 뚫고 누워있었다. 꽤 오래되었음 직했다. 최경상은 나무의 밑동을 쳐다보고 있었다. 나무 밑동에는 상황버섯들이 옹기종기 붙어 자라고 있었다. 제일 밑은 반듯하여 노란 색깔을 띤 것 같았으나 위는 거무스레한 나무 보굿 모양 더덕더덕 붙어 자라고 있었다. 뽕나무에서 자란 것은 아니지만 그래도 그런대로 약효도 있고 귀중한 것이어서 하나씩 하나씩 조심스럽게 낫으로 갉아내어 따낸다. 그리고 톱으로 밑동을 제외한 윗부분을 썰어서 토막을 낸다.

　"이 아래 밑동은 그대로 두어야 다음에 또 버섯을 채취할 수 있지. 그러니 그대로 두게."

　최경상이 세정에게 말한다. 세정이,

　"예."

　짤막하게 대답하고 고개를 연신 끄덕인다. 무엇인가 상황버섯의 자라는 모습을 알겠다는 모습이었다.

삭정이도 많이 있었다.

"선상님, 왜 같언 나무에서 자란 데도 산 가지와 죽언 가지가 생길까요?"

세정이 묻는다.

"내가 잘은 모르지만 아마도 살아있넌 나무에 붙언 가지에 영양이 제대로 공급대지 앤 해서 스스로 말라 결국 그 부분만 죽어버린 가지가 아니겠는가?"

"그러니꺼 산 나무에 자란 가지도 햇빛이나 영양분을 제대로 못 받으며 이렇게 삭정이가 된다 그 말심이군요?"

"그런 모양이야."

"자 지게에 적당량만 지고 가세."

최경상이 토막 난 나무를 세정과 세청의 지게에 얹어준다. 그리고 자신도 지게에 좀 많은 나무토막을 얹어 지고 집으로 내려간다.

그들은 매일 나무하러 산으로 올라갔다. 최경상은 적어도 올겨울뿐만 아니라 내년 겨울에도 쓸 나무를 장만하고 싶었다. 그는 아무 말을 하지 않고 나무하러 산으로 올라갔다. 세정과 세청이 다른 일을 본다고 하면 그러라고 해놓고 혼자서 나무를 하러 다녔다. 삭정이는 삭정이대로, 죽은 나무는 죽은 나무대로 톱으로 썰어서 토막을 내어 집으로 날랐다.

동짓달도 지나고 섣달이 오니 산바람이 보통이 아니다. 왜 바람이 방향도 없이 마구 휘몰아친다. 냇바람인지 골바람인지도 분간할 수가 없다. 바람은 차서 칼바람이다. 모두들 방 안에 들어와 있다. 최경상은 옆방에도 아궁이에 불을 지펴놓고 짚신 삼기에 여념이 없다. 이번에는 팔 목적이 아니다. 자기 식구는 물론 수운 대신사님 가족들의 짚신까지 한 사람당 열 켤레 정도는 만들 참이었다. 자기가 떠나더라도 당분간은 짚신을 신을 수 있게 하기 위함이었다.

아직 아무에게도 말하지 않았지만 요즘 시국이 조용하지 아니하고 서양 사람들이 산체만 한 쇠 배를 몰고 와서 강화도를 침략하고 돌아간 이후 정부에서 서학과 동학을 함께 혹독하게 탄압하는 걸로 보아 어딘가 깊숙한 곳으로 몰래 숨어 들어가는 것이 안전할 성싶은 생각이 들었다. 요즘 대신사님 탄신일과 관련하여 많은 사람들이 여기를 찾아왔는데 그 사람들을 아랫마을 사람들이 쳐다보았을 것이 자명하고 그러다가 그 중 한 사람이라도 이를 의심스런 눈초리로 바라보았다면 틀림없이 관에서 여차하는 마음으로 밀어닥칠 공산이 커 보였다. 최경상은 일단 몸을 피해 있어야겠다고 마음먹었다.

짚신도 거의 완성되었다. 자기 식구들과도 헤어져 있어야 했다. 자기 자신도 어디에 의지해야 할지 모를 처지여서 우선 부인과 대신사님 공구들을 그대로 두기로 했다.

정월이 지나고 이월이 왔다. 다음 달이면 대신사님의 순도일이 있는 달이었다. 계도 만들어졌으니 순도일을 지키고 떠났으면 했으나 아무래도 그건 자칫하다 도를 일으켜 세우기도 전에 모든 게 끝장날 것 같아 보였다. 그러나 혼자 떠나기로 했지만 자신의 처나 수운 대신사님의 가족들을 모두 이곳에 놔두고 혼자만 떠난다는 게 앞뒤가 맞지 않는 일이어서 곰곰이 생각한 끝에 우선 자기 부인은 자신이 데리고 가고 대신사님 가족은 전에 계셨던 상주의 동관음으로 가서서 계시도록 함이 훨씬 안전하다 생각이 들었다.

최경상은 부인에게,

"지금 시국이 심상찮아요. 불란서 함대가 신부럴 앞장세워 십자가럴 쥐고 함대에 서게 하고서 대포럴 쏘아붙였다넌 구만요. 그러니 정부에서 서학도덜얼 가만히 두겠능교? 덩달아 우리 동학까지도 서학과 같이 보넌 그덜이 또한 우리 동학을 가만히 두겠능교? 그러니 우리가 임시라도 이곳을 피해 있어야겠소. 갈 곳은 예천군 수산리로 상주와 가까운 곳이요. 따라서 사모님과 그의 가족들도 모두 전에 계셨던 상주의 동관음으로 다시 가서서 피해 있으라고 해야겠니더. 난세일수록 우리가 정신을 바짝 차리고 대처하지 않으면 앤대니더."

말을 마친 최경상은 곧바로 대신사님 사모님께 갔다.

"사모님, 지금 시국이 우리 동학에 심상찮니더. 불란서 군함이 강화도에 밀어닥쳤을 때 그덜언 십자가럴 들고 있넌 신부럴 갑판 위에 세워놓고 대포럴 쏘아붙였다고 합니더. 그래서 정부에서넌 서학얼 더욱 탄압하게 되었고 우리 동학도 서학과 똑같이 취급하여 탄압하게 되었으니 우리가 우선 깊은 곳으로 숨어있어야 대겠니더. 지가 생각해 보니 사모님언 가족얼 이끌고 전에 계셨던 동관음으로 가서서 은신하시넌 것이 더욱 안전할 것으로 보입니더. 지덜이 이 식구럴 나누어 동행해서 그곳까지 모셔다 드리겠니더. 그리고 이제넌 우리 도인덜이 계도 만들고 하여 생활하시기넌 어려울 게 없을 것입니더. 사모님 가족이 일 년은 생활하실 수 있도록 동관음에 도착하면 우선 돈얼 드릴 테니 그리 아시이소. 지가 못 모셔서 죄송합니더.”

최경상이 말씀을 드리자 사모님은 긴 한숨을 내리 쉰다.

“그래야지요. 우짜거나 최 선상임 강녕하시고 무탈하시기만얼 바랄 뿐입니더.”

이튿날 해거름에 아랫마을 도인덜이 하나둘 모이기 시작했다. 심고회가 끝나고 난 다음 최경상이 불란서 군함의 강화도 발포사건과 관련하여 정부의 서학과 동학에 대한 탄압이 예상되어 이에 대한 설명을 하고, 대신사 가족분들이 동관음으로, 자신의 가족이 예천 수산리로 잠적할 계획을 말한다. 그리고 동관음에 가서 사모님 가족이 살 집을 수리하고 사모님 가족을 모시고 갈 사람을 곁에 있는 사람들에게 묻는다.

최경상의 말이 떨어지자 동시에 박황언과 김덕원 그리고 전성문이 가겠다고 나선다.

“그럼 됐니더. 준비되넌 대로 곧 떠나겠니더.”

최경상이 말한다.

“지덜언 우짤까요?”

정치겸이 묻는다. 최경상이 눈을 감고 잠시 생각해 본다.

“우리넌 이곳 마을 사람들이 다 우리럴 알고 있고 의심하지 않았으이 앞으로 무슨 일이 있을라고요? 그라고 사실 이곳 일월산보다 안전한 곳이 어디 있겠능교? 그러니 우리넌 그대로 여기 있습시더."

박황언이 말한다.

"그 말도 맞어요. 나는 그냥 여기에 남겠소."

김계약이 말한다.

"그럼 우리는 모두 여기에 남기로 합시더. 그래야 앞으로 최 선생님과 우리 도인덜과의 연락얼 취할 수도 있고요."

"그리합시더. 나도 남겠소."

김덕원이 말한다. 일월산으로 들어온 열두 명은 모두 용화동에 남기로 했다.

최경상은 동관음에 가더라도 집이 많이 손상되어 있을 것이고 방구들도 엉망이 되어 있을 뿐만 아니라 지붕이며 서까래며 문짝 등도 온전하지 못하리라 짐작했다. 그래서 이들을 고치기 위해 연장을 챙기고 방바닥에 깔 마분지며 콩기름까지 준비해 놓았다.

박씨 부인은 왔던 길을 다시 찾아가려니 까마득했다. 산 넘어 물 건너 그 까마득한 길을 이 대가족을 이끌고 가려니 출발도 하기 전에 먼저 다리의 힘부터 빠져버린 느낌이었다. 웬만하면 여기 눌러앉고 싶다고 목구멍까지 나오는 말을 참았다. 바깥일을 어찌 아녀자가 알리요 싶어서였다. 하기야 최 선생님이 어련히 알아서 그리로 보내겠는가? 이제까지 그분이 틀린 일을 어디 한번 하셨던가? 그러나 동관음까지 가려 하니 발도 마음도 무거웠다. 그러나 그것이 운명인 걸 어쩌랴. 따를 수밖에 없었다.

박씨 부인은 온 가족을 재촉하여 가지고 갈 물건들을 싸느라 분주했다. 그곳에선 특히 부엌살림들이 귀중했다. 그만큼 장이 멀었던 것이다. 어떻든 이불이며 옷가지며 헝겊 조각이며 실패 구리며 할 것 없이 모두 다 챙겨 넣어 보자기로 쌓았다. 애쓰고 장만 해놓은 땔나무들만 한 지게 얹어놓고 나머지는 그대로 두게 되었다. 곡식은 사람 숫자대로 나누어 모두 허리에 매었다. 그리고 무거운 짐은 같이 갈 박황언, 전성문, 김덕원이 나누어 짊어지었다. 이들은 식구를 넷으로 나누어 일정한 거리의 간격을 두고 동관음을 향해 걸었다. 그들은 일월산으로 올 때의 경험을 살려 누가 뭐라 하지 않아도 돌아가는 길은 잘 훈련되어 인적이 드문 길을 찾아 척척 나아갔다. 출발한 지 삼 일째 되는 날 그들은 동관음에 도착했다. 찬 바람이 세차게 불어오기에 발이 동상에 걸릴 것 같았다. 그러나 다행히도 동상에 걸린 사람은 없었다. 옛 살던 집은 그동안 사람이 살지 않아서 많이 부서져 있었다. 지붕 서까래도 한쪽은 내려앉아 있었다. 우선 부엌 아궁이에 불을 지피도록 했다. 아궁이 불도 잘 들어가지 않는 모습이었다. 최경상은 이참에 구들장을 다시 새롭게 놓기로 했다. 방을 뜯어 구들장을 아궁이와 굴뚝이 있는 바로 아래를 깊게 파서 공기가 잘 드나들게 만들었다.

그날 밤 그들은 아궁이에 불을 지펴 방바닥이 잘 마르도록 하고 그 불을 쬐면서 이야기를 주거니 받거니 하며 밤을 지샜다. 이튿날은 방구들도 바닥도 모두 대충 고들고들해졌다. 그들은 마분지를 방바닥에 두 겹으로 바르고 거기에 콩기름을 묻혀 방바닥이 반지르르하게 만들었다. 방이 하나 완성되자 그곳에 가지고 온 짐을 풀고 다른 방을 또 고치기 시작했다. 그 방도 똑같은 방법으로 고쳤기 때문에 다음 날 다 마를 수 있었다. 다시 마분지를 두 겹으로 깔아 풀을 바르고 마르자 콩기름으로 바닥을 문질러 바닥에 잘 베이도록 했다. 내려앉은 서까래도 원래대로 고쳤다. 지붕이 제 모습을 하게 되었다. 문짝도 맞추어 놓았고 창호지도 새로 발랐다. 문짝 돌쩌귀도 맞추어 놓았다. 이 식구가 방 두 개에 나누어 살기에는 비좁았다. 그러나 어쩔 수 없었다. 다행히 지붕은 너와 지붕이어서 너와가 날아가지 않고 있어서 다행이었다. 만약 너와가 아니었다면 벌써 서까래가 못 쓰게 되었을 것이고 초가지붕이라면 벌써 다 날아가 버렸을 것이었다. 그리고 이 엄동설한에 짚을 얻기도 곤란했을 것이다. 천만다행이었다.

“사모임 이곳 장날은 언젱교?”

박황언이 물었다.

“여기는 삼팔장이구만요.”

“그러면 어제가 장날이었네요?”

“그렇네요.”

옆에서 듣고 있던 최경상이 다음 장날까지 기다릴 수는 없는 일이어서,

"그럼 세정이, 세청이가 좀 힘들더라도 다음 장날언 지게를 지고 장에 가서 곡식과 필요한 것얼 사서 짊어지고 오도록 해야겠다."

최경상이 말하고 마분지로 싼 두툼한 돈뭉치를 사모님에게 내민다. 앞으로 일 년은 걱정이 없을 만한 돈이었다.

"앞으로넌 우리 도인덜이 우리의 생활비럴 준비해 주니까 이제넌 생활비 없어서 고생할 일언 없얼 깁니더. 지가 철철이 잘 알아서 챙겨 드리겠니더. 그리고 시국이 좀 잠잠해지거나 좀 안정해지면 다시 사모님을 모실 깁니더. 우선만 좀 고상 하십시오. 이것이 우리가 안전하게 사는 방법이고 우리 도럴 다시 살리넌 최선의 길입니더."

최경상이 사모님에게 말한다. 그리고 그들은 사모님 가족을 그곳에 두고 무거운 발걸음을 떼어 돌아왔다.

돌아오면서 주막 봉놋방에서 하룻밤 신세를 졌는데 그날 비몽사몽 시에 수운 대신사임이 나타나서,

"너에게 대도의 중임(重任)을 지게 한 것은 오직 천심에서 나온 것이니 네 비록 세상에 용납을 받지 못하더라도 괴롭게 생각하지 말라."

라는 영교를 내렸다. 최경상은 자신이 도를 세우는 데 성경심이 부족하여 수운 대신사님께서 자신에게 채찍을 내리신 것이라 생각하고 속으로 속죄의 심고를 올렸다. 그는 힘을 내어 대신사님의 도를 반드시 일으켜 세우리라고 다짐한다.

집에 돌아와서 다시 도인들을 불러 모아 놓고,

“내가 떠나넌 것언 안전얼 얻고자 함이오, 안전하여야 우리 도가 다시 일어설 수 있으므로 그러한 것이니 여러분덜언 내가 없다고 실망하지 말고 비밀 포덕얼 꾸준히 해주실 것을 당부합니더. 그리고 수산리 내가 기거하는 곳으로 자주 왕래하여 이곳 소식을 전해주길 바라오. 일 년이 되도록 이곳에 아무런 일이 일어나지 않으면 그때넌 마음 놓고 이곳에 집을 짓고 기거하며 포덕 활동을 할 것이니 그리덜 아시기 바랍니더. 그리고 포덕하면서 지가 필요하머 언제든지 연락얼 주시오. 그러머 그곳에 가서 포덕강도럴 하겠소. 우리 모두 무탈하고 강건하기럴 바랍니더.”

말을 마치고 부인을 데리고 용화동을 떠나 예천 수산리로 향했다.

용화동을 떠난 지 사흘 만에 수산리에 도착했다. 최경상은 전에 상주 은척에 은신한 적이 있어 이곳 지리를 잘 알고 있었다. 용천저수지를 가운데에 두고 마을이 갈라져 있다. 그리 높지 않은 건지봉이 마을을 감싸고 있어 마을이 포근하고 따뜻하다. 고산동이다. 또 이곳은 사모님이 계신 상주 동관음과 그리 멀리 떨어져 있지 않아 자주 들러볼 수도 있었다.

이곳은 상주의 황문규의 도움이 컸다. 황문규 접주가 알선해서 빈집을 마련해 주었고, 월성 최씨들에게 최경상 선생을 소개해 주어 무난히 그들과 친숙해질 수 있었다. 최경상은 이곳에서는 주로 주문을 외우고 심고생활을 주로 하였다. 봄도 지나고 무더운 여름도 지났다. 외국선박들도 조용하였다.

정부에선 서학과 동학에 대한 탄압이 그렇게 심하지 않았다. 그것은 탄압을 하지 않으려 한 것이라기보다 개화파와 수구파가 정권을 두고 서로 알력 다툼을 하느라 바빴기 때문이었다.

구월 하순에 박황언이 찾아왔다.

"선생님, 이번 수운 대신사임의 탄신기념일은 어디서 어떻게 치를 것잉교?"

"글쎄 이곳까지 오라고 하기는 너무 거리가 멀고 하니 내가 적당한 자리로 가는 것이 좋을 듯싶은데 어찌하면 좋겠능교?"

"그러머, 이번에 우리 흥해에서 한번 강도를 해주이소. 도인들은 비밀리에 지가 모우겠니더. 우리 선생님이 건재하시고 도인들도 건재한 모습을 한 번쯤은 보여주는 것도 좋을 듯싶니더."

"그럼 그렇게 일얼 추진해 보시오. 그리고 내게 연락얼 취해주시오."

"그럼 그리하겠니더."

박황언은 부인을 만나기 위해 미리서 월포로 떠났다. 이번에는 성지골에 사는 전광무를 필히 만나야겠다고 벼르고 있었다. 전광무는 좀 무뚝뚝하지만, 그것은 그의 성격이 무딘 점도 있고, 말도 조곤조곤하지 않은 성격이기도 했다. 어려서부터 박황언과는 죽마고우였다. 그는 내려가는 길에 먼저 좀더 내려가 흥해 북쪽 끝자락의 낮은 산골에 있는 성지골로 찾아갔다. 땅에선 찬 바람이 불어오는데 하늘엔 별빛이 찬란히 비추고 있었다. 전광무가 집에 있었다.

"아니 자네 무사했구나. 나넌 걱정 많이 했네. 요즘 우째 지내나 했네. 자네 가정도 모다 무탈하신가?"

"어이 염려지덕으로 무탈하네. 자네도 무탈했능가?"

"자네 보다시피, 자네처럼 드러내지 않고 있으이 누가 알겠능가?"

"좋은 일이시. 요즘 이곳 공기는 우쩐가? 우리 동학에 대해서 말일세."

"동학이라고 특별히 주시하고 있는 건 없는 모양이네. 그저 평온하네. 그때 사람덜 모두 원지로 유배되고 그 뒤로 누가 활동하넌 것도 없으이 모두덜 마음얼 놓은 거겠지."

"그래 말인데 이번 시월 스무여드렛날 자네 집에서 이곳 도인덜얼 모아 우리 최경상 선상임얼 모시고 수운 대신사임 탄신기념 기도회럴 가지고 최경상 선상임의 강도를 들어봄이 우쩐가?"

"그러세. 그러나 밤에 해야 될 것이야. 아무리 감시가 허술하다 카더라도 우리로서넌 조심해야 허니께."

"당연히 그래야지. 그럼 모이넌 사람언 확실한 사람만 모이도록 해야 카네. 그래서 내가 모일 사람덜얼 정해놓고 연락을 하겠네. 자네도 연락헐 사람이 있나?"

"있긴 하네만 이번에는 연락을 취하지 않고 다음 기회에 연락을 취하겠네."

“그럼 그리하세.”

“그나저나 자네 부인과넌 자주 만나나? 부인얼 소홀히 다루지 마시게나, 부인이 자네만 믿고 사넌데 그리 아시게나.”

“고맙네, 그리하겠네.”

“그럼 내 가겠네. 밤이니 남덜 눈에 보일 리 없어 떠나기에 좋네.”

“이 사람아 오랜만에 왔는데 그냥 가시다니, 자네 부인도 만날 것이고 하니 내 삼계탕을 만들어 줄 것이니 그걸 먹고 가게나. 글 앤 카머 내 몬 가네.”

박황언은 하는 수 없이 기다렸다가 삼에 푹 곤 닭백숙을 배불리 먹었다.

“이제 가도 대넌가?”

박황언이 웃는다.

“그렇지, 그래야지. 그럼 그날얼 기다리겠네.”

박황언은 월포로 향했다. 이번에는 닷새가 아니라 한 달 정도 머무르다 올라갈 생각이었지만 다음 달 스무여드렛날이 수운 대신사님의 탄신일이어서 그간 전국의 도인들에게 연락을 취해야 하고, 최 선생임과의 연락도 취해야 할 일이 있어 그리할 수 없었다. 부인이 그립기도 하고 너무 미안하기도 하고 큰 죄를 지은 것 같아 항상 무거운 마음이었다. 그날도 어쩐지 부인 곁에 오래 머무르고 싶은 생각이 들었지만, 자신이 할 일이 있어 부인에게 그간의 사정 이야기를 하고 다음 달에는 한 달간 같이 있겠다고 말하리라 맘먹었다.

월포 처남댁에 도착하자 부인은 벌써 와 자신을 기다리고 있었다. 처남도 처남댁도 모두 자신을 기다리고 있었다. 너무 늦은 밤이어서 저녁은 이미 먹은 후였고 부인이 있는 방으로 들어와 보니 윗목에 밥상이 놓여 있었다.

"여보, 조금 기다리시이소. 금방 뎁힌 달백숙얼 가져올 기라요."

"아니 당신은 언제 오셨는디 벌써 달얼 잡고 기다리셨소? 오늘 나넌 달얼 두 마리나 먹게 생겼소."

"아니 어디서 잘 대접을 받으셨능교?"

"당신도 잘 아는 전광무한테 갔다가 거기서 달얼 잡아 백숙을 만들어 주어 먹고 온 참이오. 전광무가 당신을 끔찍이 생각하고 있디더. 당신한테 잘하라고 몇 번이나 내게 주의를 줍디더."

부인이 듣고 기분이 좋은지 빙긋 웃는다. 조금 있으니 처남댁이 데운 닭백숙을 들고 와 문을 두드린다. 부인이 문을 열고 닭이 놓여 진 쟁반을 받아 든다. 부인이 김이 모락모락 피어오르는 닭백숙을 밥상 위에 놓는다.

"어서 드시이소."

"자네가 먹어야 할 것 같네. 나는 이미 먹었으이."

"그래도 내가 보는 앞에서 드셔야 드신 것이라요."

"그럽시다 같이 듭시더."

박황언이 닭다리를 하나 푹 떼어 부인에게 권한다. 부인이 사양하니까 억지로 손에 잡히도록 더 내민다. 부인이 하는 수 없이 닭다리를 받아 든다. 그리고 다른 닭다리를 뜯어 한 입 문다. 부인이 술을 한 잔 따라 올린다. 산에 있으면서 술을 거의 대지 않은 박황언은 빙긋이 웃으면서,

"거기 있으맨서 술은 거의 입에 대지 않았었넌데…."

하며 술잔을 받아든다. 부인이 다시 술을 한 잔 더 따라준다. 다시 술잔을 비운다. 술기운이 몸에 확 달아오른다. 촛불에 비친 남편의 얼굴이 홍조를 띤 것을 보고 부인이,

"그곳에선 술을 몬 마시게 하넌가요? 참말로 당신 얼굴이 붉어져 이쁘게 보이넌 것얼 보이 술언 앤 마신 것이 맞네요."

항상 다정다감하고 자기를 아끼며 사랑해 준 남편이 참으로 좋다. 언제까지고 이렇게 남편 곁에 있으면 얼마나 좋을꼬. 월포 댁은 간절히 그런 날이 어서 오기를 바란다.

꿈같은 닷새가 지나고 박황언은 부인과 헤어져서 평해와 울진 매일리 남두병을 만나 이번 수운 대신사님 탄신기념일 행사에 대하여 말씀을 드린 후 최 선생님의 수산리 근황을 알려드리고 용화동으로 올라왔다.

상주는 김덕원이 연락을 취하고 영덕의 강수에게는 전성문이 연락을 취했다. 영해는 강수가 박춘서에게 연락을 취할 것이고 형제바위 아래 박영관 형제에겐 박춘서가 연락을 취할 것이었다.

시월 스무여드렛날 아침이 왔다. 다행히도 날씨는 맑았고 하늘은 높았다. 어젯밤까지 모여든 사람들이 좁은 방에 나뉘어 다리를 쪼그리고 앉아서 갈치잠에다 그루잠으로 설친 사

람들이 하나둘 깨어나서 세수를 하기 시작했다. 어제는 먼 곳에서 오느라 피곤했을 것이었다. 아침상을 느지막이 먹고 나서 수운 대신사님 탄신기념일인데도 조난향례를 올리기로 한 모양이었다. 제목만 조난향례로 바뀌었을 뿐 식순은 탄신기념일과 똑같았다. 식은 금세 끝났다. 마지막 심고가 끝나고 최경상의 법설이 있었다.

"내 혈괴(血塊)가 아니어서 우째 시비하넌 마음이 없으리오마넌 만일 혈기(血氣)럴 내어 시비(是非)럴 추궁하머 천심얼 상케 할까 두려워하여 이럴 하지 않니더. 내 또한 오장이 있거니 어찌 물욕얼 모르리오마넌 그러나 내 이를 하지 않넌 것언 한울임얼 양하지 못할까 두려워함이니더. 나넌 비록 주인, 소아의 말이라도 배울 것언 배우고 좇얼 것언 좇얼 것입니더. 이넌 모든 선(善)언 다 천어로 알고 믿음입니더. 이제 여러분의 행위럴 본즉 자존하넌 자가 많으니 가탄(加歎)할 일입니더. 내 또한 세상 사람이거니와 어찌 이런 마음이 없겠습니까마넌 내 이럴 하지 않음언 한울임얼 양(養)하지 못할까 두려워함입니더."

최경상의 법설이 끝나자 모두들 숨죽여 조용히 있었다. 모두들 마음속으로 느끼는 바가 있는 듯하였다. 이번에도 강수의 노력이 덧보였다. 박춘서와 박영관 형제와 평해의 전영규, 매일리의 남두병도 찾아왔고, 상주 먼 곳에서 황문규, 한진우, 황여장, 전문여 등도 와서 자리를 빛내 주었다. 최경상은 주문과 심고와 포덕에 더욱 힘쓸 것을 당부했다.

정묘년 동짓달에 박황언이 수산으로 최경상을 찾아왔다.

"요즘 그곳 공기넌 어떤가?"

"용화동언 아무 변화가 없니더."

"관아의 무슨 낌새넌 보이지 않았넌가?"

"예, 아무 일도 없이 그대로 흘러왔니더."

"내가 지례 겁얼 집어먹었구나."

"결과가 그런 것이지 선상임께서 피하신 것언 잘하신 겁니더."

"내 여기에 있으니 참으로 답답하고 세상 돌아가넌 형세럴 알 수가 없네. 다시 용화동으로 갈까 하네. 이번에넌 윗대치에서 좀 더 올라가 그곳에 집을 짓고 들어갈까 하네. 그곳 양달 진 곳에 마을이 없는 곳을 택해 집 자리를 봐주게. 아니세, 내가 금명간 용화동에 가서 대치마을얼 한번 돌아보겠네."

"그럼 돌아가서 도인덜에게 소식얼 전해드리겠니더."

"그리 전하시오."

최경상은 용화동으로 왔다. 이번에는 완전히 살 집을 짓고 싶었다. 그래도 일월산은 그간의 정황으로 보아 가장 안전한 곳이었다. 이제 마음 놓고 살 집을 짓고 이사해야겠다고 마음을 다잡았다. 겨울이 오기 전에 사모님 가족과 자신의 부인과 같이 살 집을 지어야 했다. 위 동네인 윗대치로 올라가서 알맞은 집터를 둘러보았다. 마을이 있는 곳을 피해 길이 좀 불편해도 남향으로 산모롱이가 있는 곳을 돌아 딱 집을 지을만한 장소를 발견했다. 그곳에 사모님과 자신이 살 집을 짓기로 마음을 정하고 용화동에 돌어온 최경상은 도인들을 불러 모았다.

"그간 살 집을 지으려고 이곳의 여러 군데럴 돌아다니다 그래도 조금이라도 더 안심이 되어 보이는 곳얼 찾았니더. 이제 이곳에 움막처럼 집을 지을까 합니더."

최경상이 산속 도인들에게 알리고 그날부터 도인들과 함께 집 짓는 일에 몰두했다.

사모님 집은 방을 세 개 만들었다. 그리고 자기 집은 방 두 개를 만들었는데 건넌방은 두 칸 반 정도의 크기로 만들었다. 지난번 용화동의 집 두 칸은 도인들과 심고 드리기는 좁았었다. 더 필요할 때는 아예 별도로 사랑채처럼 세 칸이나 네 칸짜리로 만들기로 하고 우선 두 칸 반으로 만들었다. 댑바람이 심한 높은 산 중턱은 칼바람이었으며 불어오는 방향이 없는 왜바람이었기 때문에 한겨울을 지내고 이듬해 이월에 차분히 이사했다. 동관음에 계시는 사모님에게는 아직 연락을 취하지 못했다. 다시 용화동은 최경상을 중심으로 도인들의 활동이 왕성해지기 시작했다.

이때 영덕에서 강수와 김용여가 영해의 박춘서를 데리고 인사차 윗대치로 최시형을 뵈러 왔다. 이때 김용여는 지난번에 가지고 왔어야 할 것을 못 가져오고 조금의 생활비를 내고 돌아간 것을 깊이 후회하고 있었다. 이번에는 생활비를 좀 두둑하게 가지고 왔다. 그는 최경상 선생을 만나 인사를 나누고 곧바로 가지고 온 돈다발을 최경상 앞에 내밀었다.

"이게 뭡니까?"

최경상이 물었다.

"지난번에 드렸어야 했는데 지가 생각이 못 미쳐 지난번에 몬 드렸니더. 이곳으로 이사도 하시고 집 짓는데도 경비가 들어갔을 것이고, 사모님 가족도 모두 돌아오실 기이니 생활비가 만만치 않게 들 깁니더. 그러니 우선 이걸루 올겨울얼 나시이소. 우리넌 선상임이 무탈하시구 강건하시기만을 바랄 뿐입니더."

김용여가 마음속의 말을 했다. 최경상이 어려울 때 이런 거금을 내놓은 김용여에게 큰 고마움을 느낀다.

<h1 style="text-align:center">55.</h1>

"오늘은 그래도 우리 전의 이씨(全義李氏) 조상님들에게 조금이나마 얼굴을 내밀 수 있는 날이구나. 사당에 고할 준비는 다 되었느냐?"

"예, 준비 다 되었어유."

아들 이동원이 대답한다.

이동원(李東源)은 그저 싱글벙글 웃는 얼굴이다. 자식이 무과에 급제했으니 그럴 수밖에 없었다. 몇 대를 거쳐 있는 급제이고 보니 더욱 그렇다. 어렸을 때부터 영특한 아들이 조

금 늦은 나이에 급제했으나 그래도 가슴이 확 트이는 기분이
다.

"그럼 사당으로 가자. 조상님에게 고해야지."

할아버지 이병규(李炳奎)가 아들 이동원(李東源)과 무과에 합
격한 손자 홍(洪)을 데리고 집 동편 좀 높은 곳에 위치한 사
당으로 올라가서 조상님께 절을 올리도록 한다.

"조상님 오늘 지 손자 홍이 무과에 합격하였음을 고하나이
다."

할아버지가 조상에게 고한다. 홍은 할아버지가 시키는 대
로 조상의 신위 앞에 읍하고 절을 한다. 집 대청에는 벌써 인
근 일가친척들이 축하하러 와서 모여 있었다.

"어려서부터 공부를 열심히 하고 몸도 걱세게 강건하더니
과연 무과에 급제하였구나. 이런 영광이 우리 집안에 나타나
다니….''

할아버지 이병규가 감격해한다.

"우리 홍은 외형이 장군감이어! 너무 걸(傑)져. 키는 그리
크진 않지만, 상체가 유난히 커서 남에게 큰 인상을 주고 있
지. 얼굴과 온몸에 털이 짙게 나 있어 좀 다른 풍모를 갖춘
것이라든지, 모습은 표호(豹虎) 같고 눈은 유성(流星)같이 정
체가 선명할 뿐만 아니라 골격도 비범하니 한 시대를 호령할
장군감이 아니겠는가? 여기서 말할 것은 못 되지만 우리 홍
은 특별히 하늘이 내린 것 같아. 턱에는 용수(龍鬚)가 있고,
손바닥엔 왕(王)자가 새겨져 있고, 등에는 일곱 개의 점이 있

으니 이것이 하늘이 내리지 않고서야 어찌 이런 손자를 얻을 수 있겠는가? 하늘이 내렸으니 무과에 급제한 것 아니겠는가? 앞으로 이 나라에 큰 공을 세우고 임금님을 잘 보필하는 충실한 신하가 되기를 기원한다."

할아버지가 모인 일가친척 앞에서 손자 자랑을 한다. 근간에 집안에서 과거에 급제한 사람이 없던 차에 급제자가 나왔으니 할아버지의 즐거움도 이만저만이 아니었을 것이다.

그러나 홍은 벼슬을 받은 적이 없다. 그도 무과에 급제하고 벼슬을 기다리는 한량이었다. 그러나 그는 설령 나라에서 임관시키면 이를 받지 않을 생각도 가졌다. 삼십 줄에 급제한 것이 이유가 되기도 하였지만 그가 임금의 신하가 되기는 이미 글렀다고 생각하기 때문이었다. 임금은 미워하지 않았으나 정권을 휘두르는 조정 외척들이 그토록 미웠다. 자신이 과거에 합격한 이듬해부터 갑자기 과거제도가 문란해져 그 혜택을 보지 못한 양반들은 가만히 앉아서 몰락 양반의 길을 걷게 되어 있어서 모두 조정에 등을 돌린 지 오래되었다. 그들은 정감록의 진인을 애타게 기다리고 있었다. 그러나 진인이 누구인지 모르고 있었다.

홍의 본명은 이명수(李明洙)였다. 그러다가 이길제(李吉濟)로 바꾸었다. 무과에 급제한 후에는 이홍(李洪)으로 바꾸어 사용하였다.

홍은 독서를 즐겼다. 독서 중에 비기들도 많이 읽었다. 그가 안 우리나라 역사와 중국 역사는 보통 유림들과는 달랐다. 그는 중국 땅이 오랜 옛날에는 모두 우리 조상들의 땅이라고 확신하고 있었다. 단군조선과 그 이전의 한인나라와 한웅나라에 대한 기록이 있는 삼성기, 단군세기, 북부여기, 태백일사 등이라든지, 신라시대 박제상이 쓴 부도지며 중국 이십오사중 사기 오제본기와 후한서의 동이전을 읽은 그는 중국영토가 분명히 우리 조상들이 다스린 땅이었고, 우리 민족이 중원 땅의 대부분을 차지하고 있었다고 확신하였다. 그래서 그는 중원을 우리 민족이 평정하여 다스려야 한다는 생각을 가지고 있었다.

홍은 자신이 벼슬에 오르면 그 직을 유지하기 위해 가산을 정리하여 주기적으로 인사권을 가진 자에게 갖다 바쳐야 하는 짓을 할 수 없었다. 그렇게 하여 승차하더라도 오십 대까지 육품을 벗어날 수 없을 것 같았다. 그는 허황되게 원대한 꿈을 꾸고 있었다. 그의 인생 목표는 중원을 평정하여 천자가 되는 것이었다. 그러나 그것은 그의 허황한 꿈이었을 뿐이었다.

이런 실현 불가능한 꿈을 버리지 못한 것은 그가 그렇게 허황한 꿈을 꾼 것이겠지만 그가 믿는 구석이 있었다. 그것은 양반들이나 대부분 백성들이 이 체제로는 더 이상 버티기 힘들어 하루라도 속히 정감록의 정도령이 나타나기를 기다리고 있다는 점이었다. 그래서 그는 거사 계획을 세워서 그들에게 명분을 그럴듯하게 주면 많은 사람들이 바로 호응하리라 믿었다. 그 명분이란 자기를 따라온 거사 조직의 거사가 성공

하면 이 나라는 그들에게 물려주고 자기는 중원을 치는데 그때 군사를 빌려주라는 것이었다. 거사에는 조직이 필요했다. 그러나 홍은 조직이 없었다. 조직 없이 거사를 치를 수는 없었다. 그래서 그는 계해년(癸亥年)에 동학에 입도하였으나 실제는 가탁(假托) 도인이었다.

홍은 자신이 정감록의 진인이라고 생각하고 있었다. 그는 진인의 역할을 다하기 위해서는 우선 자신을 따르는 사람들을 모아야 했고 그러기 위해서는 그에 알맞은 그럴듯한 명분을 세워야 했다. 그는 그 명분을 나라에서 자신에게 벼슬을 내렸지만, 벼슬을 내리는 임금이 아닌 외척 세력들의 주구(走狗) 노릇이나 하게 되어 있어서 벼슬을 받지 않고 무지몽매한 백성을 위해 자신의 몸을 던진다는 명분을 세워 그대로 밀고 나가기로 마음먹었다.

그는 진천에서 김낙균(金洛均), 심홍택(沈弘澤), 양주동(梁株東) 등 몰락 양반들과 모의하기 시작했다.

"사람을 모으려면 우선 자금이 필요한데 자금은 어떻게 모우시겠슈?"

김낙균이 묻는다. 이때 다시 이름을 이길제로 바꾼 그가,

"자금은 풍기가 전란 시 으뜸 피난지로 알려졌는바 그곳에서도 가장 안전한 승지를 물색해서 제일 적지인 땅을 싼 가격으로 사 두었다가 이를 비싸게 팔아 그 이익으로 충당하는 방법이 있슈."

"그걸 누가 곧이곧대로 믿을 수 있을까유?"

"믿게 해야지유."

"그건 그렇다 치고 그 부분은 이 선생께서 일을 착수하세유. 지들은 그럴 능력이 부족하니까유."

"꼭 누가 하고 누가 안 하고 이러지 말고 서로 협의해서 처리해 나갑시다."

"어떻든 거사를 치르기 위해서는 따르는 사람이 있어야 하고 사람을 따르게 하기 위해서는 자금을 마련해야 하므로 먼저 사람을 모으는 일보다 자금마련부터 착수합시다."

"그래야지유."

이길제가 대답한다.

"낙균아 너 요즘 무엇에 심취해 있는 모양 같은데 무슨 일이 있느냐?"

당숙 김병립(金炳立)이 묻는다. 당숙이긴 하지만 세 살 위였다. 어려서부터 서당이나 서원을 함께 다녔다. 생각하는 것도 서로 거의 같았고 조정의 외척 권력자들에 대한 반감도 거의 같았다. 그러나 김낙균은 권력을 휘두르는 일부 구향세력을 몰아내려는 입장에 서 있었고, 김병립은 앞뒤를 재보고 손익이 무엇인지를 따지는 사람이었다.

"자네 허황한 꿈을 꾸고 있네. 당장 그만두게. 어디 정부의 힘이 일개 몇 사람의 울분에 넘어갈 그런 나약한 힘이겠는가? 자네 명만 짧아질 뿐이네. 당장 그만두게. 세상에 되는 일이 있고, 되지 않는 일이 있네. 그 일은 되지 않는 일일세."

"당숙, 그래도 이번엔 그러지 않을 듯싶습니다. 이길제라는
사람이 있어 든든합니다. 그는 진인인 듯싶습니다."

"이 세상에 정감록의 정도령은 없네. 또 그런 인물이 나와
세상을 휘어잡지도 못하네. 그건 어디까지나 책일 뿐이네.
제발 정신 차리게."

김병립이 자꾸 말린다. 김병립은 그 뒤로도 여러 차례 김낙
균을 만나 거사 계획을 그만두기를 권했다. 그러나 김낙균은
거사 계획을 버리지 않았다. 조카의 앞날이 보이는 듯했다.
김병립은 더는 참을 수 없었다. 그러나 이 거사 계획을 밀고
해서는 조카가 참형을 당할 것이어서 이길제라는 사람이 전
란 시 피난처로 좋은 승지를 속여 파는 방법으로 돈을 모으
려는 사기질을 하고 있다고 진천현에 몰래 발고해 버렸다.

진천현에서 나졸 둘이 이길제를 잡으러 김낙균의 집으로
왔다.

"여기가 김낙균 씨 댁인가유?"

"그렇슈. 그런데 왜 여길 찾아온 것이유?"

"그럼, 이길제라는 사람이 있슈?"

"없슈. 며칠 전 왔다가 여기에 머물기가 여의치 않자 여기
를 떠났슈."

"이거 낭패로군. 그 사람을 잡아 오라는 명을 받아왔는데
언제 다시 오지 않을까유?"

"지 생각은 그런데 그래도 그 사람이 오고 싶으면 올 것이
고 오기 싫으면 안 올 것이어서 뭐라고 대답은 할 수 없구만

유."

"언제 여기를 떠났슈?"

"어젯밤이오."

"언제 온다는 말은 없었슈?"

"그렇슈. 그러나 오면 즉시 알려드리리다."

"그럼 꼭 그리해 주시유."

"그럽시다."

관헌들은 김낙균을 철석같이 믿고 자리를 떴다. 김낙균은 당숙이 발고 했으리라 짐작했다. 관헌들이 떠난 직후 김낙균은 뒷방 광에 숨어있던 이길제를 만나 거사 계획이 틀렸다고 말했다. 이길제도 실패했음을 알고 그날 밤으로 그곳 진천을 떠났다.

진천을 떠난 이길제는 주성칠 또는 주성필로 아예 성과 이름을 바꾸어 행세하면서 거창, 합천지방에 머무르며 그곳 성하첨(成夏瞻), 양영렬(梁永烈), 정만식(鄭晩植) 등과 만나 남해 거사를 도모하였으나 자금 부족과 동모인들의 비협조로 뜻을 이루지 못하였다. 거창, 합천지역에서는 이미 성하첨이 정만식을 진인으로 간주하고 있었기 때문에 이길제의 계획에 따르지 않았다. 그러나 이길제는 그곳에서 패했음을 인정하고 거사 계획을 끈질기게 모색하다가 진주 부근의 덕산(德山)에서 동모인과 초군(樵軍)들을 모아 거사를 일으키려고 하였다. 그러나 이번에도 진주 신향 유학 조용주(趙鏞周) 등이 진주진영에 이 사실을 투서함으로써 실패하고 김낙균과 함께 간신히 몸만 빠져나와 영해 오소면에 살고 있는 이수용(李秀用)에게 가서 몸을 의탁했다.

이수용은 병인년부터 교류를 해오던 사람이었다. 그는 몰락양반이었고 구향세력과 반목이 심했던 무리의 한 사람이었다. 이수용은 동학에 입도한 사람이었다. 이들이 동학에 입도하게 된 동기는 동학이 참 도라기보다 구향세력에 맞설 단체세력이 없다는 데서 그 세력을 더욱 키우기 위한 목적이 있어서였다.

"아이 이 밤중에 이 선상이 웬일인교?"

"그렇게 됐슈. 우선 밥부터 좀 차려주세유."

이길제가 축 늘어진 몸을 움츠리며 말을 꺼낸다.

"아니 밥도 앤 묵구 이 밤중꺼정 머혔단 말잉교? 지금 오디서 오는 길잉교?"

"자 들어가 천천히 이야기합시다."

이길제가 낮게 말한다.

"자 어서 들어오시이소."

이수용이 자기 서재인 건넌방 문을 연다.

이길제를 따라 김낙균까지 방으로 들어왔다.

"이번에도 실패했슈. 이런 성스런 거사는 기필코 성공해야 하는데 왜 이렇게 세상은 뜻대로 되지 않는지 모르겠슈."

이수용이 이길제의 말을 듣고 웃는다.

"이 선상언 괜히 사서 고생얼 하고 있어요. 무과에 급제했으머 벼슬얼 찰 일이지 이게 무슨 꼴인교?"

이수용은 이길제가 못마땅하여 한마디 토해낸다.

"아니 이 선생 나더러 저 몹쓸 것들에게 아부하며 가렴주구해서 바쳐가며 사라는 말이유? 그게 세상을 바르게 인도하는 자세라 생각하시는 거유? 그놈들을 물리치는 일에 앞장서야 옳지 않겠슈?"

"이 선상 우째 이상향만 가주고 인생얼 살 수 있능교? 그런 이상향을 실현 할라머 먼저 세를 키워야 하잖능교? 나라를 뒤엎을 세력 말이오. 세력도 없이 사람 몇으로 거사를 하려고 하니 그게 탈잉기라. 그리 행동하다간 제명대로 살지도 몬허고 불귀의 객이 될 수도 있으이 조심하이소."

이수용이 말한다.

"인명은 제천이니 그건 하늘에 맡기고 나는 내 뜻을 이루어야겠슈."

"나넌 아무래도 실현불가능한 일이라 생각합니더."

이수용이 말한다. 이길제가 이수용의 말을 들어보니 이수용이 자신을 도와주지 않을 것도 같아 내심 두렵기도 했다.

"이 선상, 갑자년에 우리 도에 입도했다 했지유?"

이수용이 이길제에게 묻는다.

"그러긴 그러지유."

이길제의 대답이 시원찮다.

이수용은 이길제가 그러리라고 짐작한다. 아직은 참 도로서 사람에게 다가가기는 어려운 이 도에 그 깊은 학문을 한 사람이 입도하기란 쉬운 일이 아니라고 생각한다.

"이제 마음을 가다듬고 동학에 깊이 빠져들어 가볼까유?"

이길제가 속내를 말한다. 그러나 그 속내란 진실이 아니었다. 그거라도 하는 척하여 이곳에 눌러 숨어있고자 한 것이었다.

"어디 도가 들어가고 싶으머 들어가고 들어가기 싫으머 앤 들어가고 허넌 편한 곳잉교?"

이수용이 성경신(誠敬信)이 없는 이길제의 말에 식상한 듯 소리 높여 대답한다.

"그래도 이제는 오갈 데가 없으니 동학도라도 열심히 하여야 할 것 아니겠슈? 이참에 깊이 수련을 해야겠슈. 그러니 이 슨상이 우리를 좀 먹여주고 재워 주시유."

"그거야 어렵지 않지만 이선상이 경거망동하넌 자세로 일관하다가 뜻도 못 이루고 불귀의 객이 되지 않기럴 바라넌 마음뿐이유."

이길제는 이수용 집에서 며칠간 조용히 머물렀다.

이때 이수용에게 영해의 박군서가 찾아왔다.

"이형 기신교?"

"박형이 웬일인교?"

"아니 못 올 데를 왔나? 왜 이러싱교? 보고 싶으머 오는 기지 뭐 온다고 예고하고 오능깅가?"

"맞네 맞어. 어여 들어오시이소."

방에 들어온 박군서는 전혀 모르는 새 얼굴을 둘이나 보았다. 박군서가 서먹하여 눈을 뜨고 이수용을 바라본다.

“아, 여기는 지난 갑인년부터 나와 사귀어 오던 이길제 선
상이네. 그리고 여기 김낙균 씨는 나도 이번에 알게 되었는
데 이길제 선상과 함께 오신 분이네. 여기 이길제 선상언 무
과에 급제하시고도 외척 세력에 빌붙어 가렴주구 노릇하기
싫다고 벼슬을 하지 않은 사람이시네.”

말이 떨어지자 박군서가 이길제를 찬찬히 바라보며 목례를
한다. 그의 풍모가 보통사람은 아닌 듯싶어 보인다.

“반갑니더. 처음 뵙겠니더. 박군서라 캅니더.”

“이길제라 합니다.”

“김낙균이라 합니다.”

“같은 영해부에 사신가 보죠?”

이길제가 박군서를 보며 묻는다.

“그렇니더.”

“근데 우리 도에 입도하신 분이싱교?”

박군서가 묻는다.

“사실 갑인년에 입도하긴 하였으나 도인으로서의 행동은
하지 못했슈. 지금이라도 다시 시작할까 해유.”

이길제가 대답한다.

“사실은 저도 마찬가집니더. 아직은 우리 도의 도지를 둘
러싼 이론에 대해 확신이 없니더만, 그래도 이만한 도가 보
이지 않아 입도하여 열심히 닦아 깨달은 바가 있기를 바락고
있니더. 도란 사람의 생각으로 판단할 사항이 아닌 듯싶니
더.”

박군서가 말한다.

"그래서 도를 앞세워 사람을 속이고 세상을 어지럽게 하는 자들이 얼마나 많슈?"

이길제가 대답한다.

"도넌 신의 계시에 의해 사람에게 전달되고 사람의 생각얼 빌려 논리적으로 체계화되넌 것이 아닐까 생각해 봅니더."

이수용이 대답한다.

"사실언 도도 사람이 살아있넌 동안의 도이지 죽어버린 후에넌 무슨 도가 필요하겠능교? 그러므로 도넌 살아있넌 사람의 삶의 가치럴 실현하넌 것이라 생각이 듭니더."

박군서가 말한다.

"그렇지요. 옳언 말심입니더."

이수용이 대꾸한다.

"근데 선상임언 무슨 일로 우리 이수용 선생님의 집에 오셨능교? 그리고 언제쯤 떠나싱교? 다른 뜻이 아이고 선상임과 대화를 나눌 수 있는 시간이 좀 많았으머 해서요."

박군서가 묻는다.

"그럼 자주 만나 대화를 나눕시다. 지가 배울 점이 많습니다. 많은 가르침 부탁합니다. 즈덜언 당분간 이형 댁에서 지내게 될 것입니다."

이길제가 대답한다.

"그럼 앞으로 자주 만나 서로 학문을 논하시머 좋겠니더. 잘 부탁헙니더."

이튿날 박군서는 다시 이수용 집으로 왔다. 보기에 범상하지 않은 이길제를 만나 이야기를 나누고 싶어서였다. 그가 무과에 급제하고도 외척 세력의 주구 노릇을 하지 않기 위해 벼슬을 하지 않았다는 점이 가슴에 깊이 새겨졌기 때문이었다. 학문도 깊다 하고, 처음 봤지만 사람을 대하는 자세가 포근하고 폭이 넓어 보이는 그가 오랜만에 보는 귀인같이 어쩐지 끌리는 기분이었다.

"이 선생께서 오신 뒤 어제 처음 뵙지만, 어딘가 배울 점이 많아 보이므로 오늘 아침밥 묵자마자 다시 찾아왔니더."

박군서가 이길제에게 인사말을 한다.

"별말씀 다 하십니다. 지두 심심하고 누구와 이야기라도 나누었으면 하고 내심 바라고 있었슈."

이길제가 대답한다. 그는 다시 말을 이어,

"여기는 살만한가요? 저쪽 진주 쪽은 농민들이 아우성입니다."

"왜요?"

"삼정 문란 때문이죠."

"아— 그 이야기넌 임술년 민란이 터질 때 들었니더. 여기도 마찬가지죠. 이곳 부사넌 지 생일날 관내 유지덜얼 불러 모아놓언 후 밥 한 상에 삼십 금얼 받았다고 합니더. 그런 죽일 눔이 시상 어디에 있겠능교?"

박군서가 말한다.

"불쌍한 건 무지몽매한 백성들뿐이유. 얼른 이런 놈의 세상이 사라졌으면 얼마나 좋겠슈?"

이길제가 말한다.

"그래서 우리 수운 대신사임께서 무극대도럴 외치머 도럴 세우신 것 아이겠능교? 우리가 죄인이오. 수운 대신사님얼 신원 해드려야 하넌데 그리도 하지 못하고 있으니 답답할 수밖에요."

박군서가 풀죽은 모습으로 말한다.

"이 사람들 성리학으로 즈덜 보호막을 치고 가는 놈들인데 타 도를 인정한다고요? 그런 일은 절대로 없슈. 세상이 뒤바꿔지기 전까지는유."

이길제의 목소리가 커진다.

"그러겠죠."

"외세는 밀려오고 나라의 운명이 경각에 달려 있는데도 저 정신 몬 차린 외척 세력덜! 모두 쳐내어 없애야 할 눔덜!"

박군서가 말한다.

"그러게 말입니다."

김낙균이 맞장구친다.

"죄 없이 순도하신 수운 대신사님의 신원 문제와 부정부패한 지방 수령과 그를 좇는 구실아치들까지 모두 척결해야 한다고 정부에 건의해야 하지 않겠능교?"

박군서가 말한다.

"누가 그걸 몰라서 안 한 겁니까? 해봐야 아무 소용도 없고 그런 걸 건의한 사람만 잡아다가 죽도록 정신적, 육체적, 경제적 고통을 주니까 못하는 거지유."

이길제가 말한다.

"그런 걸 보고 순응하며 살라는 거유? 이러고도 수운 대신 사님에 대한 예의를 다 했다고 생각하시유? 안 되면 우리의 힘을 보여주어야 하지 않겠슈?"

김낙균이 이길제를 거든다.

"말심언 쉽네만 그런 것을 저질러 놓고 후사를 누가 책임지겠능교? 우리 동네 사람덜이 일시에 관아를 쳐들어가 모든 걸 성공했다 캐도 사람도 없고 훈련도 대지 않언 사람덜얼 데리고 무엇으로 중앙에서 무기럴 가지고 쳐들어오넌 병사와 대항한단 말잉교? 그런 위험한 말심언 삼가넌 것이 좋을 듯 헙니더. 모든 가족이 죽음의 나락으로 빠지넌 위험한 생각입니더."

이수용이 이길제의 말을 듣고 위험한 발상이라고 생각한 모양이다.

"이 선생, 여기 조금 올라가머 박영관이라는 분이 기시넌데 그의 부친께서 이곳 동학 접주럴 하시다가 관에서 수차례 불러다가 고문하는 바람에 장독으로 오늘 낼하고 기십니더. 한번 그분얼 만나보넌 것도 좋을 것이오."

이수용이 이길제에게 권한다.

"그분얼 만나머 우리 도에 대해서도 그의 부친의 영향을 받아 좀 식견이 있넌 분이니더. 거기다가 집권자덜이 보기 싫어 산중턱으로 이사해 버린 그의 부친과 자제분덜이니더. 그

의 부친이 그러니 이 선생과도 같은 생각을 가지고 기실 거
요. 그분얼 만나머 속이 시원해서 금방 지기가 댈끼라요.”
　이수용이 이길제를 부추긴다.
　“그렇군요. 당장 무얼 한다기보다 좋은 사람들을 만나서 시
국을 의논하는 것만으로도 즐거움입니다.”
　이길제가 말을 조금 돌려 말한다. 그리고는 속으로 필히 가
서 만나야겠다고 다짐한다.
　“그분이 어디에 사시는데요?”
　“여기서 좀 걸어야 헙니더. 저기 형제봉이 있는 산 중턱에
병풍바위가 있는데 그 아래에 넓은 들이 있니더. 원래 그 부
모님언 그의 조상 때부터 읍내에 살아왔는데 가산이 줄어 좀
싸고 넓은 땅을 장만하기 위해 읍내 집과 전담을 팔아 그곳
으로 땅을 늘려 간 것입니더.”
　말수가 적은 박군서가 박영관에 대해 대충 설명한다.
　“그런다고 조상으로부터 살아온 자리를 버리고 험한 곳으
로 이사를 해버리다니요? 오죽했으면 그리했겠습니까? 그곳
은 전답도 별로 없을 것인데도 말입니다.”
　이길제가 말을 받는다.
　“그래도 쉰 섬이란 말이 있넌 것얼 보머 논이 좀 있고요,
밭언 그런대로 많이 있니더.”
　“그곳에 가려면 몇 시진이나 걸립니까?”
　“두 시진언 다 앤 걸리고 한 시진은 조금 더 걸릴 깁니더.”
　“그럼 가깝네요. 내일이라도 이형과 함께 가 봅시더.”

이길제가 이수용을 바라보며 말한다.

"지덜두 함께 가겠니더."

"지도 심심하니 함께 가리더."

박군서가 덧붙인다.

"아, 그래도 되고요."

이길제가 대답한다.

"그럼, 그리 해봅시더."

이수용이 의견을 정리한다.

이튿날 이길제, 김낙균, 이수용, 박군서가 함께 형제바위 아래 박영관의 집으로 향했다. 한 시진 이상 걸었다. 동짓달의 매서운 냇바람이 동북쪽 산골짜기를 타고 내려와 산등성이를 올라가는 일행에게 올라오지 말라는 듯 몰아붙이고 있었다. 뼛속까지 냉기가 서린 찬바람은 일행을 오들오들 떨게 하였다. 그러나 이길제는 이런 추위는 아무렇지도 않다는 듯 가볍게 산을 타고 있었다.

"요짝이 동북짝이고 저짝이 북짝입니더. 박형 집은 저짝 북짝입니더. 그러니 이짝 동북짝을 지나가게 대어 있능기라요."

숨을 할딱거리며 이수용이 박영관 집을 가르쳐준다. 아직 박영관 집은 아득하다. 이제 반비알진 언덕은 넘어왔다. 뜻하지 아니한 준평원이 이 높은 곳에 펼쳐져 있었다. 그런데 생각지도 못한 논이 넓게 펼쳐져 있었다. 밭은 말할 것도 없이 넓은 기슭 북쪽까지 꽉 메우고 있었다.

"이곳은 형제봉 동짝 기슭입니더. 저 아래를 보시이소. 저기 산모퉁이 우측으로 돌아가 보면 거기가 영해 관아입니더. 그리고 요 낮은 골짜기로 가머 위장사(葦長寺)라는 절이 있니더. 그 위장사 옆에 샘물이 있는데 물맛이 일품입니더. 그런데 그 샘물은 나쁜 사람이 오면 물빛이 흐려진답니더. 참 신기한 샘물이지요."

이수용이 말한다. 일행은 이수용의 안내로 그 신비한 샘으로 갔다. 샘은 맑았다. 일행은 손으로 물을 떠서 마셨다. 여기까지 와서 이 물맛을 안 보랴 하는 심정인 듯 보였다. 그리고 보니 물맛이 별미였다. 일행은 시린 손을 닦고 양 겨드랑이 사이에 양손을 넣었다가 이내 빼 들고 형제봉 북쪽을 향해 걸었다. 산 동북쪽에 낮은 골짜기가 있는데 여기에도 넓은 밭이 펼쳐져 있었다.

"이곳은 갈밭골이라 하는데 토질이 아주 비옥하지요. 뭐든지 심기만 하머 농사가 잘 댄다 캅니더."

이수용이 알려준다.

"이 선생은 이곳 지리를 잘 아시네요."

"박 선상 집에 다니다 보이 박 선상이 가르쳐 주신 거죠."

"그랬군요."

갈밭골을 가로질러 북쪽 방향으로 작은 산등성이가 북서쪽을 막아주고 있었다. 일행은 그곳을 떠나 준평원이 있는 동쪽을 지나 북쪽으로 길을 재촉했다. 거기에는 바위가 병풍처럼 쳐져 있고 그 넓은 바위가 아랫마을을 지켜주고 있는 듯 보였다. 이 병풍바위 아래 준평원에 박영관의 집이 있었다.

일행은 박영관 집 사립을 들어섰다.

"아니 이게 누구야?"

박영관이 일행을 먼저 보고 소리친다. 그는 일행을 번갈아 보면서 이길제를 처음 보기 때문에 의아한 눈으로 이길제를 쳐다본다. 그리고 난 후 이수용을 보고 반긴다.

"아니 연락도 없이 갑자기 웬일잉교?"

"그냥 박 선상 보고 싶어 왔니더."

"추운데 얼른 방으로 들어갑시더. 오시느라 몹시 추위를 탓을 것인데…."

일행은 박영관을 따라 건넌방으로 들어간다.

"자, 서로 인사들 나눕시더. 여기는 우리 도인인데 처음 볼 것이오. 이길제라는 분이오. 고향이 충청도 홍주(洪州)이고, 무과에 급제한 분이오. 그러나 관직얼 포기한 분으로. 우리 도에는 갑자년에 입도하신 분이오."

"아, 그러시군요. 반갑니더. 지넌 박영관이라 캅니더. 병술년(丙戌年) 생입니더. 이렇게 외진 곳에서 농사지으며 한가하게 지내고 있니더."

"말씀은 많이 들었습니다. 저는 충청도 홍주 사람 이길제라 합니다. 그러나 지금은 진천으로 이사 와서 살고 있습니다. 을유년(乙酉年) 생입니다. 박 선생님 부친께서 이곳 동학 접주를 하시고, 그로 인해 관에서 수차례 고문을 하여 그 장독으로 사경을 헤매신다고 들었습니다. 울분이 치솟네요."

이길제가 인사한다.

"별말심얼요, 다 운이 없으신 거죠. 그런데 선상께선 요즘 무슨 일을 하고 기싱교?"

"그냥 허송세월을 보내고 있습니다."

"무슨 뜻이 있어서입니까? 무과에 급제하시고도 관직을 맡지 않고 있는 것을 보머…."

"아직은요."

"자, 반가운 사람들이 모였으니 잠깐 주문과 심고를 드리고 이야기 나눕시더."

박영관이 나직이 말하고 자리를 일어서 방문으로 나간다. 그는 청수 한 그릇을 들고 방으로 들어온다. 그는 청수를 서안 위에 놓는다.

"주문을 세 번 송주합시더."

박영관이 말한다. 모두들 주문을 세 번 송주한다.

"다음은 심고를 드립시더."

일행은 모두 오늘 박영관을 찾아와 반가운 마음을 한울임께 전하고, 여기에 온 이유와 좋은 결과가 있기를 기원한다.

"이제 다시 주문을 세 번 송주하고 마칩시다."

모두들 주문을 세 번 송주한다.

"이렇게 한울임께 보고해 부러야 마음이 개운합니더."

박영관이 웃으며 말한다.

"박 슨상을 보니 참으로 지가 어리석구나 하는 생각이 드

네유. 저는 지금까지 엉터리 도인이어서 이렇게 기도한 적이
단 한 번도 없었슈."

이길제가 말한다.

"뭐 엉터리가 따로 있능교? 그냥 이렇게 하면 마음이 편해
진걸요. 그리고 이수용 선상임과 박군서 선상임도 우리 이형
을 이번에 처음 만났능교?"

"오래전부터 아는 사이이나 근래에 처음입니더."

이수용이 대답한다. 박군서는 그냥 고개만 끄덕인다.

"요즘도 포덕을 하고 계십니까?"

"아니오, 관에서 음으로 양으로 감시하고 있어 포덕을 삼가
고 있니더."

"아니 이런 오지까지 감시합니까?"

"그게 아이고, 우리 부친께서 여기서 포덕을 하셨으이 그래
헙니더."

"아 그렇군요? 그런데 왜 도인들은 수운 대신사님의 억울
한 죽음을 바라만 보고 있습니까?"

"그 말뜻은요?"

"아니 수운 대신사님이 죄 없이 억울하게 세상을 뜨셨으니
반드시 신원을 시켜드려야 하는 거 아니유?"

"어떻게요? 저 집권자덜이 자기덜 성리학 외에넌 일체의
도럴 인정하지 않는데 그게 가능하다고 보능교? 자기덜의 삶
얼 정당화하넌 기이 오직 하나 성리학인데 그 성리학 외에
다른 도럴 인정한다넌 말심잉교? 그거넌 저덜이 망할 때꺼정

불가능헐 겁니더. 우리가 무슨 수로 신원얼 요구한단 말잉교? 신원얼 요구하머 동학도라 하여 바로 잡아 가둘 겁니더. 희생만 따를 뿐입니더."

박영관이 대답한다.

"왜 하나만 보시고 다른 것은 보지 못하십니까? 지금 정부에 반기를 든 농민이 있지 않습니까? 이들은 앞장서서 일어나지는 않지만, 정부에 반기를 들고 나서는 세력이 있다면 바로 일어섭니다. 임술민란을 보지 않았슈? 그게 조직이 그 지역에 한정되어 있어서 민란으로 그쳤습니다만 그래도 삼남 지방에서 꾸준하게 일어났고 거기에는 모두 농민들이 합세하였습니다. 동학이 경상도는 물론 충청도, 강원도까지 널리 포덕이 되어 있으니 그 힘이면 나라도 엎을 수 있습니다."

이길제가 열을 낸다.

"나넌 그런 엄청남 일에는 동의할 수 없니더. 임술민란도 주동자덜언 모두 효수되었니더. 그 외에도 많은 희생이 발생했니더. 우리더러 그런 희생을 하라는 말심잉교? 우리는 그런 폭력을 원하지 앤 헙니더. 우리넌 조용히 도럴 닦고 도인덜이 불어나 점점 도의 덕이 펼쳐져서 세상이 참다운 도의 세계로 변하넌 것얼 목표로 하고 있니더. 그러므로 그러한 외척 세력덜이 욕심이 없어져서 참으로 나라럴 위하여 일해주길 바라고, 그 욕심얼 버리지 않얼 때넌 다른 정치세력이 나타나 그 세력이 스스로 물러나기럴 바랄 뿐입니더. 우리 대신사임께서도 그리 말심하셨니더."

박영관이 대답한다. 이길제는 박영관으로부터 자기 뜻에 동조하리라 믿었다가 실망했다. 그러나 앞으로 여러 날을 묵더라도 끈질기게 설득하여 이곳 동학도를 손에 쥐고 거사를 치르고야 말겠다고 속으로 다짐한다.

"박 선생 말씀도 일리가 있습니다. 지가 여기서 며칠 더 묵어도 되겠슈?"

이길제가 박영관에게 묻는다.

"그거야 지가 편의를 봐 드리지요."

"지덜이 가끔 들리겠니더."

이수용이 박군서 얼굴을 스쳐보고는 박영관에게 말한다.

"그리하시이소."

그날 밤 일행은 박영관 집에서 잤다.

이튿날 일행 중 이수용은 남고 박군서가 아침을 먹고 집으로 돌아갔다.

"저 사람 믿지 마시이소. 대책 없이 허황한 말을 하고 있군요. 거사가 누게 이름입니꺼? 이 선상임도 저 사람하고는 조심하시이소. 진실성이 없어 보입니더."

이길제가 측간에 간 사이 박영관이 이수용에게 가만히 타이른다.

"아닙니더, 그런 사람이 절대 아닙니더. 다시 한번 진솔한 이야기럴 사심 없이 나누어 보이소. 진실성언 있넌 사람입니더."

이수용이 대꾸한다.

이튿날 이길제는 곧바로 박영관과 대화를 한다는 것이 오히려 역효과만 초래할 것이라 짐작하고, 김낙균과 함께 형제봉을 한 바퀴 돌고 오겠다고 하면서 밖으로 나갔다. 날카로운 골바람이 살을 에듯 불어오는데도 이길제와 김낙균은 귀막이 모자를 쓰고 병풍바위 근방으로 갔다.

"김형, 박영관 씨가 내 뜻에 동조하리라 믿었는데 이것 참 난감하네."

"박형 생각에도 수긍이 갑니다. 거사를 하려면 거사의 목적과 거사 계획이 실패가 없도록 짜여야 하고, 사전 준비물을 완비하고, 거사 후 행동까지 세밀하게 짜여서 일사불란하게 이루어져야 하고 거사 후 우리 도인들에 대한 희생이 따르지 않아야 된다고 봅니다. 이에 대한 대비가 되어 있슈? 거사에 성공한다고 해서 그 성을 천년만년 지켜질 것 같슈? 일개의 나라라는 것이 그렇게 허술하지 않음을 왜 간과하고 있슈? 지도 이는 불가능하다고 생각합니다."

김낙균이 말한다. 그는 다시 말을 이어,

"지금은 거사가 불가능하다고 봅니다. 앞으로 동학의 세력이 훨씬 커져서 나라에서 힘을 쓸 수 없을 때나 혹여 가능할는지 모르겠슈. 일에는 순서가 있는 법, 그때를 기다리는 것이 좋을 듯싶습니다."

"그거야 당연히 계획을 세울 것이지만, 박형은 거사 자체를 거부하니까 그게 문제요."

이길제가 말한다.

“날씨도 찬데 어디럴 다녀온교?”

이수용이 묻는다.

“그냥 기분전환 하느라고 이 근방 한 번 걸었슈.”

이길제가 멋쩍게 웃는다.

“정 지금 거사를 일으키려면 모든 문제점을 찾아 개선하는 방향으로 생각하여 거사 계획을 세우고 다시 박형을 만나 의논해 보는 것은 어떠겠능교?”

이수용이 말한다.

“그렇지 않아도 그렇게 생각하고 있슈.”

“그래도 이곳 영해를 중심으로 박형이 어느 정도 구심점 역할은 할 것 같아 보이는군요.”

김낙균이 말한다.

“나도 그렇게 보오. 어떻든 다시 생각해 봅시다. 어찌 나는 가는 곳마다 일이 잘 안 풀리는고?”

이길제가 조금은 자신을 한탄하는 푸념을 자아낸다.

“어떻든 박형과 처음부터 다시 차근차근 의논해서 가장 좋은 방법을 찾아 거사 계획을 세워 거사가 이루어지도록 해야겠네.”

이길제가 김낙균에게 한마디 하고는 입술을 꾹 다문다.

풀잎의 노래 4

초판 1쇄 인쇄 2026년 03월 18일
초판 1쇄 발행 2026년 03월 27일
지은이 서양민

펴낸이 김양수
책임편집 이정은
교정교열 연유나

펴낸곳 도서출판 맑은샘
출판등록 제2012-000035
주소 경기도 고양시 일산서구 중앙로 1456 서현프라자 604호
전화 031) 906-5006
팩스 031) 906-5079
홈페이지 www.booksam.kr
블로그 http://blog.naver.com/okbook1234
페이스북 facebook.com/booksam.kr
이메일 okbook1234@naver.com

ISBN 979-11-5778-743-2(04800)
SET 979-11-5778-742-5